가정이 웃어야
나라가 웃는다

가정이 웃어야 나라가 웃는다
박태영 지음 | 방귀희 엮음

초판 1쇄 | 2015년 01월 23일
초판 2쇄 | 2022년 09월 23일

지은이 | 박태영
엮은이 | 방귀희
펴낸이 | 신현운
펴낸곳 | 연인M&B
기　획 | 여인화
디자인 | 이희정
마케팅 | 박한동
등　록 | 2000년 3월 7일 제2-3037호
주　소 | 143-874 서울특별시 광진구 자양로 56(자양동 680-25) 2층
전　화 | (02)455-3987 팩스 | (02)3437-5975
홈주소 | www.yeoninmb.co.kr
이메일 | yeonin7@hanmail.net

값 15,000원

ⓒ 박태영 방귀희 2015 Printed in Korea

ISBN 978-89-6253-161-9 13510

가족치료 권위자 박태영 교수의 고백 – 우리 가정 치유記

가정이 웃어야
나라가 웃는다

박태영 지음 | 방귀희 엮음

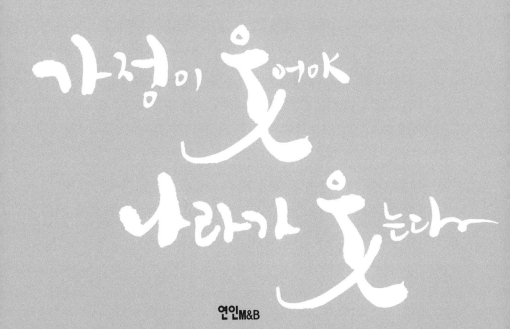

연인M&B

왜, 그인가?

방귀희 교수님 가정이 그렇게 편안한 가정이었다면, 편안한 게 경제적인 게 아니라 대화 방식이나 이런 것들이, 그러셨으면 가족치료에 도움이 별로 안 되셨을 수도 있었을 것 같아요.

박태영 그럴 수도 있죠. 오히려 제가 우리 집이 알코올중독, 도박중독 문제가 있는 집이니까 이게 가족치료하는데 도움이 많이 되죠.

방귀희 이론에 대해서 실험을 할 수 있으니까요?

박태영 네, 그렇죠. 이게 다 보이죠. 아, 우리 집이 가족치료 교과서에서 나오는 집안이고, 교과서에 나오는 엄마가 우리 엄마였구나. 분화가 안 되고 상대편을 완전히 돌아 버리게 하는 표현 방식이 우리 엄마 것이었구나.

방귀희 객관적으로 보고 있을 때, 가족들은 남편이 가족치료사이기 때문에 항상 우리가 치료를 받고 있는 듯한 느낌을 받고 있지 않을까요?

사모님 그런 느낌보다는… 제 아이들하고 저는 저희 가족이 너무 예시가 되는 게 싫었어요. 애들이나 저나, 제발 우리 얘기는 많이 하지 좀 말아라. 그리고 얘기를 하더라도 집에 와서 얘기했던 얘길 절대 하지 말라고 해도 얘길 해요.

그는 50대 중반에 들어선 남자이다. 그에 대한 아무런 정보 없이 그를 본다면 거리에서 흔히 볼 수 있는 평범한 외모이다. 그의 외모에서는 유행의 흔적을 찾아보기 힘들다. 한마디로 멋을 내지 않는다. 그가 말을 하면 그 평범한 외모가 조금씩 다르게 보이기 시작한다. 겸손한 말투, 상대방을 배려하는 편안함, 그러면서도 사람의 마음을 읽어 내는 예리함 게다가 상대방을 꼼짝 못하게 하는 카리스마도 있다.

그런데 그 카리스마는 리더십과는 전혀 다르다. 그가 뭔가를 리드해 갈 때는 치유 행위가 벌어지는 것이다. 그렇다. 그는 치료사다. 혹시 정신과 의사? 이렇게 생각한다면 조금 더 내 설명이 필요하다. 그는 의사는 아니다. 그리고 그가 치료하는 것은 눈에 보이지 않는 상처이다. 게다가 그의 치료 대상은 환자 한 명이 아니라 그를 둘러싼 가족 전체이다. 그는 치료 행위를 할 때 아무런 도구를 사용하지 않는다. 당연히 약을 처방해 주지도 않는다.

이렇게 얘기하면 사이비 같은 냄새가 솔솔 날지 모르지만 그는 이 분야의 20여 년의 경력 속에서 천여 건의 치료 건수를 기록하고 있다. 그의 치료 대상이 가족 전체이고 보면 그는 지금까지 4천여 명을 치유한 것인데 이 수치가 말해 주듯이 그는 이 분야의 권위자이다. 이 분야는 다름 아닌 가족치료이다. 가족치료가 뭔지는 알겠지만 가족치료가 왜 필요하고 가족치료는 어떻게 하는 것인지 궁금할 수 있다. 아니 궁금해야 한다. 사람은 가족을 이루고 살고 있기 때문에 가족이 없는 사람은 없고 나 아닌 다른 사람과 끊을 수 없는 혈연의 관계는 크든 작든 다양한 유형의 문제를 가지고 있기 때문이다.

따라서 모든 사람들이 가족치료의 대상자이다. 하지만 우리는 가족이라는 미명 아래 모든 문제를 덮어 두었다. 참으라고 강요하고 그건 문제도 아니라고 세뇌시켰다. 그래서 우리 가정이 병들어 가고 있고 급기야 위기에 맞닥뜨려 가정이 깨지고 있다. 가정의 위기는 개인의 불행에 그치지 않고 사회문제를 야기시킨다. 가정이 행복해야 사회가 건강해지고 건강한 사회가 국제사회에서 주목을 받게 된다는 것을 생각해 볼 때 가족치료의 중요성은 아무리 강조해도 지나치지 않다.

그런데 그는 왜 가족치료사가 되었을까? 흥미롭게도 그가 가족치료가 필요한 가정에서 성장했다는 것이다. 만약 그가 가족치료사가 되지 않았다면 가족 문제에 짓눌려 정신적으로 병들거나 신체적으로 병자가 되어 우리 사회에서 쓸쓸하게 퇴장당했을 수도 있다. 하지만 그는 가족치료사가 되어 자기 자신은 물론 가족을 구하고 다른 가족의 문제까지 해결해 주고 있다.

이제 그는 자신의 가족사를 공개하기로 하였다. 그래야 가족치료의 과정을 설명할 수 있기 때문이다. 그래야 가족의 문제를 찾아 그 문제를 해결하려는 노력을 하기 때문이다. 그래야 우리 가정이 편안해질 수 있기 때문이다.

지금 왜 가족치료를 말하고 있는가? 온 나라를 숨죽이게 하고 있는 세월호 사고는 그 원인을 규명하고 책임자 처벌로 해결될 것이 아니다. 돈을 벌기 위해 불법을 저지르고 침몰하는 배 속에 죽음에 직면한 수많은 생명들이 있는데도 자기 혼자 살겠다고 다른 생명들을 희생시키는 행동을 할 수 있는 오늘의 이 상황을 어떻게 보고, 어떻게 해결할 것인가를 심각하게 고민해 봐야 한다.

학교나 군대라는 집단에서 선점된 지위를 이용해 폭행과 고문을 일삼을 수 있다는 것은 인간으로서 할 수 있는 행동이 아닌데 어떻게 이런 비인간적인 상황이 나타났는지 그 원인의 본질을 규명해야 한다는 작은 사명감에 이 책을 내놓게 되었다.

우리 사회의 병은 가정에서 시작하고 가족의 아픔은 사회를 불안하게 만든다. 그래서 안전한 사회를 만들기 위해서는 우선 우리 가정이 건강해야 한다. 이 책은 우리 가정의 문제를 숨김없이 드러내고 그 처방전을 우리나라 가족치료의 권위자인 박태영 교수가 내놓았다. 부디 이 책이 우리 가정, 더 나아가 우리 사회를 건강하게 만드는 에너지가 되길 간절히 바라며 그간의 우울함을 털어 내고자 한다.

2015년 새해
박태영 · 방귀희

제3부 문제 가정, 깨고 다시 붙여라

〈부록〉 가족 문제 접근 주요 이론

쪽팔리는 우리 가정

그의 아버지는 고위직 공무원이었고, 그의 엄마는 전남에서 알아주는 부잣집 첩의 딸이었다. 아버지는 50년대 말에 미국에서 유학을 하고 국내에서 박사학위까지 받은 지성인이고 엄마는 고등학교 중퇴 학력을 갖고 있었다. 그 당시는 그것이 큰 흉이 되지 않았지만 그래도 부부 사이에는 지적 성향의 차이가 있었을 것이다.

경제적으로 여유가 있는 집안에서 아버지의 직업도 번듯하고 자식 복도 많아서 아들을 넷씩이나 두었다. 딸이 없어서 아쉬울 수 있었지만 딸 넷만 있는 경우와는 다르게 모두들 얼마나 든든하냐고 부러워하였다.

이렇게 객관적으로 봤을 때는 아주 평화롭고 행복한 가정인데 무슨 문제가 있다는 것일까?

엄마의 불안

엄마는 그가 태어나기 전에 정신과 약을 복용하였다. 엄마는 감정 기복이 심하였다. 기분이 좋을 때는 웃기지도 않는데 깔깔거리고 웃었고, 나쁜 일이 생기지도 않았는데 어떤 때는 초상집처럼 집안 분위기가 우중충해졌다. 엄마의 기분이 전 가족 특히 엄마와 가장 많은 시간을 보내야 하는 아들들에게로 전염되었다.

아들들이 어렸을 때 엄마는 신경정신과 병원에 입원을 한 적이 있었고 평생 불안증에 시달렸다. 엄마는 죽을만큼 힘들었지만 다른 사람들이 보기엔 복에 겨워 별것도 아닌 걸 갖고 아프다고 난리를 치는 부잣병이라고 별스럽지 않게 생각했다. 엄마의 병으로 가장 피해를 보는 사람은 아이들이었다. 특히 막내아들인 바로 그였다.

그는 딸 같은 아들이었다. 엄마의 불안이 가장 먼저 그에게 전해졌다. 엄마가 불안해하면 그는 어린 나이에도 엄마와 놀아 줘야 한다는 의무감에 엄마 곁을 떠나지 않았다.

엄마의 불안 원인은 뭘까? 엄마의 불안은 엄마인 외할머니한테서 시작된다. 외할머니는 외할아버지의 두 번째 부인이었다. 소위 첩이다. 엄마는 부잣집 첩실 자식이었던 것이다. 두 번째 부인은 모든 면에서 차별을 감수해야 하는데 그 차별은 자식들에게도 물려진다. 말조심, 행동거지 조심 매사 조심해야 할 것이 많았다. 한마디로 눈치를 보며 긴장하며 살았던 것이다.

외할머니는 아들 하나에 딸 둘을 두었는데 이모와 엄마 사이에 네 명의 자식이 죽었다. 엄마의 불안은 외할머니의 불안에서 비롯된 것이다. 이것이 엄마 정신병의 원인이라고 보기는 어렵다. 세 명의 외삼촌이 정신분열증을 가지고 있었다. 집안에 정신분열증 환자가 많은 것은 외할아버지의 표현 방식이 아들들을 돌게 만들었다. 외할아버지는 전라도에서 알아주는 갑부였고 권위적이었다. 자기 말이 곧 법이었다. 집안에서도 몹시 권위적이었다. 가족들 모두 자기 명령에 따라야 했다.

엄마는 정신병 질환을 기질적으로 갖고 있는데다 아버지의 바쁜 공직 생활이 엄마를 외롭게 만들었다. 그리고 엄마의 표현 방식이 외할아버지를 닮아 사람을 자기 마음대로 쥐고 흔들어야 직성이 풀리는 성격이라서 아버지와 부딪히는 일이 많았다. 부부 싸움을 할 때는 마치 누구 하나가 죽어 나갈 듯이 격렬하였다.

엄마는 아버지와 싸우고 나면 셋째 아들을 찾았다. 셋째 형 등에 얼굴을 대고 흐느꼈다. 그에게는 딸에게 하듯이 아버지 흉을 보았고 셋째 형은 든든한 남편의 역할을 했던 것이다. 큰형과 둘째 형은 반항기여서 엄마 아버지의 손 안에 없었기에 셋째 형과 그가 가정의 평화를 위해 엄마 편이 되어야 했다. 특히 막내인 그는 엄마가 불안해하는 걸

견디지 못해 엄마와 밀착되어 있었다. 엄마와 공생 관계였다. 엄마는 간섭이 병적인 수준이었는데 그것이 간섭인 줄 모르고 엄마의 사랑이라고 여겼다. 엄마의 지나친 사랑이 그를 돌게 만들 때까지 그 사랑은 지속되었다.

아버지의 여자들

아버지는 술에 취해 들어오면 이상한 행동을 했다. 집에서 일하는 가정부를 건드렸다. 당시 표현 그대로 식모 누나 엉덩이를 손으로 쓰윽 만졌다. 그가 뒤따라가는 줄도 모르고… 어린 그였지만 그건 나쁜, 특히 엄마가 가장 싫어하는 행동이라는 것을 본능적으로 알 수 있었다. 심하면 식모 누나를 껴안기도 했다. 그는 아버지의 그런 행동을 엄마가 알까 봐 불안했다.

아버지의 이상행동은 정신이 멀쩡할 때도 나타났다. TV를 보면서 발가락으로 식모 누나 귓불을 만지는 것이었다. 아버지와 식모 누나와 함께 TV를 보다가 잠이 들기도 하였다. 소변이 마려워 눈을 떴는데 마침 아버지가 그런 행동을 할 때 그는 모르는 척하고 다시 잠을 잘 수밖에 없었다. 어린 그가 판단하기에도 아버지의 행동이 잘못된 것임을 직감했기 때문이다. 그는 엄마한테는 물론 형들한테도 아버지가 가정부 누나에게 이렇게 했다 하는 말은 입 밖으로 꺼내지 않았다.

엄마와 가정의 평화를 위해서도 말을 할 수가 없었다. 그래서 그는 입을 굳게 다물었지만 꼬리가 길면 밟히는 법이었다.

당시는 난방이 연탄인 시절이라서 연탄가스 사고가 많았다. 안방에 가스가 새어서 안방이 가정부 차지였다. 아버지는 새벽마다 안방으로 갔다. 영어 공부를 하기 위해서라고 했지만 과연 아버지는 한창 물이 올라 탱탱한 처녀가 자고 있는 방에서 공부만 했을 것이라고 생각하는 사람은 아무도 없었다.

그의 집 가정부가 쫓겨 가는 건 아버지와의 부적절한 관계가 탄로 났기 때문이었다. 한번은 아버지가 엄마 앞에서 무릎을 꿇고 있었는데 엄마는 자식들이 보는 앞에서 아버지 따귀를 때리며 '네가 인간이냐,개새끼'라고 퍼부었다. 그때도 가정부 문제였다. 그런데 이번엔 좀 센 사건이다. 아버지가 들어오는 가정부마다 건드리니까 가정부를 두지 않겠다고 했지만 엄마 혼자서는 큰살림을 할 수 없어 가정부가 필요했다. 당시 좀 산다 하는 집에는 가정부가 다 있었다.

엄마는 아버지의 가정부 킬러 본능을 예방하기 위해 두 명을 고용했다. 큰애, 작은애. 그런데 아버지는 그 두 아이를 다 건드렸던 것이다. 그럼에도 불구하고 아버지는 가정을 위해서 끔찍하게 노력하였고 자식들에게는 일반적인 아버지가 할 수 있는 역할의 120%를 하셨다. 아버지는 매우 성실하신 분이었고 자신의 분야에서 엄청난 노력을 하였으며 모든 아들들이 아버지가 돌아가신 후에도 존경을 하고 있다. 아버지의 장례식장에서 아버지와 인연이 있었던 분들이 아버지는 정말 존경받는 분이었다고 다들 한마디씩 하였다.

지금 그는 어렸을 때 아버지의 성적인 행동에 대한 기억을 넘어서 전체적으로 아버지를 봤을 때는 아버지 나름대로 최선을 다해서 살다 가신 멋진 분이라고 기억하고 있다. 그런 면에서 그는 아버지의 사후에도 아버지와 걸린 관계가 없다고 한다. 아버지를 닮은 어르신을 보면 그는 아버지가 불현듯 떠오르면서 아버지와 소주 한잔 하고 싶은 마음이 절실하다. 이제 그도 아버지를 좀 더 객관적으로 볼 수 있는 나이가 되었다. 한 인간의 부족한 면을 껴안고 더 좋은 면을 크게 부각할 필요가 있다.

엄마의 남자들

엄마한테는 평생 남자가 있었다. 엄마는 남자들을 만날 때는 기분이 업 되고 남자와 헤어질 때만 죽고 싶다고 그를 붙들고 울었다. 엄마가 정숙하지 못했다는 것은 친척들의 목격으로 밝혀지기 시작하였다. 춤추는 카바레에서 엄마를 봤다는 제보가 들어왔다. 가정부 말에 의하면, 남편 출근하고 아이들 등교하고 나면 엄마는 음악을 크게 틀어 놓고 거울 앞에서 춤을 추었다고 한다. 춤이 좋아서라기보다는 연습을 하기 위해서였다. 그래야 남자들 앞에서 폼나게 춤을 출 수 있으니 말이다. 엄마는 남자들에게 음식도 해다 주었다. 갈비, 불고기를 만들어서 들고 나가곤 했는데 그것이 떳떳하지 못해서 그랬는지 음식을 만들어서 정원에 갖다 두었다가 몰래 갖고 나갔다. 가정부에게 그런 모습을 자주 보였으니 소문이 안 날 리가 없었다.

엄마의 정숙하지 못한 모습이 남들한테 들킨 것은 상처가 되는 일은 아니지만 자식들 눈으로 확인을 시킨 것은 자식들과의 사이에 깊은 골을 만들어 버렸다. 초등학생이던 그도 외출했다 들어오는 엄마의 모습이 낯설게 느껴질 때가 있었다. 엄마 머리카락이 젖어 있었다. 엄마는 목욕탕에 갔던 것도 아닌데 엄마는 왜 목욕탕에서 온 것처럼 보일까 그것이 궁금하면서도 이상했다. 엄마가 해서는 안 되는 일을 하고 왔다는 것을 직감적으로 알 수 있었다. 그는 어렸기 때문에 이상하다는 느낌만 갖고 있었지만 둘째 형은 엄마의 불륜에 치를 떨었다. 아들의 가정교사는 물론 담임선생, 그리고 자식들이 삼촌이라고 부르며 따르는 젊은 남자 등 엄마의 남자들은 다양했다. 같이 누워 있는 장면을 목격한 둘째 형은 형제들 앞에서 엄마는 화냥년이란 말까지 했다.

엄마는 왜 바람을 피웠을까? 아버지의 가정부 사건에 대한 반발이었을까? 아니다. 엄마는 성적 욕구가 센 여자다. 엄마는 아버지랑 부부 싸움을 할 때 하는 말이 '당신이 나를 돈으로 만족시켜 줬소? 성적으로 만족시켜 주었소?'였다. 엄마는 어린 자식들 앞에서도 이런 말을 스스럼없이 쏟아 내었다. 엄마는 보통의 여자들과 달랐다. 엄마는 스킨십을 좋아했다. 아버지가 직원들과 술자리를 하고 2차로 집에 손님들을 데리고 올 때가 있는데 남자 직원들이 엄마를 포옹하면 엄마가 싫어하지 않는다는 느낌을 받았다. 엄마의 이해하기 힘든 남자 편력의 원인은 무엇일까? 가족치료사인 그는 엄마가 어렸을 때 성폭행을 당했을 것으로 추측한다. 성폭행을 당한 경우 두 가지 반응이 나타나는데 하나는 성을 죄악시해서 남자들과 눈도 마주치지 않을 정도로 성에 경직되거나 아니면 성에 무척 개방적인 이상행동을 보이는데 엄마는 후자일 가능성이 있다는 것이다. 하지만 엄마는 죽을 때까지 자신의 불륜을 인정하지 않았다.

엄마가 남자를 좋아하기도 했지만 남자들이 엄마를 좋아했다. 얼굴이 예쁘기 때문인 것 같다. 고모가 입버릇처럼 하는 말이 '너네 엄마는 얼굴만 이쁘지 머릿속에 든 것이 없어.'였다. 여자인 고모 눈에도 엄마가 예뻐 보였다는 것인데 고모는 앞에 '시'자가 붙은 관계라서 엄마가 예쁘다는 말은 엄마가 무식하다는 말을 하기 위한 포석이었다. 하지만 엄마는 자신이 가장 지혜로운 줄 안다. 엄마는 거짓말 선수이다. 그럴 수밖에 없는 것이 숨길 것이 너무나 많고 모든 것을 자기 뜻대로 하기 위해서는 자기 입맛에 맞게 각색을 해야 하기 때문이다. 아마도 엄마 자신은 거짓말을 하면서 그것을 진실로 믿고 있었는지도 모른다. 엄마는 다른 사람과의 타협을 할 줄 모른다. 자기 고집대로 해야 선이고 자기 뜻을 어기면 악이다.

아버지는 엄마와 평생 사셨지만 가정 밖으로 빙빙 도셨다. 젊었을 때는 일이 있어서 가정 안에 들어가지 못해도 아쉬울 것이 없었지만 나이가 들어서는 아버지도 가정에서 휴식을 취하고 싶으셨을 텐데 엄마는 아버지를 계속 밀어냈다. 아버지는 말이 없는 성격인데 엄마는 얼굴을 봤다 하면 잔소리를 하며 사람을 달달 볶아 사람을 돌게 만들었다. 강한 엄마한테 치이며 산 아버지는 오래 살지 못했다. 아버지는 고혈압과 당뇨를 가지고 있었고 나중에는 당뇨 합병증으로 2년 반을 고생하다가 75세에 돌아가셨는데 그렇게 일찍 돌아가신 이유는 화병이었다. 아버지는 고혈압과 당뇨 합병증으로 119 구급차를 19번 타 봤고 8번 중환자실에 입원을 하였다. 또한 두 아들이 도박으로 재산을 다 없애고 정상적인 생활을 하지 못한 것이 아버지의 화병에도 영향을 미쳤을 것이다.

엄마의 아들들

큰형은 폐병을 앓았었다. 엄마 형제들이 네 명이나 죽었기 때문에 엄마는 큰형이 병을 얻자 아들을 잃을까 봐 불안했다. 또한 큰아버지가 30대에 술과 폐질환으로 요절을 했다. 그래서 큰형에 집착했다. 엄마의 큰형과의 밀착 관계는 둘째 형과 단절 관계를 만들었다.

엄마는 둘째 형에게 지나치게 냉혹했다. 엄마가 스트레스를 받으면 둘째 형을 두들겨 팼다. 손으로 때리다가 힘이 달리면 나무 빗자루로 때렸다. 둘째 형을 질질 끌고 들어가서 때리는 등 엄마는 둘째 형에게 폭력적이었다. 그런데 둘째 형에게 지금까지도 상처로 남아 있는 것은 둘째 형이 친구를 데리고 오면 엄마가 나가라고 소리를 지르며 쫓아낸 것이었다. 친구들 앞에서 엄마가 둘째 형을 야단치면 자존심이 둘째가라면 서러운 둘째 형이 엄마한테 빌었다.

"엄마, 내가 잘못했으니까 나중에 야단치세요. 내가 좀 이따 알아서 보낼게요."

"안 돼, 빨리 보내."

둘째 형이 사고뭉치가 된 것은 엄마의 둘째 형에 대한 잘못된 표현 방식 때문이었다. 둘째 형은 성장한 후 엄마를 엄마라고 부르지 않았고, 엄마가 뭐라고 하면 바로 그 앞에서 질러 버렸다. 욕도 서슴없이 해댔다. 둘째 형이 엄마를 가장 많이 닮았는데 엄마와 둘째 형은 앙숙 관계였다. 어찌 보면 둘째 형은 엄마의 희생양인지도 모른다. 엄마가 돌아가신 후에도 앙금이 가시지 않았다.

엄마는 큰형이 어려서부터 허약하여 큰아들에게는 초등학교 때부터 매일 점심시간에 흰쌀밥에 연탄에 구운 불고기 반찬으로 도시락을 싸서 식모 손에 들려 학교로 갖다 주었다. 반면에 한 살 차이인 둘째 아들에게는 아침에 그렇게도 싫어하는 보리밥과 김치 또는 깍두기 하나를 싸 주었다. 엄마는 어쩌다가 둘째 형 도시락에 달걀 프라이 하나를 얹어 주곤 하였다. 둘째 형은 보리밥이 싫다고 수십 번 도시락통을 집어던졌다. 그럼에도 불구하고 엄마는 둘째 아들의 요구를 들어주지 않았다. 현재 환갑에 가까운 둘째 형은 아직도 그 얘기를 하면서 엄마에 대한 좋은 기억은 없다고 한다. 오로지 둘째 형에게는 매정한 엄마, 없는 것이 더 나은 여자로 기억되고 있다.

엄마는 둘째 형이 그렇게도 싫다고 하는데도 자신의 방식을 바꾸지 않았다. 그런데 이 방식이 자식들에게도 이어지고 있다. 심지어 가족치료를 한 그에게도 아들과의 관계에서 이 문제가 걸리고 있었다. 그 걸린 문제를 25세가 된 아들의 힘든 상황을 보고 나서야 깨닫게 되었다. 치료사인 그가 자신의 방식이 남의 말을 알아듣지 못하는 엄마의 방식을 똑같이 닮았다는 것을 깨달았음에도 불구하고 행동의 변화로 이어지기까지는 오랜 시간이 걸리고 있다. 엄마의 큰형과 둘째 형을 차별하는 방식은 큰형의 첫째와 둘째 아들인 큰손자와 둘째 손자에게 대하는 방식도 똑같았다. 둘째 형이 엄마에게 한이 맺힌 것처럼 둘째 손자도 할머니에게 한이 맺혀 있다. 할머니가 돌아가신 지금에도 둘째 손자는 할머니에 대하여 이를 갈고 있다. 엄마의 자식과 손자를 차별하는 방식은 신기하게도 외할버지가 사용했던 방식과 똑같다고 한다.

엄마와 밀착 관계에 있는 큰형도 사고뭉치이긴 마찬가지이다. 큰형이 알코올중독에다 도박중독이다. 둘째 형은 도박계에서는 꽤나 유명하다. 그런데 형들을 도박꾼으로 만든 것은 엄마였다. 엄마는 심심하면 어린 아들들과 함께 화투를 쳤다. 외갓집이 화투 문화가 일반화되어 있어서 엄마는 어렸을 때부터 화투에 익숙했다. 외삼촌들이 도박중독자들이었다.

큰형은 여자 문제로도 속을 썩였다. 고등학생 때 결혼하겠다고 난리를 치기도 했고 그때 결혼 상대자로 데려온 여자는 우리 집안과 격이 안 맞았다. 아들 넷 가운데 사회적으로 인정받을 수 있는 직업을 가진 아들은 셋째와 넷째였다. 아들 넷 가운데 엄마한테 가장 효자인 사람은 셋째 형이다.

사람들은 아들이 네 명이어서 엄마가 호강하는 줄 알았지만 엄마는 사실 외롭게 살다 갔다. 엄마는 아들들에게 엄마 대접을 받지 못했다. 엄마에게 대놓고 욕을 하는 아들도 있었고, 엄마에게 용돈을 주기는커녕 아들들이 엄마 돈을 야금야금 다 빼가서 엄마가 돌아가실 때에는 28평 오피스텔이 전 재산이었다. 엄마는 돈을 움켜쥐고 있었지만 손가락 사이로 줄줄 새고 말았다. 돈벌이 못하는 아들들 생활비, 노름빚, 게다가 사고 치는 손주들 뒤치다꺼리로 있는 돈 다 쓰고 동네 미용실에서 돈을 빌려 쓰기까지 하였다. 엄마로서는 깡통을 찬 거나 다름이 없었다.

엄마의 경제원칙

　엄마는 모든 가치를 돈으로 환산하였다. 그렇게 돈이 많아도 외식은 항상 1만 원 이하에서 먹어야 했다. 돈을 안 쓰는 것이 선이라고 생각하는 것 같았다. 그래서 엄마는 그 누구에게도 베풀지 않았다. 엄마는 칠순 잔치도 못했다. 돈이 아까워서 손님을 부르지 못하는 것이다. 그냥 지나가기가 아쉬워서 셋째 형과 그가 엄마 모시고 저녁을 먹기로 하여 강남에 있는 한식집에 예약을 하고 고모와 사촌 누나를 초대했다. 엄마를 모시고 가려는 순간 엄마가 말했다.

"그 밥값 누가 내는 건데?"

"아이고 설마 엄마한테 내라고 하겠수?"

"야, 고모는 뭐하러 불렀냐?"

"고모는 아버지 동생이잖아."

"그럼, 고모딸은 왜 오랬냐?"

"고모도 노인네인데 어떻게 혼자 와. 그래서 누나더러 모시고 오라고 한 거야."

"야, 그 돈이 얼만데. 난 안 간다, 안 가!"

엄마와 한창 실랑이를 하다가 그가 결론을 내렸다.

"그럼, 엄만 가지마."

엄마는 정말 가지 않았다. 그래서 엄마 없이 엄마 칠순 축하 저녁 모임을 진행했다. 고모가 어이가 없어 말을 하지 못했다. 그 자리에 있는 사람 모두 말을 하지 못하고 밥만 꾸역꾸역 먹었다. 축하 모임이 아니라 장례식장처럼 분위기가 무거웠다. 못 이기는 척하고 따라와 줘도 될 일을 밥값이 아깝다는 이유로 고집을 부리는 바람에 발생한 주인공 없는 칠순 잔치 사건은 그의 가족 최고의 대형사고였다.

엄마는 모든 것을 돈으로 환산하는 이상한 경제원칙을 갖고 있었다. 엄마는 사람의 가치도 돈으로 환산하는 능력을 갖고 있었다. 그래서 엄마는 돈을 손에 끝까지 쥐고 있어야 직성이 풀렸다.

엄마가 돈을 주는 방식은 애간장을 태우고 나서 마지막에 내준다. 초등학교 육성회비를 줄 때, 대학등록금을 줄 때 항상 마감 몇 분 남겨 놓고 등록을 해야 했다. 신문배달 소년이 신문값을 받으러 오면 항상 내일 오라고 했다. 내일이 되면 또 내일…. 주머니에 돈이 있는데도 줄 돈을 기분 좋게 주는 법이 없었다. 주는 사람이 기분 나쁘게 주니까 받는 사람도 뜯어 간다는 기분이 든다. 그것은 돈을 가장 비루하게 쓰는 방식이다. 그 방식은 외할아버지 방식이기도 했다. 그래서 부자인데도 본인은 가난하게 살았다. 엄마는 벽과 같았다. 부딪히기만할 뿐 통과되는 법이 없었다. 엄마는 변화라는 걸 몰랐다.

엄마는 강해도 너무 강했다. 엄마의 강함에 모두들 질려 나자빠졌다.

엄마의 고독사

엄마는 78세에 돌아가셨다. 아버지가 돌아가신 지 10년 후였다. 엄마는 아버지가 돌아가신 후 줄곧 혼자 사셨다. 모시겠다는 아들도 없었고 엄마도 혼자 살겠다고 했다. 엄마는 어느 자식이든 함께 있으면 부딪히기 때문에 엄마를 위해, 아들들을 위해 따로 사는 것이 가정의 평화를 위해 최선의 방법이었다.

엄마는 아들에게 돈을 뜯겨 아파트 50평에서 점차 줄여 가며 10년을 혼자서 살았다. 그가 엄마한테 매일 전화를 걸어 안부를 묻는 것이 전부였다. 엄마는 아들이 돈을 쓰는 것이 아까워서 아들들을 아무것도 하지 못하게 하였다. 아들이 성장하면 엄마한테 베풀 수 있는 기회를 주어야 하는데 엄마는 그런 기회를 완전 차단해 버렸다.

엄마는 세상을 떠날 때도 혼자였다. 아버지처럼 모든 자식들이 임종을 지켜보는 가운데 눈을 감는 이상적인 죽음이 아니었다. 그가 월요일에 전화를 했을 때 엄마가 전화를 받지 않았다. 전화를 받지 않는 것에 대해 크게 불안해하지 않았다. 매달 연금이 입금되는 날이면 엄마는 큰형 집에 가서 며칠씩 머물다 오시기 때문이었다. 그는 전화를 걸었다는 사실로 자기 의무를 다한 것으로 숙제 하나를 해결한 편안한 느낌을 갖고 있었다. 그런데 수요일에 엄마 초등학교 동창 아저씨한테 전화가 왔다. 그 동창 아저씨는 아버지가 살아 계실 때부터 엄마의 남자 친구 관계였기 때문에 그의 전화가 반가울 리 없었다.

"박 교수신가?"

"예, 그렇습니다만…."

"엄마와 언제 통화를 해 봤지?"

그가 마치 엄마에게 무심하다는 듯한 느낌이 들어 그 목소리가 건조해지고 있었다.

"엄마가 아무래도 이상하네. 전화를 계속 안 받아. 월요일 모임에도 나오지 않았어. 꼭 참석하기로 했었는데…."

그 아저씨는 진심으로 걱정을 하며 그에게 한번 가 보라고 했다. 그렇게 걱정이 되면 자기가 가 볼 것이지 아들에게 가 보라고 하는 것을 보면 그 아저씨도 늙어서 기운이 떨어졌구나 싶었다. 예전에는 엄마와 만나고 나면 집까지 모셔다 드렸기 때문에 그 아저씨와 몇 번 부딪힌 적이 있었던 것을 떠올리며 쓸쓸한 미소까지 지으며 엄마 집 근처에 사는 셋째 형한테 전화를 했다.

셋째 형은 밖에서 술을 먹고 있다가 택시를 타고 엄마한테 달려갔다. 셋째 형은 어렸을 때부터 엄마의 보호자 역할을 했다. 1시간 후쯤 셋째 형이 전화로 엄마의 사망 소식을 알려 주었다. 언론에서 보도하는 노인의 고독사가 그의 엄마 사례가 되었다.

엄마는 옷을 입으려는 상태로 방에 쓰러져 있었다. 환기가 되지 않아 집안 온도가 후끈했다. 엄마의 사망 원인은 심장마비나 뇌진탕일 것으로 예상되지만 사망 시기는 그가 마지막으로 엄마에게 전화를 한 것이 월요일이고 엄마의 죽음을 확인한 것이 3일 이상이 되었을 것으로 추정된다. 자식이 있는데 고독사를 했다고 하면 박복하다고 하지만 엄마로서는 큰복이었다. 엄마는 항상 '한방에 갔으면 좋겠다.', '일시불로 갔으면 좋겠다.' 하며 자식들에게 민폐 끼치지 않겠다고 노래를 하셨었다. 어찌 보면 엄마가 원하는 대로 된 것이지만 어찌 되었건 혼자서 죽음과 맞닥뜨리고 죽은 채로 며칠을 보냈다는 것은 행복한 죽음은 아니었다.

전시용 아들

돈이 있다고 모두 대학을 가는 것은 아니다. 돈이 있어서 돈으로 대학에 넣어 준다고 해도 대학을 가지 않은 형제가 있다. 자기 실력으로 대학에 합격한 것은 그 하나였다. 그는 고등학교 1학년 때 영어 선생님의 영향을 받아서 교육자가 되기로 결심했다. 그래서 교육학과에 원서를 냈는데 보기 좋게 낙방했다. 그래서 2차로 지원한 대학에서 사회사업학과로 가게 되었다. 사회사업학과에서 공부를 하며 목표를 교수로 정했다. 그래서 미국 유학을 일찍이 준비하였다.

자식들이 부모 뜻대로 되지 않자 실망한 엄마와 아버지는 막내아들이 유일한 그들의 희망이었다. 사람들 앞에서 자식 자랑을 할 때는 으레 그가 대표 주자였다. 한마디로 그는 전시용 아들이었다.

엄마의 불안과 그의 불안이 같이 연동되어 엄마의 불안을 감소시켜야 그의 불안도 줄어들었다. 그래서 그는 엄마의 기쁨조가 되는 것이 당연한 일로 받아들였던 완전한 마마보이였다.

엄마는 모든 것을 지시했다. 결혼식을 앞두고 있는 그에게 엄마는 이런 지시를 내렸었다.

"성관계는 한 달에 한 번만 해라."

"왜?"

"왜긴. 넌 몸이 약하니까 그렇지!"

그의 여자

그도 보통의 남자들처럼 여자 친구를 사귀었다. 대학교에 들어가자마자 연애라는 것을 했는데 상대는 초등학교 동창이었다. 그런데 6개월 만에 헤어졌다. 피곤해져서 그만 만나자고 했다. 그는 자기 주장이 강하면 피곤함을 느꼈다. 엄마가 세상에서 가장 좋은 여자라고 생각했을 때는 엄마 같은 여자가 좋다고 생각하고 있었지만 내심 엄마 같은 여자가 싫었던 것 같다. 엄마처럼 강한 여자에 대한 거부감을 갖고 있었다.

아내를 만난 건 대학 3학년 때 미팅에서였다. 처음 본 순간부터 운명적인 호감으로 끌렸다. 나이는 그보다 두 살 아래였지만 성숙미가 있어서 편안했다. 누나 같은 애인이었다. 엄마와 완전히 달랐다.

엄마는 그의 여자가 교대에 다니는 장차 선생님이 될 사람이라는 것만으로도 마음이 놓였다. 그녀는 할머니 할아버지가 계신 대가족에서 성장을 해서 어른들을 아주 편안하게 대하였다. 그가 없을 때도 그의 집에 와서 엄마 흰머리도 뽑아 주며 엄마와 친숙해졌다. 그가 그녀와 결혼하겠다고 했을 때 엄마는 그럴 줄 알았다는 듯이 토를 달지 않았다.

공부를 계속해야 하는 학생 신분으로 결혼을 해야 했기 때문에 분가는 꿈도 꾸지 못할 상황이었다. 그가 엄마한테서 분화가 안 된 마마보이여서 엄마를 버리고 따로 산다는 것은 있을 수도 없는 일이었다.

형들도 결혼을 하면 처음 2년 동안은 집안 분위기를 익히기 위하여 본가에서 살았다. 엄마는 결국 할 일도 선뜻 베푸는 것이 아니라 진을 있는 대로 다 빼고 나서 마지못해 해 주는 이상한 습관이 있다. 그래서 같은 돈을 내주어도 고맙다는 생각이 들지 않게 하는 특별한 재주가 있었다.

그녀도 20개월 동안 시집살이를 했다. 하지만 그녀는 큰소리 한번 나지 않게 조용히 시집살이를 했다. 그녀는 부딪히질 않았다. 항상 자기가 한 수 접고 들어갔기 때문이다. 그녀가 부딪히지 않으려는 것은 말해 봤자 변화가 없다는 것을 너무나도 잘 알고 있었기 때문이다. 그래서 그녀는 말을 하지 않았다. 남편한테조차 불만을 얘기하지 않았다. 남편이 엄마에게 무조건 복종하는 마마보이였기 때문에 말하면 자기만 이상한 사람이 되기에 포기를 한 것이다.

그녀는 잔소리를 할 줄 모른다. 그 정도로 말이 없다. 말수가 적은 사람이라서 말해도 소용이 없는 말은 하지 않았다. 현명한 것이었지만 그것이 최선의 방법은 아니라는 사실이 나중에 드러났다. 그녀는 대가족 속에서 자신의 욕구를 체념하면서 살아가는 것이 잘 습득된 여자였다.

엄마와 분화

엄마와 물리적으로 분화된 것은 유학 때문이었다. 그의 생각은 당연히 자기 가족인 아내와 아들을 데리고 함께 가는 것이었지만 엄마 생각은 달랐다. 엄마는 아들 혼자 가서 공부하고 돌아오는 것이 최선이라고 믿었다. 그래서 며느리를 못 가게 했다.

"방학 때 얘가 가면 되지."

그녀는 당시 초등학교 교사였다. 엄마가 아들과 며느리를 떼어 놓으려고 했던 것은 며느리가 직장을 그만두는 것이 싫었기 때문이다. 좀 더 솔직히 표현하면 며느리가 학교를 그만두면 며느리가 벌어 오는 돈이 없어지는 것이 아까웠던 것이다.

사실 교사라는 직업은 포기하기에는 아까운 직업이다. 그래서 그는 그 방식대로 엄마를 설득하였다.

"엄마, 걱정하지 마세요. 삼 년까지 휴직할 수 있어요."

그는 유학을 갈 때 출발은 혼자 했지만 한 학기를 보내고 더 이상 혼자서 못 견디겠다고 아내를 불러들였다. 지금처럼 통신이 발달하지 못해 국제전화를 하면 용건만 간단히 전하고 바로 끊어야 해서 엄마와 입씨름을 계속할 수 없었다.

유학 생활은 6년 반이란 기간이 걸렸고 학비는 장학금으로 대체되었고 약간의 생활비가 지원되었으나 턱없이 부족하여 엄마가 생활비를 보내 주었으나 풍족하지는 않았다. 엄마가 돈줄을 쥐고 있었기 때문에 엄마의 지시에 따라야 했다. 엄마는 유학 기간 동안 한국에 나오지 못하게 하였다. 비행기값 아까운데 뭐하러 나오냐는 것이었다. 형들 도박 빚은 갚아 주면서 엄마 얼굴 보고 싶어서, 또 한국이 그리워서 나가겠다는 아들은 오지 말라고 막는 것이 서운했지만 엄마의 명령을 거스를 수 없었다.

유학을 마치고 다시 엄마 집으로 들어갔다. 그 입장에서는 부모님을 모시고 산다는 의무감이었지만 유학을 마치고 강사 자리밖에 없었고 그녀도 학교를 사직한 상태라서 전혀 수입원이 없는 처지라 따로 나와서 사는 분가는 엄두도 내지 못하였다. 그런데 엄마가 이제 더 이상은 경제적으로 지원을 해 줄 수 없다고 선언을 한 상태였다. 엄마는 은근히 그를 데리고 살고 싶어했기에 못 나가게 돈으로 그의 가족을 옭아매었다.

6년 6개월이란 시간 동안 그는 엄마로부터 분화가 되어 더 이상 마마보이가 아니었는데 엄마는 전혀 변하지 않으셨다. 엄마의 잔소리는 양도 많아지고 질도 높아져 있었다. 그는 이제 네 가족의 가장이었는데 엄마 눈에는 여전히 어린 막내아들이었던 것이다. 미국에서 귀국하여 초등학교 2학년인 그의 아들이 어느 날 아빠한데 울면서 하소연했다.

"아빠, 나 밖에 나가서 놀면 안 돼?"

"왜 안 돼? 나가 놀아!"

"할머니가 나가 놀지 못하게 하셔. 맨날 맨날 집에만 있으래."

그는 엄마한테 어린아이들은 밖에서 놀아야 한다고 자기 아들이 밖에 나가서 노는 것을 막지 말라는 식으로 말했다.

"추운데 어딜 나가 놀아."

"미국에선 겨울에도 밖에서 놀았어요."

"감기 걸려."

"애들은 감기 걸려 가면서 면역도 생기고 그러는 거예요."

"감기 걸리면 니가 약값 있니? 병원비 있냐구?"

"감기 걸려도 내 아들이 걸리고, 아파도 내 아들이 아파요. 엄만 내 아들까지 휘두르지 마세요."

가뜩이나 미래에 대한 불안으로 의기소침해 있는 그를 돈으로 자극하자 그도 더 이상 참지 못하고 붙어 버렸다. 손자가 감기에 걸릴까 봐 걱정을 한 것인데 엄마는 그것을 병원비 때문인 것으로 표현한 것이다. 그도 알고 있다. 엄마의 불안이 손자에게까지 미치고 있다는 것을….

가족치료를 전공한 그가 모를 리 없는 원가족의 불안이지만 이론보다 감정이 앞서는 것은 어쩔 수가 없는 인간의 본능이다. 가족치료 전문가인 그가 엄마 하나 어쩌지 못하고 사사건건 부딪히며 엄마와 분화되어 가는 과정을 밟아 가고 있었다.

엄마는 그의 변화로 인해 심한 배신감을 느꼈다. 엄마가 빨간색을 파란색이라고 하면 빨간색도 파란색으로 보일 정도로 엄마 말에 무조건 복종하던 아들이 그건 빨간색이 아냐 파란색이라고 하며 자기 의견을 내는 것은 물론이고 빨간색을 파랗다고 우기는 것은 잘못이라고 충고까지 하는 아들의 변화를 엄마는 수용하기 어려웠다. 게다가 교수로 임용되어 경제적으로 자립을 한 후에는 엄마가 빨간색이든 파란색이든 그 어떤 주장도 할 수 없도록 잘라 버리며 입을 막아 버렸다. 엄마에게 반기를 들고 나선 것은 그 뿐만이 아니었다.

손자도 할머니한테 전화를 걸어 '우리 엄마 괴롭히지 마세요.'라고 항의를 했다. 손주들이 어렸을 때는 용돈도 주고 예쁘다고 스킨십을 자주 하는 할머니가 정이 많은 좋은 할머니였지만 성장을 해서 자기 엄마를 괴롭히는 할머니에게 좋은 감정을 가질 수 없었다.

아내, 암에 걸리다

한국에서 생활을 시작한 지 6개월부터 아내가 소화가 안 된다는 말을 자주 하였다. 그는 스트레스 때문에 생기는 심리·신체적 증상이라고 스트레스 받지 말라는 말만 계속하였다. 스트레스라는 것이 받지 말라고 해서 받지 않는 것이 아닌데도 그는 그렇게 말했다. 그 후 1년이 더 지나 위에 통증이 다시 느껴져 동네 한의원에 갔더니 어혈이 있어서 그러니 한약을 먹으면 된다고 하였다. 그건 아니다 싶어 동네 병원에 갔더니 위내시경 검사를 하자고 하였다. 소화 잘되는 주사나 놔 줄 것이지 무슨 위내시경 검사냐고 진료비 많이 받으려고 필요도 없는 검사를 하자고 하는 것으로 생각되어 좀 큰 병원에 갔다.

큰 병원에서도 위내시경 검사를 했는데 심한 위궤양으로 나타났다. 의사는 한 달 동안 치료를 해 보고 다시 검사를 해 보자고 하며 암 가능성의 여운을 남겼지만 암이란 재앙이 그의 몫이 되지 않을 것이라 스스로 위로를 하였지만 내심에 그 엄마로부터 내려오는 막연한 불안이 그에게도 도사리고 있었다. 그런데 세 번째 내시경과 조직검사에서 위암 판정을 받았다. 재앙은 누구에게나 찾아올 수 있다는 것을 확인하는 순간 그의 입술은 파랗게 질려 입술이 굳어 버렸다.

아내가 했던 말이 하나씩 하나씩 떠올랐다.

—유학 시절이 천국이었어.
—나 당신이랑 결혼한 거 후회했다. 요즘.
—어머니 목소리만 들어도 가슴이 꽉 막혀.
—내 머리 좀 봐. 귀신 같네. 미장원에 안 가니.
—내가 돌아 버리는 게 살기 편할 것 같아.

한국에 돌아와 1년 동안 시간강사를 해서 번 돈은 월 60만 원이었다. 방학하면 그마저도 없는 생활이었다. 20만 원 아내를 주고 40만 원은 교통비와 점심값으로 나갔다. 1996년 당시 큰아들은 초등학교 2학년이었다. 태권도 도장 하나 보내고 20만 원으로 한 달을 살려면 아내는 미장원에 갈 돈도 없었다. 엄마는 먹여 주고 재워 주는데 무슨 돈이 필요하냐고 하셨지만 교수로 임용될 때까지 학생이다 생각하고 한 달에 100만 원만 주셨어도 아내는 병들지 않았을 것이다. 그의 부모의 재력으로 월 100만 원은 그리 큰 돈은 아니었다. 아버지는 그에게 아파트를 사 주려고 했지만 엄마가 막았다. 엄마는 그가 아직 독립할 능력이 없다는 것이 이유였지만 아파트를 사 주며 교수로 임용이 되면 분가를 하라고 했다면 희망이 있어 아내의 몸에서 암세포가 생기지 않았을 것이다.

"엄마, 그 사람 암이래."

엄마가 기겁을 했다. 뜨끔하는 듯했지만 말은 하지 않았다. 암수술을 한 날 엄마는 아들에게 통보했다.

"전세집 알아봐라. 5천만 원 정도에서."

암에 걸려서야 엄마의 손아귀에서 벗어난다는 사실에 마냥 좋았다. 그 전에도 수없이 나가 살겠다고 했었다. '엄마, 우리 나가 살게.' 그러면 엄마는 '그래, 너 돈 있으면 나가.'라고 그의 자존심을 건드렸었다. 미리 분가를 시켜 주었더라면 엄마 때문에 암에 걸렸다는 소리 듣지 않았을 텐데 엄마는 며느리 암 걸리게 했다는 오명을 쓰게 되었다.

5천만 원으로는 아파트 전세를 갈 수 없는 돈이었다. 학교 근처에서 20평 남짓 다세대주택 전세를 얻을 수 있는 돈이었다. 엄마는 너는 유학 비용이 들어갔으니 억울할 것 없다고 했지만 유학도 그렇게 쉽게 얻은 기회가 아니었다. 아버지는 셋째 형이 유학을 가겠다고 했을 때 공부는 끈기가 있어야 할 수 있는데 꾸준히 하는 것이 없어 공부할 스타일이 아니라고 유학을 묵살했다. 그래서 그는 끈기를 증명해 보여 주기 위해 대학 생활 내내 새벽에 일어나서 TV영어 강의를 들었다. 전날 친구들과 한잔을 하고 들어와도 새벽 영어 강의는 빼먹지 않았다. TV를 틀어 놓고 자는 한이 있어도 유학을 가기 위해서는 공부할 스타일이란 평가를 받아야 했기 때문이다.

요즘 돈 좀 있다 하는 집안 자식들은 부모의 돈을 너무 쉽게 쓰지만 그의 집은 집안에 돈이 있어도 구걸을 하다시피 해야 겨우 얻어 쓸 수 있었다.

수술을 마치고 코에 고무호스를 꽂고 있는 아내에게 그가 전했다.

"엄마가 우리 나가서 살라고 집 알아보래."

아내는 얼굴 가득 미소를 지으며 두 팔을 올려 만세를 지어 보였다. 아내는 지옥에서 탈출한 기분이었다.

엄마는 며느리들을 힘들게 했다. 아무리 멀리 떨어져 있어도 큰아들에게 하루에 8번씩 전화해서 시시콜콜 간섭을 하니 큰며느리는 너무 힘들어 했다. 엄마의 며느리들은 모두 순해 엄마한테 대드는 며느리는 없었다. 그의 형제들은 여자를 고를 때 엄마와 다른 여자들을 찾았는지 하나같이 엄마와는 사뭇 달랐다.

욕 문화

그의 집안은 대식구이다. 아들 넷에 며느리 넷, 거기다 손주들까지 다 모이면 인구밀도가 높다. 하지만 그의 가족은 대화가 없다. 그저 TV 앞에 앉아 모니터를 응시한다. TV 프로그램이 재미있어서가 아니라 서로 대화를 할 줄 몰라서이다. 말을 한다 해도 허공에 대고 저 혼자 툭 던지는 말이다. 그 말에 그 누구도 맞대응을 해 주지 않는다. 그러다 보니 여기저기에서 툭툭 던진 말들이 허공을 떠돌아다닌다.

이런 대화 방법 속에서는 큰소리로 함께 웃는 일이 생기지 않는다. 가족 대화에서 욕하는 것은 자연스러웠다. 엄마는 아들에게 '이 니미 씨발놈아!'가 애칭이다. 아버지는 평소에는 욕을 안 하시지만 화가 나거나 술이 취하면 욕을 하였다. 무식해서 욕을 하는 것이 아니라 전라도 광주라는 지방색이 만든 욕 문화에 엄마의 외가가 욕 문화가 발달하였다는 것도 그의 가족들이 욕에 익숙하게 만들었다.

도박을 즐기는 형제들은 욕에 많이 노출되어 있는 환경이라서 욕을 잘하지만 교수인 그도 욕을 아주 잘한다. 그는 가족 상담 수업 중에 사례를 들 때도 욕을 사용했다. 상담을 받으러 오는 사람들은 문제를 갖고 오기 때문에 내담자의 욕구 불만을 표출해 내기 위해 욕으로 유도를 하고 욕으로 카타르시스를 느끼게 해 주기도 한다.

하지만 욕을 지나치게 한다. 욕 때문에 강의에 품위가 떨어진다는 지적도 있지만 욕이 친근감을 주어 편안하고 재미있다. 또 대리만족을 느낀다는 평을 하기도 했다. 그는 집에서도 욕을 사용한다. 아이들이 밖에서 억울한 일을 당하고 오면 의도적으로 욕을 하며 편을 들어준다. 그것이 아이들의 스트레스를 풀어 주는 방식이다. 아이들이 부모 앞에서 욕을 못하게 하면 밖에 나가서 더 센 욕을 하기 때문에 욕을 집에서 다 쏟아 내게 한다. 케이블방송에서 인기를 끈 프로그램은 다 욕을 찰지게 잘했기 때문인 것을 보면 사람들이 욕을 통해 쾌감을 느끼는 것이 분명하다.

그런데 그의 욕은 친근감이 있다. 마주 하고 있는 상대방에게 욕을 하는 것이 아니라 불만의 표출 방식으로 욕을 추임새로 사용하고 있다. 그래서 그의 집안에서는 욕이 상대방을 자극하는 수단이 아니라 대화를 이어 가는 방식이다.

효도

아버지가 살아 계실 때는 그가 매주 부모님을 찾아뵈었다. 아내는 일주일 동안 드실 반찬을 늘 준비해서 들고 갔다. 그는 청소 담당이었다. 그전에 그렇게 건강하셨던 아버지는 당뇨 합병증으로 매일 집에 계셨고, 어머니는 남편 수발드느라 나름 바빴다. 그래서 그는 부모님 집에 가자마자 청소기를 돌리고 화장실 청소를 했다.

그런데 아버지가 돌아가시고 난 후 엄마를 찾아뵙는 횟수가 차츰차츰 줄어들었다. 아버지는 편찮으신 상태라서 걱정이 되었지만 엄마는 건강도 하고 나름 외부 활동을 하였다. 엄마한테는 남자 친구가 늘 있었기 때문에 아버지가 없다고 쓸쓸해할 리가 없었다. 그런데도 엄마는 아버지 돌아가시고 아들들이 자주 안 온다고 서운해하셨다.

엄마가 허리 수술을 하셨을 때의 일이다. 엄마는 간병인을 쓰지 않았다. 엄마는 당신을 위해서는 돈을 절대로 쓰지 않는다. 그것이 오히려 아들을 힘들게 하는 일이었다. 퇴원 후 간병인도 없이 엄마 집으로 모셔다 드릴 수 없어서 그가 자기 집으로 모시기로 하였다. 며칠이라도 엄마와 같이 있어야 한다는 사실이 벌써부터 집안 분위기를 무겁게 만들었다. 엄마는 어쩌다 놀러 오시면 거실 소파에 하루종일 누워서 TV만 본다. 다른 사람들 생각은 눈곱만큼도 하지 않는다. 아이들이 들어왔을 때 거실에 할머니가 누워 계시면 불편해서 방으로 쏙 들어가 버린다. 자기들이 보고 싶은 방송 프로그램도 못 본다. 화장실도 두 번 갈 것을 한 번으로 줄이는데 엄마는 아이들의 그런 불편을 아랑곳하지 않는다.

이런 불편을 무릅쓰고 엄마를 그의 집으로 모시려고 했지만 아내가 감기가 지독히 걸려서 좋은 핑계거리가 생겼다.

"엄마, 애 엄마가 감기가 심하게 걸렸어. 엄마 수술해서 감기 걸리면 안 되니까. 엄마 집으로 가야겠어."

엄마는 아무 말도 하지 않고 순순히 따랐다. 감기 옮는 것을 우려해서인지 자기를 데리고 가려고 하지 않는 아들에 대해 대항할 힘이 없으셨는지 그 이유는 알 수 없었지만 아들로서 마음에 걸리는 일을 하고 말았다. 그와 셋째 형이 교대로 엄마한테 가서 식사를 마련해 주고 돌아왔지만 제대로 거동도 못하는 엄마를 혼자 두고 뒤돌아 나오면 머리 뒤통수가 스물거렸다.

엄마는 아들이 네 명, 며느리가 네 명이나 되어도 엄마가 정말 필요할 때는 주위에 아무도 없었다. 아들과 며느리들이 엄마와 부딪히는 것을 극도로 싫어해서 엄마와는 될 수 있는 대로 얼굴도 마주치지 않으려고 했다. 그런데 엄마는 며느리들이 자기를 싫어한다고 생각하지 않은 듯하다. 왜냐하면 엄마의 강함에 눌려 아무도 엄마 앞에서 입을 열지 않고 참았으니 말이다.

어쩌면 엄마로서는 잘된 일이다. 모르는 것처럼 편한 것은 없다. 알면서도 못한 것은 두고두고 마음에 남아 괴롭힌다. 엄마가 돌아가셨을 때 가장 많이 운 사람은 아내였다. 엄마와 가장 많은 시간을 함께 해서였을까? 아님 막내 며느리여서 마지막으로 시집살이를 했기 때문일까? 아내는 엄마가 허리 수술을 받고 자기 집으로 모시지 못한 것을 찜찜해했다. 며칠이라도 간호를 해 드렸어야 하는데 감기를 핑계로 남편에게 미룬 것이 지금까지도 마음에 걸려 있다.

시어머니는 마음씨가 넓고 성품이 좋은 사람이라고 아내를 자주 말해 왔다. 한번도 아내를 야단치거나 미워하지 않았다. 그럼에도 불구하고 시어머니를 불편해한 건 순전히 시어머니의 삶의 방식과 표현 방식 때문이었다. 사람의 좋고 나쁨의 문제가 아니라 관계에서 오는 불편함이었다. 아내의 끊임없는 반찬 봉양으로 감동받은 어머니는 아내에게 어머니의 하나뿐인 진주 반지를 물려주셨다.

시어머니와 어떤 관계였던 간에 자기가 할 도리를 못하면 후회가 된다. 살아 계실 때 죄송하다는 표현만 했었더라도 편했을 텐데 표현을 하지 못한 것이 못내 아쉬웠던 것이다. 이렇게 마음에 걸려 하고 후회하는 것이 효도가 아닌가 싶다.

숨막히는 사랑

딸이 없던 집안에서 막내로 성장한 그는 딸의 역할을 했다. 그래서인지 그는 여성화된 남자이다. 아내는 그가 자기보다 더 여성답다고 말할 정도이다. 유학 시절 설거지는 그의 몫이었다. 흔히 육아를 하는 아내를 위해 남편들이 설거지를 하긴 하지만 설거지를 좋아서 하는 것이 아니라 마지 못해서 의무적으로 하는 것인 반면 그는 설거지를 즐겼다.

집에 손님이 오면 음식 서빙도 그가 한다. 가만히 앉아서 '여보, 여기 물 갖고 와.'라는 지시는 그의 집에서는 상상할 수도 없다. 그는 아내를 도와주는 것을 당연하다고 여긴다. 아내를 사랑하기 때문일까? 그의 여성성 때문일까? 둘 다 작용하고 있다고 생각되지만 그는 연애를 4년간 하고 결혼한 지 28년이 되었는데도 아직도 신혼 같은 기분으로 산다. 지금도 신혼처럼 스킨십을 하고 아내가 예쁘고 섹시해 보인다. 어찌 이것이 가능한 일일까? 혹시나 가족치료사의 의무감 때문에 의도적으로 노력하는 것은 아닐까? 하지만 부부 싸움다운 부부 싸움을 해 본 적이 없다는 것이 가식적 행동이 아니라는 것을 말해 준다.

부부를 가장 오랫동안 가장 많이 지켜본 아들과 딸이 '엄마 아빠 처럼 못살 것 같다.'고 할 정도로 숨막히는 사랑을 하고 있다. 엄마 아빠가 싸우는 걸 보지 못하였기 때문에 아이들이 싸우는 것을 무척 힘들어 한다. 부부 싸움을 안 하는 것이 긍정적인 효과만 있는 것은 아닐지도 모른다는 생각이 든다.

어떻게 이렇게 변함없이 한 여자만을 사랑할 수 있을까? 그는 기도한다.

—이성으로서 제 아내만을 사랑하게 해 주시고 다윗이 우리아의 부인 밧세바에게 범한 죄를 짓지 않게 해 주시옵소서.

다윗은 우리아의 부인 밧세바를 여자로서 취하였고 그것을 감추기 위해 남편인 우리아를 위험한 전쟁터에 내보내 죽게 만든다. 남의 여자를 탐하는 것은 살인을 일으킬 정도로 사악한 범죄이기에 그는 결혼 후 아내 이외의 여자에게 눈길을 돌린 적이 없다. 보통의 남자들이 행동은 하지 않더라도 주위의 예쁜 여자들에게 눈길을 주며 끊임없이 여자의 향기를 느끼는 것과는 대조적이다. 아마 사람들은 후자가 정상이고 그가 비정상인 남자라고 생각할지 모른다.

그는 여학생들 앞에서 굉장히 조심을 한다. 신체적인 접촉이 생기지 않도록 처음부터 벽을 쌓는다. 그는 왜 스스로 여성 금지령을 내렸을까? 아버지가 가정부를 건드리는 것을 보았기 때문이라는 것으로는 설명이 부족하다. 아버지의 외도를 본 아들이 어디 한두 명인가? 오히려 어렸을 때 본 아버지의 외도 때문에 여성 편력이 심한 남자들도 있다.

하지만 그는 여자 문제가 생긴다는 것은 자신의 권위에 금이 가는 것이라고 생각한다. 그는 자기가 가지고 있는 권위에 도전을 하거나 손상을 하는 것을 용납하지 못한다.

저 새끼는 희한한 놈이야

그는 밖에서 있었던 일을 집에 와서 90% 이상 말한다. 말하지 않는 10%는 숨기려고 하는 것이 아니라 생각이 나지 않아서 그냥 지나간 것이다. 그가 밖에 얘기를 너무 생생하게 중계방송을 하듯이 전해주어 부인은 처음 만나는 밖의 사람들이 전혀 낯설지 않다. 누구라고 소개를 하면 바로 대화가 통할 정도이다. 아내는 남편의 스케줄을 꿰뚫고 있어서 그가 밖에 있어도 지금쯤 어디에서 무엇을 하고 있는지 알 수 있다. 그는 아내 손바닥 안에 있다.

그는 대화를 너무 심하게 많이 해서 성대결절이 생겼을 정도이다. 그는 말만 열심히 하는 것이 아니다. 스킨십도 심하다. 출근한 그가 다시 올라오는 이유는 놓고 간 서류나 꼭 갖고 가야 할 물건이 있어서가 아니라 뽀뽀를 안 하고 나갔기 때문이다. 대학생이 된 딸이 '아빠 너무 심해, 중증이야. 최중증.'이라며 머리를 저을 정도이다. 아내는 그가 남들이 상상하는 것 이상으로 많은 것을 요구하여 귀찮아 한다.

그는 연애 시절에는 당시 애인(아내)에게 정을 모두 주지는 않았다. 법정 스님이 그랬던가? '정은 고무나무와 같아서 전지를 하면서 살아야 된다.'고! 그런 남자가 결혼을 하니까 너무 적극적이어서 그동안 절제를 했었다는 것을 알았다. 그는 합법적인 관계만이 아름다운 사랑이라고 생각한 것이다.

그는 지금 나이쯤이면 부부 관계를 안 하는 것이 당연하다고 여길 만한데 어쩌다 발기가 되지 않으면 몹시 당황하고 디프레스가 된다. 그는 아내를 정말 예뻐한다. 그래서 아내는 이렇게 말한다.

"내가 나를 사랑하는 것보다 나를 더 사랑하는 남편이예요. 우리 엄마의 사랑, 모성보다 더 큰 사랑 같다는 생각을 항상 하면서 살거든요."

아내는 그를 여자 문제로 의심해 본 적이 없고 100% 신뢰한다. 신뢰라는 단어는 불신이 내포되어 있기에 신뢰가 아닌 당연함이라고 하는 것이 더 정확한 표현이다. 아내는 그가 오로지 자기만을 바라보고 자기만을 사랑하는 것에 익숙해져 있어서 그것을 아주 당연하다고 생각한다.

이런 변함 없는 사랑이 아내를 질리게 하지는 않을까? 그는 다른 여자에 대한 욕구를 억제하고 있는 것은 아닐까? 어떻게 기계도 아닌데 이토록 평생 한결같을 수 있을까? 그의 한결같은 성격은 어머니와 똑같다. 하지만 아내는 그가 너무 로맨틱해서 탈이라고 하는 것을 보면 그의 사랑이 여자를 질리게 하지는 않게 하는 모양이다. 그리고 욕구를 억제하는 것 같지는 않고 너무나 자연스럽게 몸에 밴 체질 같은 것이라고 했다.

그에 대해 이런 얘기를 하면 친구들은 말할 것도 없고 친정이나 시댁에서 이해를 하지 못해 아내는 남편 얘기를 남들에게 하지 못한다. 소설을 쓴다고 할 것이 뻔하기 때문에 말을 할 수가 없다. 아내는 남편 흉을 봐야 할 자리에서는 흉을 봐야 해서 남편 흉을 보면 자랑을 하냐고 핀잔을 듣는다.

형들은 '저 새끼는 희한한 놈이야.' 또는 '내 친구가 이런 애면 만날 이유가 없어.'라며 한마디로 재수 없어 한다.

그에 대해 이쯤 얘기를 하면 남자로서의 매력이 없는 남자라고 생각할 수 있다. 드라마에 나오는 남자들과는 거리가 멀다. 그런데 아내가 있는 남자에게 남자로서의 매력이 필요한 것일까 하는 의문이 생긴다.

그런데 그들도 사람인지라 냉냉해질 때가 있다. 여행을 가서 팁을 주는데 아내가 생각했던 것보다 남편이 많이 주면 그것을 좋아할 여자는 없다. 그래서 아내가 한마디 하면 그는 말을 하지 않는다. 삐친 것이다. 그가 화가 난 이유는 아내의 잔소리 때문은 아니다. 자기 나름대로의 기준으로 자기가 결정한 것에 대한 아내의 간섭이 싫은 것이 아니라 그런 아내의 태도에서 엄마의 모습이 보이기 때문이다. 엄마의 방식대로 그를 컨트롤했던 그때 그 느낌이 확 들어와서 순간 경직이 된다.

또 전화 통화를 하고 있을 때 옆에서 뭐라고 뭐라고 훈수를 두는 것을 그는 몹시 싫어한다. 엄마가 그랬었기 때문이다. 그럴 땐 전화기를 벽에 확 집어던지고 싶은 충동이 생긴다. 하지만 그는 행동으로 옮기지는 않는다. 그런 행동은 그의 권위에 흠이 가는 일이기 때문이다.

그는 전문가답게 분노 조절을 하며 절제를 한다. 그의 절제 습관은 전문가로서만은 아니다. 어렸을 때부터 절제가 몸에 배어 있다. 아버지가 가정부 누나한테 한 행동을 엄마한테 말하고 싶어도 참았다. 형들이 나쁜 짓을 한 것을 봐도 엄마한테 이르지 않았다. 엄마가 아버지에게 감추고 싶은 행동을 했을 때도 침묵하였다. 그가 말을 하고 싶은 욕망을 누르고 입을 다물어야만 집안이 편안했기 때문이다.

그는 행동도 절제하였다. 몸이 약했기 때문에 조금만 무리를 하면 바로 탈이 났다. 한참 혈기 왕성하던 고등학교 2학년 때 간염이 걸려서 1년을 휴학하였고, 대학에 들어가서 친구들과 밤새 어울려 논다거나 술을 과하게 먹는다거나 하지 못하고 1차를 마치면 집으로 귀가했다. 1차 술 문화는 지금도 계속되고 있다.

아빠로서의 그

    그는 아내한테만 100% 신뢰를 받고 있는 것은 아니다. 아이들한테
도 99% 순도의 아빠가 되어 주고 있다. 아이들이 학교에서 있었던 일
을 얘기하면 똑같은 눈높이에서 경청하며 편을 들어준다. 아이들을
자유스럽게 키웠다. 아이들의 개성을 존중해 주고 표현하고 싶은 것
을 숨기지 말고 모두 얘기하라고 교육시켰다. 그래서 아이들이 자기
감정을 숨기지 않는다. 싫고 좋고가 아주 분명한 성격이다.

    아들이 중학생 때 오리털 파커를 사 달라고 해서 온 가족이 매장을
찾았다. 아들은 자기가 봐 두었던 오리털 파커가 다 팔려서 마지못해
36만 원짜리 재킷을 50% 세일해서 18만 원을 주고 샀는데 아들은 만
족해하지 않았다. 자기 마음에 들지 않았던 것이다. 그는 아들의 태도
에 열이 뻗질러 올랐다. 그가 화가 난 것이다. 생각 같아서는 차를 확
몰아서 받아 버리고 싶었지만 그것은 성숙한 아빠의 태도가 아니기 때
문에 그는 절제를 하며 설명을 시작했다.

"야, 그 재킷 아빠 양복보다 비싼 거야. 아빤 십이만 원짜리 양복 샀어. 아빠보다 더 비싼 것 샀으면 된 거 아냐?"

아들은 말이 없었다. 남편과 아들 사이에서 불안한 사람은 아내이다. 아내는 두 사람 입장을 모두 이해할 수 있기 때문이다. 남편은 알뜰하게 살고 있는데 그래도 아들이니까 크게 마음을 써서 큰돈 들여 사 줬는데도 불만에 꽉 찬 똥 씹은 표정을 짓고 있으니까 실망을 한 것이고, 아들은 자기가 원하는 것을 못 샀기 때문에 옷을 사긴 했어도 불만스러운 것이었다.

그는 문제가 발생하면 항상 말로 표현을 한다. 심지어 하고 싶은 행동까지도 표현한다. '내가 지금 이 차를 벽에 박아 버리고 싶은 심정이다.'라고 실행하지도 않을 행동에 대해서도 설명한다.

차 안에서는 아무 말도 하지 않던 아들이 차에서 내리면서 아빠의 팔짱을 끼면서 죄송하다고 했다. 그의 가족들은 이렇게 가끔 부딪히긴 해도 금방 풀리는데 그렇게 될 수 있는 것은 그가 행동은 절제하지만 마음은 아주 세세히 표현하며 소통을 하기 때문이다.

즉각적으로 표현을 잘하는 그도 딸한테 한 템포 늦춘다. 아들하고는 달리 여자라서 조심스럽다. 그가 아무리 미국에서 공부를 했어도 미국에서 태어난 딸의 영어 실력을 따라갈 수가 없다. 그래서 3페이지 정도 되는 영어 초록을 딸에게 부탁했다.

"이것 좀 봐줄래."

"나중에."

"급한 건데."

"나, 지금 바빠."

그는 자기는 아무리 바빠도 딸의 요구에 즉각즉각 반응을 하였는데 딸은 놀고 있으면서도 바쁘다고 봐주지 않는 것이 너무너무 야속했다. 그는 아내에게 씩씩거리며 말했다.

'여보! 쟤, 너무 싸가지 없어!' 하며 아내를 통해 감정을 한번 걸러 냈다. 딸에게 바로 반응을 하면 감정적으로 대응할 것 같아서 일단은 참았다. 하지만 그는 언젠가 반드시 표현한다. 말을 안 하면 딸의 눈을 똑바로 쳐다보지 못한다. '그때 아빠 너무 속상했다.'라고 과거형으로 표현한다. 가슴속에 담아 두는 것은 건강하지 못한 방법이다.

그가 보통 아빠들 하고 다른 점은 아내가 위암 판정을 받았을 때 어린 자녀들에게 엄마의 발병 사실을 알린 것이다. 어린 자녀들이 불안해할까 봐 자녀들에게 엄마 아빠의 발병 사실을 숨기곤 하는데 그는 아이들이 사실을 모르고 있는 것이 아이들을 더 불안하게 만든다고 생각했다. 아이들은 늘 집에 있던 엄마가 집에 없다는 사실 하나만으로도 몹시 불안하다. 엄마가 언제 다시 집에 돌아오는지 모르고 있으면 엄마의 부재가 더 길게 느껴진다. 그리고 주위 사람들의 침울한 표정이 아이들을 질식하게 만든다. 그래서 그는 어린 자녀들을 앉혀 놓고 열심히 설명했다.

"엄마는 두 주 동안 병원에 있을 거야."

"그렇게 오래요? 엄마 많이 아파요?" 아들이 물었다.

"그래. 위암이란 조금은 힘든 병에 걸리셨어. 수술을 해야 해. 엄마가 14일 후에 집에 와도 예전처럼 너희들이 원하는 것을 다해 줄 수 없어. 너희들 스스로 해야 할 일이 많아질 거야."

아이들은 엄마의 상황에 대하여 잘 모른다.

"엄마를 위해서 기도하기를 바란다."

두 아이 모두 고개를 끄덕였다. 아이들이 어리다고 숨기는 것보다는 아이들도 현실을 알아서 나름대로 대처할 수 있는 방법을 찾는 것이 아이들에게 더 필요하다고 생각했다. 만약 아이들에게 숨겼다면 엄마가 외갓집에 갔다고 아이들에게 거짓말을 해야 하고 그 거짓말 때문에 다른 거짓말을 계속하게 되는데 아이들은 엄마의 부재로 발생한 불편에 대해 엄마를 원망하게 되어 아이들에게나 엄마에게 부정적인 영향을 미친다고 보고 있다.

정말 그때 아이들이 성숙한 모습을 보여 주어 아이들 때문에 생기는 어려움은 없었다. 큰애가 동생을 도와주고 작은 아이도 엄마가 해 주었던 일을 스스로 하며 엄마의 빈자리를 메워 갔다.

그리고 그의 자식 양육하는 방법도 남다르다. 그는 아들과 딸 남매를 두고 있는데 나이 차이가 네 살 차이가 난다. 동생이 어리고 여자 아이이니까 둘 사이에 힘의 균형이 이루어지지 않아서 딸이 항상 울면서 오빠한테 밀린다. 그것이 안타까우니까 그와 아내는 아들놈을 나무랬다. 어린 딸 편을 들어준 것이다. 그러니까 엄마가 잠시 밖에 나가면 아들이 동생을 무섭게 대하며 분풀이를 하였다.

그래서 이번에는 그 문제를 해결하기 위해 그는 딸아이가 오빠와 티격태격하다 울면 아들을 제지시키지 않고 딸을 야단쳤다. '왜! 오빠한테 까불어!' 어린 딸은 아빠의 달라진 방식에 벙쪘고 아들은 기분이 좋아서 자기 방으로 들어가 침대 위에서 슬라이딩을 하면서 사지를 공중에 흔들었다. 아내도 남편의 방식대로 동생이 대들면 동생을 때려도 좋다고 허락해 주었다. 그러자 동생이 더 이상 오빠에게 대들지 않았다. 엄마가 도와줄 것이라는 믿음 때문에 자기보다 덩치가 크고, 서열도 높은 오빠를 누르려고 했던 것이고 아들은 자신의 권위에 도전하는 동생이 얄미워서 다툼이 생기는 것이었다.

인간 관계는 서열을 인정해 줘야 상호작용이 평화롭게 이루어진다. 이렇게 질서가 잡히자 아들과 딸 사이가 아주 좋아졌다. 자식들 사이가 좋아야 부부 사이도 좋아지는 것이다. 자식들 사이가 나쁘면 각각 편을 들어주며 부부 사이도 갈라진다. 물론 이 이면에는 불편한 부부 관계가 존재하고 있다. 자식들이 화합하려면 부모 역할이 크다는 것도 잊어서는 안 된다.

그는 삼식 씨

그는 식사를 할 때 행주를 옆에 꼭 갖다 놓는다. 먹다가 흘리면 바로바로 닦아 내기 위해서이다. 아내는 그냥 흘리고 나중에 한꺼번에 치우면 된다고 생각하기 때문에 행주를 보면 못마땅해한다. 그는 아내가 행주를 싫어하자 그녀 눈에 띄지 않게 숨겨 놓고 식사를 할 정도로 행주에 집착한다.

그의 결벽증은 부모에게 물려받은 것이다. 두 분 모두 정리 정돈을 잘하는 깔끔한 성격이었다. 하지만 아내 쪽 집안은 정반대이다. 그러다 보니 식탁에서 부딪히게 된다. 그는 식사를 하며 아이들에게 잔소리를 한다. 왜 흘리고 먹냐고, 깨끗이 먹으라고, 그 잔소리는 그가 어렸을 때 수없이 들었었기에 그는 아무렇지 않지만 아내는 아이들이 즐겁게 식사를 하는 것이 더 중요하다고 생각했다. 물론 이제는 아이들이 다 컸기 때문에 식사 때 하는 그런 잔소리가 통하지 않는다.

아내가 그에게 붙여 준 별명은 박한결이다. 결혼 28년 동안 변함없는 모습, 한결같은 모습을 보여 주었기 때문이다. 대개 신혼 때와 왕성하게 사회생활을 할 때 그리고 명퇴기에 남편이 아내를 대하는 태도에 변화가 있지만 그는 정말 변함이 없다. 특히 유학 시절과 한국에 돌아온 후 남편이 달라졌다고 말하는 사람들이 많다. 유학 시절에는 아내를 도와 설거지도 해 주며 가정적이었던 남자가 한국에 오니까 부엌 근처에는 가지도 않고 아내에게 대접받기를 원하는 가부장적인 남자가 되었다고 불평을 하는데 그는 유학 시절이나 한국에 왔을 때나 똑같다. 쉽지 않은 일이다.

그는 꾸준히 삼식이다. 하루 세 끼 아내가 차려 주는 밥을 아내와 마주 앉아 식사를 한다. 집이 학교에서 아주 가까워서 점심을 먹으러 집으로 들어온다. 물론 매일은 아니어도 삼식이가 그의 생활 패턴이다. '나 혼자 저녁 먹어도 괜찮아요. 나 혼자 있어도 되는데… 당신 사회생활 그렇게 하면 사람들이 흉봐요.' 그럼에도 불구하고 그는 유학생 때부터 지금까지 저녁은 특별한 모임이 없는 한 항상 집에서 가족들과 함께 식사를 하였고 대부분 하루에 두 끼 이상은 아내와 먹었다.

그는 아내와 말을 할 때 유난히 여보라는 호칭을 자주 사용하는 것도 특징이다. 아내가 바로 코 앞에 있는데도 여보 여보를 연발한다. 성대가 안 좋아서 외부 활동을 하는 것을 삼가고 있어서 더욱 아내와 지내는 시간이 많아졌지만 그녀는 남편이 삼식 씨가 된 것을 부담스러워하지 않는다. 그는 음식 타박을 하지 않고 무엇이든지 맛있게 먹는다. 그래서 음식으로 인해 스트레스를 받지 않기 때문에 삼식이 놈이 아니라 삼식 씨인 것이다.

그런데 그가 절대로 하지 않는 것이 있다. 바로 비교를 하지 않는 것이다. 아이들을 키우면서도 다른 아이들과 비교를 하는 법이 없다. 사람은 본능적으로 비교를 한다. 그것이 비교라는 생각도 없이 자연스럽게 비교하는 방식을 사용한다.

"여보, 민영이 아빠는 시간당 강사료가 100에서 150만 원이래."

"사회복지 쪽에서는 10만 원이야."

"……."

"남하고 비교해서 행복할 거 없어."

아내는 그제서야 아차 비교를 했구나 싶어 더 이상 대화를 이어 가지 않았다. 그는 욕심이 없다. 작은 것에 너무 행복해한다. 현재 갖고 있는 것에 자족해한다. 아내는 그런 남편이 처음에는 이상했지만 이제는 신기하다.

"당신, 아르바이트 한 번도 안 해 봤지?"

"그랬지!"

"난, 아르바이트 많이 했었는데. 우리 집에서 아르바이트 안 해 본 사람 당신밖에 없어. 우리 아이들도 아르바이트 얼마나 열심히 하는데…."

그는 어렸을 때 친구들과 비교도 할 수 없을 정도의 큰 집에서 부유하게 살았다. 그런데 지금은 그가 친구들 가운데 가장 작은 집에 살고 있지만 그는 비교를 전혀 안 하니까 스스로는 행복해한다.

사람 마음은 똑같은데 어떻게 그럴 수가 있나 싶지만 일부러 그러는 것 같지는 않다. 한결같이 변함없이 비교를 하지 않는다. 그래서 그의 아내는 '우리 남편은 성인 같아요.'라는 말을 가끔 한다. 가장 가까운 사람인 아내한테 성인 같다는 말을 듣는 것은 그의 성인적 성품의 순도를 가늠하게 한다.

복제해서 분양하고 싶은 남편

부부는 남자와 여자라는 성별 차이도 크지만 각자 서로 다른 환경에서 20년을 넘게 살았기 때문에 문화의 차이도 크다. 부부는 여러 면에서 차이가 있는데 함께 살아야 한다. 두 사람이 연결이 된 것은 사랑이지만 두 사람이 살아가는 데는 노력이 필요하다. 두 사람이 하나가 되는 것이 부부인데 하나가 되기는커녕 남보다도 못한 원수 사이가 되기도 한다. 그 이유는 좋은 부부 사이가 되기 위한 노력을 하지 않았기 때문이다.

그가 부부 싸움을 안 해 봤다고 하는 것은 부부 사이의 의견 충돌이 없어서가 아니라 싸움으로 번지지 않게 예방을 하기 때문이다. 문제적 상황이 발생하면 이성적으로 설명하고 그 설명에 아내가 발끈하면 한 걸음 뒤로 물러나서 다시 생각할 수 있는 시간을 준다. 싸움을 만들지 않는 것이다.

그의 아내는 남편과 자기가 난지 넌지가 헷갈린다고 말할 정도로 일심동체가 되었다. 사람들은 남편에게 하루 세 끼 밥을 차려 준다고 하면 힘들어서 어떡하느냐고 걱정을 하지만 그것이 힘든 일이고 하기 싫다는 생각을 해 보지 않았다. 어차피 자기도 먹어야 해서 차린 밥상에 숟가락을 하나 더 얹혀 놓은 것 뿐인데 그것이 왜 귀찮은 일인지 이해가 되지 않는다.

　오히려 혼자 먹는 것보다는 둘이 함께 먹어서 좋고 식사가 끝나면 하지 말라고 말려도 설거지를 해 주기 때문에 편해서 좋다. 그래서 아내는 가족들 앞에서 남편을 복제해서 분양하고 싶다는 말까지 한다. 대개 엄마가 바람을 피우는 것을 목격한 아이는 성장을 해서 결혼을 한 후 아내의 순결을 의심하는 의처증 증상이 나타나곤 한다. 그래서 아무 문제가 없는 부부인데 서로를 의심해서 서로 불행해지는 부부를 보는데 그는 아내를 절대로 의심하지 않는다.

　그의 장모가 수녀 같은 분이기 때문이다. 장모는 부끄러움이 많아서 지금도 사위들 얼굴을 똑바로 쳐다보고 말을 하지 못한다. 그의 엄마와는 대조적인 모습이다. 그의 엄마는 조금만 알아도 반갑다는 표시로 팔짱을 끼거나 허그를 했었다. 엄마와 전혀 다른 장모의 모습에서 그는 아내에 대한 무한한 신뢰를 할 수 있었다.

　그런데 복제는 남편만 할 것이 아니라 아내도 복제해서 분양하고 싶다. 필자는 만약 다른 여자였어도 그가 그렇게 변함없이 사랑했을까?라는 의문이 생겼다. 그는 장경미라는 여자를 사랑하는 것이 아니라. 아내라는 역할을 하는 여자를 사랑하는 것은 아닐까? 아내가 다른 여자였다 해도 똑같이 사랑하지 않았을까? 물론 어떤 여자였더라면 아내에 대한 예의를 지키고 아내에 대한 의무를 다했겠지만 어떤 여자여도 똑같이 사랑했을 것이란 상상은 잘못이다.

아내는 육 남매 중 다섯 번째이고 딸로서는 막내이다. 그녀는 형제도 많았지만 할머니, 할아버지도 모시는 대가족에서 지냈고 할아버지가 중풍으로 몸이 불편해서 시중을 들어야 했다. 그녀는 순응하는 것이 몸에 배어 있어서 사람들과 부딪히지 않고 사람들을 편안하게 해준다.

그는 결혼하기 전에는 아내가 엄마를 닮은 여자이기를 바랬다. 엄마가 모든 면에서 완벽한 여자라고 생각하고 있었다. 그 사실을 그녀도 알고 있었다. 그래서 그녀는 시집살이를 하면서도 남편에게 시어머니에 대해 말을 하지 않았다. 엄마를 너무나 좋아하는 아들이었다. 아내 입장에서는 굉장히 부당한 시어머니의 행동이 남편에게는 장점으로 생각하고 있는데 그것이 나쁘다고 말한다면 남편이나 시어머니 관계에 도움이 안 된다고 생각하고 남편이 스스로 느낄 수 있을 때까지 기다렸다. 보통 여자들이 쉽게 할 수 없는 인내이다.

아내가 잔소리를 한다거나 까다롭고 자기 주장이 강한 성격이었으면 부부 관계가 원만하지 못했을 것이라며 아내가 현명하고 지혜로운 여자여서 의사소통이 잘되어 자기 눈에 씌운 콩깍지가 아직도 벗겨지지 않아 아내에게 지금도 여성으로서의 매력을 느끼고 있다고 고백했다.

그는 상담에 미쳐 있다

"자네, 학위를 받고 가면 가족치료가 빛을 볼걸세."

오하이오주립대 석사과정 1학기 중에 플로리다주립대 박사과정에 합격되었다는 통지서를 받았는데 그 당시 오하이오주립대 지도교수였던 이부덕 교수님이 그 학교에 가서 가족치료를 공부해 보라고 권하였다. 앞으로 10년 후면 가족치료가 학문적으로나 사회적으로 중요한 역할을 할 것이라며 가족치료는 미국 플로리다주립대가 세다는 지도교수님 말씀에 플로리다주립대로 옮겼다. 석학의 이 한마디가 그로 하여금 가족치료를 전공하게 하였다. 물론 그는 한국에서 받은 석사학위를 가지고 있었다.

플로리다주립대에 가족치료사 자격증 프로그램이 있었는데 2년 동안 수업 듣고 인턴과정을 수료해야 한다. 그렇게 하려면 석사과정 안에 있어야 지원이 가능하다고 해서 박사과정을 마치고 다시 석사과정에 필요한 과목을 들었다. 그는 1995년 12월에 박사학위를 받고 그다음 년도 봄에 석사학위를 받았다.

 그가 상담을 한 지 20년이다. 가족치료 이론을 가르치는 교수들은 많다. 하지만 임상을 하는 사람들은 그리 많지 않다. 우리 사회에서 교수는 바쁘다. 행정도 해야 하고, 경영도 해야 하고, 정치도 해야 한다. 밖에서 뛰어야 유능한 교수가 된다. 그처럼 현장을 고수하면 좀 이상하다는 눈빛을 보낸다.

 하지만 그는 상담에 빠져서 살기 때문에 상담이 그의 인생이다. 그 이유는 상담이 그를 가장 편안하고 흥미롭고 행복하게 만들기 때문이다. 그는 20년 동안 상담을 하면서 한 번도 쉬어 본 적이 없다.

 내담자에게 커피 대접을 하며 그저 상대방의 이야기를 듣고 자신이 문제를 발견해서 알려 줄 수 있다는 사실이 기뻐서 밤이고 낮이고 원하는 사람이 있으면 만나 주었다. 상담을 하면서 그가 먼저 포기한 사례는 단 한 건도 없다. 내담자와 상담자가 부딪혀서 안 오는 사람이 있다. 완벽한 사람, 강한 사람, 늘 칭찬만 받던 사람들은 그와 많이 부딪힌다. 부딪혀서 상담을 진행하지 못한 경우는 내담자 문제도 크지만 그의 문제도 크다.

 엄마하고 걸려 있는 관계가 해결이 안 됐기 때문에 자기 엄마의 강함이 느껴지는 사람을 만나면 자기도 모르게 엄마에 대한 감정이 그 사람에게 실려 들어가서 내담자를 질타하기도 한다. 그런 사람들까지도 보듬어 안아야 성숙한 상담자인데 아직도 이 세상에 없는 엄마에게서 분화가 되지 않았다.

 그런 경우가 아니면 상담은 성공적으로 종결이 된다. 물론 상담이 모든 문제를 말끔히 해결해 주는 전능한 방법은 아니다. 다만 원인을 찾아 주기 때문에 자신의 문제를 받아들여 불안을 해소하고 관계를 개선하려는 노력을 한다. 내담자가 자신들의 문제를 알고 해결할 수 있는 대안을 찾게 되면 관계의 변화가 온다. 약물치료도 중요하지만 약은 일시적인 안정을 유도해 주는 것이지 완전한 치료는 아니다.

상담에서 가장 중요한 것은 상담자와 내담자와의 궁합이다. 실제로 내담자 문제를 해결하는데 여러 가지 변수가 있는데 그 가운데 하나가 상담자와 내담자의 관계이다. 관계가 좋으면 상담 효과가 빠르게 나타난다.

자녀 문제로 상담을 하러 왔지만 실제로는 부부 문제이고 부부 문제를 살펴보기 위해 원가족(부부의 부모)을 훑어보려고 하면 숨기면서 상담을 거부하기도 한다. 상담은 보통 3대가 거미줄처럼 얽혀 있어서 한 군데만 보고 문제를 찾아낼 수 없다는 것을 설명해도 이해를 하지 못한다.

상담이 잘 진행된 경우는 상담자가 내담자의 준(準)가족이 되어 연락을 끊지 않고 서로 전화 통화를 하는데 그런 경우는 내담자의 변화를 계속 살펴 줄 수가 있어서 상담 효과를 극대화시킬 수 있다.

그는 상담을 할 때는 상담에 몰입을 하기 위해 전화도 받지 않고 다른 사람의 방문을 허용하지 않는다. 보통 1시간 정도 진행되는데 경우에 따라서는 3시간씩 걸리기도 한다. 한 케이스 상담이 7년 동안 계속된 경우도 있다. 딸이 자살 시도를 여러 번이나 했는데 아빠가 완벽주의자이다. 아빠가 변해야 딸이 효과를 보는데 아빠가 절대로 변하지 않았다. 시간이 흐르면서 딸은 정신적으로 완전히 병들어 버렸다. 딸이 성인이 되어 직장 생활을 한다거나 결혼을 했다면 아빠의 간섭에서 벗어날 수가 있지만 사회생활을 할 수 없다 보니 경제적으로 아빠에게 계속 의지를 하며 살면서 점점 더 악화가 되었다. 완벽주의자인 부모 케이스가 가장 상담하기 어려운 사례 중에 하나다.

상담 효과가 금방 나타나는 경우는 5~6회 정도에 종결이 된다. 하지만 그는 상담 결과가 개운하지 않으면 좀 더 연장을 시킨다. 상담자가 만족스럽지 않으면 내담자는 더욱 만족스럽지 않기 때문이다.

상담을 할 때는 여러 가지 변수가 작용한다. 내담자의 학력과 직업, 직위에 따라 단어가 달라져야 하고 내담자의 성격이 내성적이냐 외향적이냐 상처를 많이 받는 성격이냐 대담한 성격이냐에 따라 상담의 표현 방식이 달라져야 한다.

그는 상담을 하기 위해 그 어떠한 홍보도 하지 않았다. 그 흔한 홈페이지 하나 없다. 그저 입소문으로 찾아온다. 상담을 받은 사람들이 자기 형제들을 모두 데리고 온 경우도 있고 아버지 알코올중독 문제로 왔다가 딸과 다른 형제들, 가족들이 따로따로 상담을 한 경우도 있다.

등잔 밑이 어둡다

    그가 가족치료사로서 한계를 느낀 사건이 벌어졌다. 바로 아들 문제이다. 어느 날 저녁, 스물다섯 살 된 아들이 자다 말고 '아버지, 아버지!' 하고 다급하게 불렀다. 그가 놀라 단숨에 달려갔더니 아들 눈빛이 확 가 있었다. 아들한테 위기가 닥쳐온 것이다. 그 위기의 도화선은 사귀던 여자가 만남을 다시 한 번 생각해 보자고 했기 때문이었다. 한마디로 실연을 당한 것인데 보통의 남자들은 실연을 당했을 때 폭음을 한다거나 가장 친한 친구에게 하소연을 한다거나 아니면 정처 없이 걷는다거나 하며 대개 부모한테 내색을 하지 않고 해결을 하지만 그의 아들은 달랐다.

    아들한테도 만성 불안증이 있었던 것이다. 엄마에게서 그에게로 그리고 다시 아들에게로 불안이 대물림을 하고 있었다. 아들의 이면에 자리잡고 있는 불안을 가족치료사인 그가 방관하고 있었던 것이다. 아들의 불안은 유산에서 비롯된 것이다. 아들을 임신했을 때 아내가 치과 진료를 받으며 약을 먹은 것이다. 산부인과에서 임신 사실을 알고 소염제를 먹었다고 했더니 아기가 잘못될 수도 있으니 낙태 수술을 권했다. 첫 임신이라서 반갑고 기뻤지만 약 때문에 아내는 몹시 불안해했고 아기에게 문제가 생길 수도 있다는 생각이 머릿속에서 떠나질 않아 낙태를 생각하기도 했었다. 그 당시 산모의 불안이 뱃속의 태아에게 고스란히 전달된 것이다. 언젠가 뉴스에서 미시간대학에서 쥐를 실험한 결과를 보여 줬다.

어미 쥐에게 박하향을 맡게 하고 나서 그 뒤에 전기충격을 가하였더니 어미 쥐가 불안과 공포감을 느꼈는데 옆에 있는 새끼 쥐들도 어미 쥐의 불안과 공포감을 느낀다는 것이다. 심지어 어미 쥐와 새끼 쥐를 다른 관에 분리하여 어미 쥐에게 박하향을 맡게 했더니 새끼 쥐들이 어미 쥐의 관과 새끼 쥐를 연결시킨 관을 통하여 새끼 쥐들 또한 어미 쥐의 불안과 공포감을 느꼈다는 것이다. 이와 같은 실험으로 인해 2차 세계대전의 홀로코스트 유태인 희생자들의 자손들이 직접 학살을 경험하지 않았음에도 트라우마가 있다는 사실을 그 전에는 이론적으로 설명할 수가 없었는데 이론적으로 입증할 수 있는 가능성이 열렸다고 실험 연구가들이 밝혔다.

임신했을 때 불안해한 사람이 한두 명이냐고, 그래도 모두 건강하게 잘 살고 있지 않느냐고 말하겠지만 존 볼비(John Bowlby)는 애착이론(Attachment Theory)에서 임신 때 산모의 불안이 태아에게 전달이 되고 엄마의 정서가 곧 태아의 정서라는 사실을 입증하였다. 초음파를 통해 관찰해 본 결과 산모가 정서적으로 안정되는 음악을 듣고 있을 때 태아가 아주 편안하게 움직였다는 것이다. 낙태 수술

장면을 보면 더욱 공감이 간다. 낙태 수술 도구가 자궁 속으로 들어가면 태아가 도망을 가는 모습을 보인다. 사람들은 임신 초기 태아는 생명이 없는 핏덩어리라고 생각하고 아무것도 모르는 것으로 알고 있지만 그것도 영적인 존재여서 공포를 느끼고 살기 위해 몸부림친다는 것이다.

아들은 낙태의 위기 속에서 불안을 느꼈고 그 당시는 아내가 학교에 다닐 때라서 2개월 휴직 기간이 끝난 후 외할머니 집에서 길러졌다. 그도 유학 문제로 불안했고 또 바로 미국으로 떠났기에 아들이 아기였을 때 사랑을 줄 수 없었다. Erik Erikson의 심리사회이론(Psycosocial Theory)에 의하면 0~2세 영아기 때 인간에 대한 기본 신뢰감과 불신감이 형성되는데 아들은 그 시기를 너무 외롭게 보낸 것이다.

그가 먼저 1995년 8월에 오하이오주립대에 와서 석사 1학기를 마치고 그해 12월에 플로리다주립대 박사과정으로 오고 나서 아내는 아들과 함께 그해 12월 24일 그와 재회를 하였다. 그때가 아들이 20개월 때였다. 그는 부모가 유학비를 보내 주었지만 부모에게 자신들이 열심히 살고 있다는 것을 보여 주기 위해서 아내가 일하기를 은근히 권했다. 그래서 아내는 미국에 오자마자 일을 해야 해서 아들을 프리스쿨에 넣었다. 그곳은 세 살 된 아이들이 다니는 곳인데 두 돌도 안 된 아기를 입학시켰다. 아들은 엄마 아빠랑 같이 살 줄 알고 머나먼 길을 왔건만 낯선 타국에 와서 또다시 부모와 헤어지게 되었다. 언어도 생소한데 피부 색깔까지 달랐으니 아들은 모든 것이 불안의 요소였다. 영어라는 새로운 언어를 사용할 줄 몰라 의사소통이 안 되던 아들은 여러가지 어려움을 겪게 되었다. 아들이 네 살이 되었을 때, 돈 없는 유학생인 관계로 아들은 무료로 운영되는 흑인 프리킨더스쿨에 들어가게 되었다. 대개 가정 형편이 어렵던 아이들로 구성되었던 프리킨더스쿨에는 흑인들이 대다수였다. 흑인 아이들 사이에 유일한 아시아인 아들은 술래잡기를 하면 항상 술래만 해야 했다. 그 모든 상황을 순순히 받아들였는데 사람들은 심지어 그도 아들이 순한 아이라고 생각했다.

심리적으로 불안해하는 아들을 치료하기 위해 최면기법을 사용해보기도 하였는데 어렸을 때로 돌아가서 엄마한테 하고 싶은 말을 하라고 하니까 "mom, don't go" 하면서 흐느꼈다. 엄마가 일하러 가기 위해 프리스쿨에 데려다 놓고 가는 것이 무섭고 싫어서 그 당시 아들은 그렇게 외치며 울었던 것이다.

아들에게 틱이 있다. 어렸을 때도 있었고 성장해서도 스트레스를 받으면 틱이 나온다. 그걸 보면서 그는 부부 관계도 좋고 아들과 엄마의 관계, 아들과 아빠의 관계 모두 좋고 가족이 행복한데 왜 틱이 있을까 하고 이상하게 생각하면서도 그것을 분석해 볼 생각을 하지 않았다.

중학교 1학년인 아들에게 영어를 가르쳐 주며 영어 문장의 주어와 목적어가 뭐냐고 묻자 아들이 대답을 못했다. 그는 언성을 높이며 "너 아직 그것도 몰라."라고 면박을 주었다. 아들에게 그 문장을 해석해 보라고 하자 엉터리였다.

"야, 너 미국에서 살다 온 놈이 영어 실력이 그게 뭐냐?"라며 아들의 자존심을 건드렸다. 그 당시는 답답한 마음에 그냥 내뱉은 말인데 아들한테는 상처가 되었다. 아들에게 알게 모르게 상처를 준 일이 수백 가지도 넘을 것이다.

아들은 커 가면서 공격성을 보였다. 분노 조절이 안 돼서 버럭 화를 잘 낸다. 누가 뭐라고 하는 것을 참지 못하는 것이다. 그래서 동생하고도 많이 싸웠다. 그래도 그는 그 또래의 남자에게는 그 정도의 성향은 있을 수 있다고 가볍게 생각했다. 하지만 그것은 어렸을 때 당했던 상처를 치유하지 못한데서 오는 전이라고 볼 수 있다. 즉 어려서부터 아빠한테 눌려 살아왔고, 프리킨더스쿨에서 힘들었던 경험으로 아들은 분노 조절이 안 되었다.

아들은 숨이 막힐 정도로 답답했던 것이다. 그가 엄마한테 무조건 순종하며 살다가 엄마 때문에 답답해서 미칠 것 같아 억압에서 벗어나기 위해 저항하였듯이 아들도 아빠에게 답답함을 분출해 냈던 것이다.

아들의 위기를 경험하며 그는 등잔 밑이 어둡고 중이 제머리 못 깎는다는 말을 실감하며 인생을 헛살았다는 자괴감에 흔들거렸다. 자신이 가족치료사라는 사실이 부끄러웠다. 다른 가족들은 질문 몇 번만 해도 이 집은 뭐가 걸려 있구나 훤히 보이고 이건 이렇게 해결해야겠구나 하고 금방 판단이 서는데 아들의 불안은 모르고 있었던 것이다. 그는 아들을 통해서 정말 많은 공부를 했다.

아들은 위기를 통해 어느 정도 불안을 털어 낼 수 있었다. 딸이 말하기를 오빠가 버럭 하고 성질 부리는 일이 많이 줄었고 감정이 누그러졌다고 했다. 아들은 요즘 매일 새벽 1~2시까지 책을 읽는다. 철학, 역사, 경제 모든 책에 미쳐 있다. 한 달에 책값으로 10~20만 원을 쓸 정도이다. 아들은 경영학과에 다니지만 사회복지로 방향을 바꾸고자 한다. 그처럼 가족치료사가 된다는 목표를 세웠다.

딸은 심리학을 전공하고 있지만 복수 전공으로 사회복지를 공부해서 역시 가족치료사를 꿈꾸고 있다. 아빠에 이어 아들과 딸이 가족치료를 전공해서 가족치료의 이론을 만들어 내는 것이 그의 가족의 꿈이고 목표이다.

종교와 그

그의 엄마와 아버지는 불교에 가까웠다. 그는 대학교에 입학하면서 기독교 신앙을 갖게 되었다. 학교가 미션스쿨이었기 때문에 자연스럽게 접하게 되었다. 아내는 천주교 모태 신앙이었다. 그래서 미국 유학 중에는 그는 교회에 가고 아내는 아들을 데리고 성당에 갔다. 종교에 대해 자유로웠다.

유학 중인 1993년도에 부흥회에 갔다가 성령을 받아 3~40분 이상을 울면서 회개를 했다. 그 이후 종교에 적극성을 보였다. 미국에서 한국으로 전화를 해서 엄마 아버지한테 "하나님 믿지 않고, 교회에 가지 않으면 지옥에 간다."고 전도를 하느라고 전화비가 한 달에 350불이 나온 적도 있다.

그리고 성당에 나가던 아내도 자연스럽게 교회를 가게 되었다. 갑작스럽게 기독교 전도사로 열정을 보이는 남편을 조용히 따른 것을 보면 그의 아내는 그의 모든 것을 품어 주는 포용력이 있었다. 그 당시 그는 신학대학에 가서 목사가 되고 싶은 욕망에 빠져 있었다. 그는 유학을 마치고 귀국하고 나서 신학 공부를 하겠다고 미루어 두었다가 결국 하지 못했지만 그는 신앙에 푹 빠져 기도의 힘을 굳게 믿고 있다.

종교가 상담에 도움이 되느냐고 묻자 기독교인들에게는 종교만큼 효과적인 매개물도 없지만 비기독교인들에게는 기독교 얘기를 하지 않는다고 했다. 내담자 가운데에는 불교 신자도 있고 무당을 찾아다니는 사람도 있지만 종교로 충돌을 일으키지 않으려고 내담자의 믿음을 인정하고 들어간다.

다른 종교를 인정하지 않는 것은 편협한 것이다. 많은 기독교인들이 종교에 편협하지만 그는 지성인답게 그리고 치료가 목적인만큼 다른 종교를 부정하거나 자기 종교를 주장하는 행동은 절대로 하지 않는다.

그의 종교관은 역시 가족치료사답다. 기독교인들 중에는 하나님과 인간 사이에 막혀서 문제를 일으키는 사람들이 있다. 기도로 모든 문제가 해결되지 않는다는 것도 잘 알고 있다. 아들 문제가 터졌을 때도 보통 기독교인들 같으면 악령이 들었다고 생각하겠지만 그는 아들의 문제를 가족 관계에서 찾았다. 악령만 쫓으면 문제가 해결된다고 믿고 마귀를 쫓는데 열심인데 그것은 아주 위험한 일이다. 하나님과의 관계 이면에 인간관계가 걸려 있다는 것을 잊어서는 안 된다.

그래서 그는 매일 가족 예배를 하며 가족 관계를 회복하고 기도를 통해 영적인 교감을 하며 위안을 받는 방법을 선택하였다. 그러자 악에 받쳐서 분노하는 아들이 서서히 회복되기 시작하였다.

아들이 흥분해서 날뛸 때는 무슨 짓을 할지 몰라 무서웠다. 저래서 정신병원에 데리고 가는구나 하는 생각이 들었다. 만약 약을 투약했다면 잠시 감정 조절을 하는데는 도움이 되었겠지만 문제 원인을 잘라 내지는 못하였을 것이다.

지금은 아주 정상적인 생활을 하고 있고, 가족에게 걸려 있던 문제들이 해결되면서 가족 관계가 한층 친밀해졌다.

그의 꿈은

65세에 은퇴를 해도 상담은 계속할 것이다. 아직도 10년 이상 현직에 있어야 하기 때문에 해야 될 보직이 있지만 큰 관심이 없다. 대외적으로 가족치료 관련 자문위원, 특강 등을 해 달라는 제안이 오지만 모두 거절하고 있다. 그렇다고 가족치료사로서 방송에 나가 인기를 얻고 싶은 생각도 없다. 그 전에는 총장이 되는 꿈도 꿔 봤지만 지금 생각하면 부질 없는 목표였다.

그의 꿈은 가족치료 모델을 개발하는 것이다. 우리나라뿐만이 아니라 전 세계적으로 인정받는 모델을 만들어서 가족들이 이 모델을 통해 자기 가족은 스스로 지켰으면 하는 것이 그의 목표이다. 이 목표를 위해 아들과 딸이 가족치료사가 되겠다고 했을 때 만류하지 않았다. 어쩌면 은근히 유도했는지도 모른다.

심지어 부인도 사회복지대학원에서 석사학위를 받았다. 그가 하도 사회복지가 너무 좋은 학문이라고 노래를 해서 40세에 대학원에 입학하였다. 그가 왜 저토록 좋아하고 푹 빠져 사는지 궁금하였다. 남편이 강의하는 두 개의 과목을 수강하였는데 그는 아내를 전혀 신경쓰지 않고 자기 가족 사례를 들어가며 강의를 했다.

이렇게 네 가족 모두가 사회복지와 가족치료에 관심이 있기 때문에 일단 그의 꿈은 한 단계 성공한 것이다. 앞으로 그의 가족은 같은 꿈을 갖고 같은 목표를 향해 달려가며 가족치료에 빛나는 업적을 남길 것이다.

한국 가정의 문제

　일반적으로 가정들은 두 가지 문제를 갖고 있다. 하나는 자녀 문제이고 또 하나는 부부 문제이다. 상담을 받으러 오는 내담자 가운데에는 굳이 상담을 받지 않아도 되는 가정들이 있다. 표현하는 방식이 바뀌면 훨씬 더 행복하게 살 수 있는 가정들이 있다. 그런데 행복했던 가정들이 깨지는 것은 위기가 들어오기 때문이다. 만약 위기가 들어오지 않았으면 모르고 지나갔을 텐데 위기가 생기니까 예전에는 아무렇지도 않았던 표현 방식이 문제가 되는 것이다. 물론 표현 방식만 문제가 되는 것은 아니다. 표현 방식은 드러나는 거니까 금방 알 수 있는 것이고 숨겨져 있는 문제들이 많다.

　가장 큰 문제는 분리가 되지 않은 것이고 그 이면에는 불안이 있다. 사람들은 가정의 위기가 경제적인 문제에 의해서 생긴다고 생각하지만 인간의 문제는 물질적인 것보다는 심리적인 것이 더 많다. 그에게 상담을 받은 사람들은 기업 회장도 있고 고위직에 있는 권력가도 있고 최고의 명문대학을 나와 전문직에서 인정받고 있는 사람들이 많다. 그런 사람들이 경제적인 문제로 오는 것이 아니라 모두 심리적인 문제이다. 그런데 사람들은 심리적 문제를 심각하게 생각하지 않는다. 그저 참으면 된다고 믿고 있다.

참으면 그 상황은 평화롭게 지나가겠지만 반드시 문제가 생긴다. 신체적인 질환 또는 정신질환으로 나타난다. 가족치료의 권위자 보웬의 이론에 의하면 위기가 들어왔을 때 그 위기에 잘 대처하지 못하면 세 가지 문제적 상황이 벌어진다고 한다. 첫째 신체적 질환, 두 번째 정신 질환, 세 번째 반사회적 성격장애이다. 가족 문제가 가족의 어려움으로 끝나는 것이 아니고 사회문제가 되는 것은 바로 이 세 번째 반사회적 성격장애 때문이다. 묻지마 살인이라든지 지하철이나 문화재에 불을 붙이는 방화 사건 등 이유 없이 불특정 다수를 향해 범행을 저지르는 것은 반사회적 성격장애 때문이다.

어머니나 아버지로부터 분리가 되지 않은 부부들 사이에 발생하는 갈등 문제가 가정 문제의 근간을 이루는데 이것은 한국만의 문제는 아니다. 보웬의 제자 마이클 커 박사는 미국이 개인주의 성향이 강해서 집단 문화가 강한 한국보다 분리가 더 잘 되어 있을 것이라고 생각하지만 가족 문제는 한국이나 미국 더 나가 동양이나 서양 모두 유사하다고 했다. 마이클 커 박사도 자기 가족 중 조현병을 가진 형이 있었는데 형의 질병은 엄마의 불안을 물려받았고 엄마의 불안과 부모의 부부 사이가 원만치 않은 것이 형의 질병을 가속화시키면서 엄마와 형은 공생 관계가 되고 아버지는 가족들과 멀어지는 전형적인 가족 문제가 생겼는데 이런 상황은 우리 한국에서도 그대로 나타나고 있다.

부인은 시댁에 시달리고 바쁜 남편은 부인과 함께해 주지 못하면서 시댁 편을 들고, 부인은 아이들한테 올인을 하는데 그 짜증을 아이들한테 쏟아 내서 온 가족이 스트레스를 받고 있는 것이 한국 가정의 전형적인 패턴이다.

아이들 문제 이면에는 부부 관계가 꽉 막혀 있는 경우가 많다. 남편은 시댁과 분리가 안 되고 부인은 친정과 분리가 안 되어 부부 싸움에 시부모와 친정 부모가 개입이 되면 골치 아픈 상황이 벌어진다. 어른들 때문에 피해를 보는 건 아이들이다. 갓난아기도 엄마 아빠 관계가 불안하고 싸우면 불안해서 밤과 낮이 뒤바뀌고 경기를 한다.

이런 부부 관계의 불안이 유아기 시절에는 틱장애, ADHD, 우울증 등으로 나타나고 청소년기에는 집단 따돌림, 은둔형 외톨이가 되거나 반대로 아주 폭력적인 성향을 보인다. 그래서 우리나라 부모들이 자식들이 잘못되면 다 자기 죄라고 한탄하는 것인데 그 원인을 찾으면 문제를 어느 정도 해결할 수 있다.

엄마와 사이가 안 좋아서 반항을 하며 공부를 하지 않던 아이가 엄마와의 문제가 무엇인가를 말해 주고 해결해 주자 공부를 하겠다고 결심하고 대학을 갈 때 사회복지를 선택한 사례도 있다. 물론 부모와 자녀 문제 사이에는 부부 문제와 시댁 또는 친정과의 문제가 걸려 있는 경우가 비일비재하다.

사람들은 자기 표현 방식에는 문제가 없다고 생각한다. 상대방이 못 알아들은 것이 문제라고 믿는다. 그것이 문제이다. 그도 상대방을 편안하게 해 준다고 하면서도 가끔씩 송곳처럼 콕 찌를 때가 있다. 학생들한테도 한없이 인자하고 격의 없이 대해 주다가 정색을 하고 실망감을 표현하여 학생들을 당황하게 만든다.

  그는 그 사실을 알고 있다. 엄마의 표현 방식이 걸려 있어서 지혜롭지 못할 때가 있다. 알기에 누그러뜨리려고 노력을 많이 한다. 가능하면 우회적으로 표현하려고 한다. 그런데 표현 방식은 상대편에 따라서 달라진다. 무조건 쏘아붙이는 경우는 없다. 뭔가 원인을 제공했기 때문에 반응이 나타나는 것이다.

  그는 상담할 때 남편들이 부모로부터 분리가 안 되고 시어머니가 강압적인 경우 부인들이 시댁 가기 싫어하면 보호 차원에서 가지 못하게 한다. 싫어하는 것을 억지로 시키면 정신 질환이라던지 건강에 문제가 나타나기 때문에 예방하는 것이 가장 좋은 해결 방법이다.

  임상 경험학상 부모님이 의지력을 가지고 도중하차 안 하면 80%는 성공했다. 틱장애는 사라졌고, 조현병, 우울증, 조울증으로 약을 먹던 사람들이 약을 끊고 정상적으로 생활하는 사람들이 많다. 대학병원에 입원해서 치료비로 천만 원 이상을 썼는데도 전혀 차도가 없던 사람들이 그에게 상담받으며 17회, 18회쯤이 되면 변화가 일어난다. 이런 임상 경험으로 그는 가족치료가 상당히 효과가 있다고 확신한다.

순종하는 자녀의 반란

외국에서 박사학위를 받고 있었어요. 우울증으로 신경정신과에서 약을 좀 먹다가 한국에 들어와서 저한테 상담을 받았죠. 이 집 같은 경우엔 엄마 아빠가 워낙 잘 나가요. 이쪽은 왜 문제가 터졌나 봤더니 지금 남자 친구가 있는데 부모님이 반대를 해요. 이 집은 워낙 막강한 집안이고, 저쪽 집안은 내세울 것이 없는 찌질한 집이예요. 집안과 학벌에서 너무나 차이가 나는 거예요. 그 전에도 남자 친구가 있었는데 집안에서 반대를 해서 헤어졌더군요. 딸은 또 불안한 거예요. 이번에도 이루어질 수 없는 관계라고 보는 거예요. 부모를 배신하고 남자 쪽으로 가느냐, 아니면 부모를 충족시키기 위해 남자 친구와 헤어져야 하느냐를 놓고 고민에 빠졌어요. 거기다 학교에서 스트레스를 받은 거예요. 또 자신의 전공을 살려 후진국에 가서 1년 정도 일을 하고 싶은데 부모님이 위험하다 말렸죠. 그녀는 좋은 가정에서 남부러울 것이 없이 성장했지만 어려서부터 자신이 원하는 것을 자신이 결정할 수 없다는 데서 오는 좌절감 때문에 자살을 생각하고 있더라구요.

그녀는 어려서부터 굉장히 순종적이었어요. 그런데 남동생은 중학교 때 담배 피고 말썽쟁이었어요. 그러니까 엄마 아빠가 남동생한테 관심을 쏟았던 거예요. 딸은 관심을 안 줘도 알아서 잘 하니까. 그런데 그녀는 동생으로 인해 차별 대우를 받았다고 생각하는 거죠. 그리고 엄마가 시댁에서 스트레스 받고 남편은 부인 편을 들어주지 않았지요. 엄마가 스트레스 받으면 딸의 머리끄덩이를 잡고 화풀이를 했어요. 그리고 딸에게 그렇게 말을 안 들으면 집을 나가 버리겠다고 위협했어요. 딸은 엄마가 자기를 버리고 떠날까 봐 두려워서 엄마에게 순종을 했던 거예요. 물론 엄마는 기억에 없죠. 그녀는 집안 문제의 가장 큰 피해자였던 거예요.

엄마는 딸이 순종적이니까 딸을 자기 마음대로 조종했어요. 딸이 옷을 나름대로 수수하게 잘 입는데 오늘도 여기 올 때 엄마가 '너는 옷을 그렇게 촌티나게 입고 다니냐?'라고 지적을 했다는 거예요. '머리 스타일은 또 왜 그러냐?' 엄마는 딸을 위해서 그런 잔소리를 하지만 딸은 그런 말이 듣기도 싫은 거예요. 이런 참견 때문에 그녀는 자신의 삶을 살아왔다는 생각이 안 들었어요. 다 엄마 아버지에 의해 조종당했다고 생각하는 거예요. 그녀는 자신이 할 수 있는 일이 하나도 없기 때문에 무기력감으로 인해 살고 싶은 생각이 안 드는 거예요. 자기는 타협을 할 수가 없는 입장이라서 엄마 아버지한테 끌려가는 거죠.

어려서부터 자신이 선택을 하고 싶어도 부모의 권유 또는 강권으로 인해서 자신이 원하는 것을 선택하지 못하는 경우들이 있어요. 예를 들어 옷을 사거나 머리를 하거나 어떤 물건을 살 때 부모 때문에 자신이 원하는 결정을 하지 못하고 그저 시키는 대로 순종적으로 살다 보면 어떤 위기가 들어와요. 사춘기나 성인기에 들어와서 부모가 태클을 걸면 자녀들의 욕구불만이 터져 나오는 거죠.

저의 생각은 사춘기를 제때 겪는 게 낫다 싶어요. 순종적인 애들은 사춘기도 무난히 지나가죠. 그러다 뒤늦게 사춘기를 맞으면 위기가 더 커져요. 그녀도 순종적으로 청년기를 보냈기 때문에 성인기에 사춘기를 겪느라고 죽고 싶을 만큼 힘들어 하는 거예요.

자녀가 순종적이라고 자녀를 조종해도 된다는 생각은 아주 위험해요. 사람은 누구나 자존감을 가지고 자립적으로 살고 싶어한다는 것을 잊어서는 안 됩니다.

표현 방식이 변해야 한다

　자신의 가계도를 이해하게 되면 치료가 되느냐고 묻곤 하는데 치료
는 안 되죠. 다만 나한테 왜 이런 문제가 있을 수밖에 없고, 왜 내 자
식에게 이런 문제가 생겼고, 배우자가 왜 이렇게 될 수밖에 없었는가에
대하여 볼 수가 있어요. 그걸 알고 있는 것과 모르고 있는 거는 다르
지요. 그런데 핵심은 표현 방식이예요. 표현 방식이 사람을 완전히 돌
게 만드는 거거든요.

　제가 상담에 적용하고 있는 MRI(Mental Research Institute) 의사소통
모델은 표현 방식에만 초점을 둬요. 이 모델에 비해서 Bowen이론은
문제의 근원을 찾아가는 거예요.

　저의 가족치료 접근 방법을 이해하시려면 몇 개의 이론을 이해하셔야
해요. 첫 번째는 대상관계이론이라고 있는데, 이 이론은 원가족에 걸려
있는 관계가 계속 유지가 된다는 거죠. 그래서 엄마 아버지 그리고 형
제 관계가 걸리면 이 관계가 차후에 배우자하고 자녀들과 다시 걸릴

수 있다는 거예요.

두 번째는 Murray Bowen의 가족체계이론이라는 거예요. 여기서는 분화 문제가 나와요. 이 이론에서는 자아가 감정적 자아와 지적 자아 두 가지로 나눠지는데, 감정적 자아가 지적 자아를 통제를 해 버린다는 거예요. 이때 분화가 안 되는데 이 분화의 근본은 불안이지요. 이 불안을 다스리는 방법이 밀착된 관계를 추구하거나 거리감을 두는 관계를 추구한다는 거예요. 자녀 문제가 됐든 부부 문제가 됐든 임신했을 때와 태어났을 때 그 환경을 봐야 해요. 임신부터 스트레스를 받았냐는 거죠. John Bowlby의 attachment theory라고 우리나라 말로 애착이론이라는 게 있어요. 태아에서부터 엄마의 정서적 영향을 직빵으로 받는다는 거죠. 엄마가 편안하면 애도 편안하고, 엄마가 불안하면 애도 불안하다는 겁니다. 일반적으로 문제 가정을 보면 시댁 문제가 장난 아니거든요. 남편이 시댁에서 분리가 안 된단 말이예요. 이때 부인이 받는 스트레스가 엄청나요. 그럼 그게 태아한테까지 영향이 간다는 거죠. 산모가 불안과 짜증을 자주 경험하면 태어난 애들이 불안정하고 짜증이 많거나 심하면 경기를 하죠.

그리고 셋째 Erik Erikson의 이론을 보면 영아기(0~2세) 때 엄마가 애를 잘 돌봤느냐 돌보지 못했느냐의 문제가 나오거든요. 우리 아들 문제도 보면 우리 아내가 임신한 것을 모르고 치과에서 발치를 해서 약을 먹었어요. 임신 사실을 알고 의사에게 그 얘기를 했더니 의사가 낙태수술을 하자고 했어요. 그때 아들은 죽음에 대한 불안이 들어오지 않았나 싶어요. 또 하나는 아내가 직장 때문에 출산 2개월 이후부터는 아이를 외할머니한테 맡겼는데 외할머니가 냉정하고, 이성적이고,

합리적이예요. 외할머니는 스킨십을 안 해요. 우리 아내도 스킨십을 안 좋아하거든요. 나는 스킨십을 매우 좋아하는 엄마한테 자랐기 때문에 자연스럽게 스킨십을 좋아하는 거고. 우리 아들은 엄마하고 애착 관계에서 딱 걸렸죠. 애가 엄마의 정에 굶주려 있지 않았나 싶어요. 아들은 스킨십을 별로 좋아하지 않아요. 하지만 우리 딸은 미국에서 유학할 때 태어나서 엄마가 올인했거든요. 직업도 없었으니까. 얘는 스킨십을 좋아해요. 우리 아들하고 딸하고 차이는 딸은 엄마하고 부대끼는 거 좋아하고 아들은 안 그렇다는 거예요. 무슨 얘기냐면, 많은 경우가 0세부터 2~3세 때 부모와 특히 엄마와의 애착 관계가 걸려 있는데 이게 계속 가요. 이러한 애착 관계가 걸려 있는 것이 의외로 엄청 커요. 내가 우리 아들 때문에 깨달은 거예요.

최소한 2~3년 정도는 엄마가 아이한테 전념했으면 해요. 하지만 여러 가지 이유로 그렇게 하지 못하는 사람들이 많잖습니까? 그런데 또 엄마가 3년 동안 자녀를 돌본다고 해서 반드시 긍정적인 결과가 나오는 건 아니예요. 불안이 높은 엄마들은 남편이 가족과 함께하고 애를 봐주고 하면 좋은데, 그게 안 되고 시댁 문제로 스트레스 받으면 엄마의 불안이 애한테 가서 모자가 공생 관계가 되면서 애를 얽어매거든요. 영화 〈올가미〉에 나오는 그 엄마하고 아들 관계처럼, 며느리가 자기 자리를 차지한다고 질투하고 시기하여 며느리를 쫓아내 버리는 격이 되지요. 어렸을 때부터 분화가 안 된 것이 세대를 이어 갑니다. 그런데 중요한 게 뭐냐 하면 가족생활주기에서 위기가 들어오냐 안 들어오냐를 파악하는 거예요. 이것이 제가 가족치료에서 사용하고 있는 이론의 핵심이예요.

화가 나면 통성기도하는 엄마

제 사례 중에 폭식장애를 가진 대학교 4학년 여학생이 있었는데 딸만 셋인 집안의 장녀이고, 엄마는 선생님이었어요. 그런데 이 학생 부모님의 부부 관계는 별 문제가 없었어요. 엄마의 친정은 3대 기독교 집안이라 믿음으로 똘똘똘 뭉친 가정이에요. 이 엄마가 뭐를 요구하냐면 어려서부터 얼마 전까지만 해도 주일에 세 번 예배를 드리는 거예요. 주일날 교회 가면 9시 예배, 11시 예배, 2시 예배. 그리고 엄마는 끝날 때까지 기도를 하고 와요. 그런데 딸은 대학교 1학년이 된 후 남자 친구도 사귀면서 세 번 예배 드릴 필요성을 못 느끼는 거예요. 그런데 다른 딸들은 다 순종을 해요. 이 딸이 튀는 거예요. 그래서 이 엄마가 화가 나잖아요. 이 엄마가 화를 푸는 방법은 직접 말을 안 하고 교회 가서 막 울면서 통성기도를 하는 거예요. 그런데 왜 이 딸이 괴롭냐면 우리 엄마는 울면서 통성기도를 할 이유가 없는데 자기가 엄마를 괴롭혀서 엄마가 울면서 기도한다는 거예요.

또 하나 엄마가 쓰는 방법은 집에서도 항상 침울한 얼굴로 성경책을 펴놓고 우울하고 짜증스런 얼굴로 있는 거예요. 그러면 이 딸이 가서 '엄마, 나 땜에 화났지? 괴로워서 그렇지?' 그러면 엄마는 '아니야.' 이런다는 거예요. 엄마는 거짓말을 해요. 솔직히 말을 못한다는 거예요. 그러면 딸은 왜 내가 우리 엄마에게 맞춰 살아야 되냐 이거예요, 내가 이 나이에, 대학교 4학년이나 돼 가지고. 그런데 엄마는 다른 건 몰라도 믿음은 내가 하란대로 하라 이거예요. 교회 세 번 나가고 집에 와서 또 예배를 드리자는 거예요. 돌아 버리지 않겠어요? 그게 자연스럽게 자기하고 맞으면 되는데 안 맞는데 엄마가 강요를 하는 겁니다. 그런데 엄마는 남을 위해서 엄청 잘 베풀어요. 사과 한 박스가 들어오면 이 사과를 누구를 줄까, 자기 가족보다 남을 먼저 생각한다는 거예요. 딸은 그것도 짜증나는 거구요. 딸은 지금 엄마 방식 때문에 짜증이 나는 거예요.

또 딸은 약속을 안 지켜요. 그런데 이 엄마는 교회에 1~2분 늦는 건 참질 못하는 거예요. 그리고 딸에게 거기서 또 쪼아데요. 약속 시간 어긴 거, 주일 예배 참석 안 한 거를 엄마가 아주 날카롭게 비판을 하는 거예요.

딸에게 맞지 않는다는 것을 인정해 주지 않는 것이 문제죠. 그리고 화가 났으면 화가 났다고 솔직히 표현하지 않고 인상을 쓰면서 집안 분위기를 무겁게 만드는 방식도 문제입니다.

딸을 분화시키지 못해서 생긴 문제예요. 자식은 자기 소유물이 아니예요. 엄연한 개체입니다. 내가 좋다고 딸도 좋아한다고 생각하는 것은 착각입니다.

집에서 나가!

아들이 고3인데 공부를 전혀 안 해요. 하루에 12시간 PC 중독이 돼 있는 거예요. PC하고 딸딸이 소설에 중독이 돼 있었죠. 이 아들이 하도 컴퓨터를 하니까 컴퓨터를 거실에 내놓았대요, 컴퓨터를 못하게 하려고. 그런데 이 아빠가 밤늦게 돌아오면 아들이 또 컴퓨터를 하고 있으니 화가 나지요. 그래서 뭐라고 하면 그 애가 덤비는데 애가 100킬로나 돼요. 위압적이죠. 그 큰 덩치로 아빠하고 맞장 뜨는 거예요. 이 아빠는 열받으니까,

"나가!"

"내가 왜 나가?"

"내 집이니까 나가."

아빠라는 사람이 치사하게 경제적 소유권까지 들먹이며 명령을 하니까 아들은 뚜껑이 열리죠. 밑에 여동생이 있는데 얘가 또 거들어요.

"이게 왜 아빠 집이냐. 우린 가족이니까 가족이 함께 사는 집이지."

하면서 싸움이 번져요.

이 아빠는 자기가 화가 난 이유를 설명하는 게 아니라 한마디로 '야, 내 집이니까 나가.' 이렇게 내질러요. 아빠는 아이들을 사랑하고 나름대로 가족을 위해서 많은 배려를 했는데 아이들에게 아빠의 사랑과 배려는 전해지지 않았어요. 툭하면 '집에서 나가!' 이렇게 소리를 질러 댔거든요.

집에서 나가라는 말은 치명적인 결과를 불러올 수 있어요. 나가라고 하면 아이들은 나가거든요.

인정해 주기

선생님 부부인데요. 결혼한 지 2개월이 됐어요. 그런데 남편이 신경정신과에 다니는 거예요. 병명이 불면증에다가 악몽을 꾸는 거예요. 신경정신과에서 약을 먹다가 치료가 안 되니까 저를 찾아왔어요. 원가족 얘기를 먼저 하면 아버지가 외도를 했어요. 엄마 아버지가 이혼해야 될 부부예요. 남편은 3남 2녀 중 막내아들이예요. 막내는 원가족의 영향에 예민하게 반응하죠. 원가족에 많이 걸려 있어요.

그런데 어떤 악몽을 꾸냐 하면 부인이 임신을 했는데 자궁 속에 있는 태아를 자기가 철사를 집어 넣고서 끄집어 내는 꿈이예요. 그 부인은 같은 학교 선생님인데 결혼 전에 남자가 있었어요. 전 남자 역시 같은 학교에 근무를 했었어요. 말하자면 남편의 동료였죠. 남편과 결혼하기 전에 그 남자 선생님에 대해서 이 얘기 저 얘기 했었대요. 그때는 동료로서 그냥 듣다가 부인이 그 남자하고 헤어진 후 가까워져서 결혼을 했어요. 왜 위로해 주다가 가까워지는 경우가 있잖아요.

그런데 결혼한 지 얼마 안 돼 처가에 가서 부인 짐을 챙기는데 서랍 속에 사진이 있더래요. 호텔에서 찍은 사진이래요. 자기 부인이 침대에 누워 있는 사진인데 이거는 분명히 호텔이니까 남자가 찍어 줬을 거라고 상상을 한 거죠. 성관계를 맺었다고 생각했고 그리고 나서 악몽을 꾸는데 불면증까지 겹친 거예요. 그런데 그게 단순히 그 문제만 걸려 있는 게 아니었어요. 그 남자가 마마보이예요. 아버지와 두 형 모두 명문대 출신인데다 잘 나가는 집안이죠. 그런데 막내딸이 엄마하고 좀 부닥쳤고, 그 아들은 엄마 아버지 부부 관계가 안 좋으니까 엄마 쪽으로 붙어 가지고 삼각관계를 맺는 거예요. 이 아들은 엄마 말에 항상 순종을 해요. 그래서 결혼을 하고 매주 집에 가는 거예요. 엄마는 아들 내외를 비롯해서 온 가족을 다 데리고 교회에 가요. 매주 교회 가서 모든 가족이 점심때 식사를 해요. 그런데 그거 고역이고 고문이예요. 특히 며느리들에게는 진짜 힘든 일이죠. 그 어머께 물었어요.

"누구를 위해서 그렇게 매주 교회에 데리고 가시는 겁니까?"

뚜렷한 이유를 말하지 못하길래 제안을 했어요.

"각자 그냥 뿔뿔이 가고 싶은 교회, 동네 교회 가게 놔두시죠."

이 제안에 어머니가 약간 저항했지만 한 달에 한 번 정도 식사를 하는 것으로 합의를 보았어요. 부부 문제로 나를 찾아왔지만 나는 원가족 문제를 먼저 해결해 주었어요. 마마보이 남편 때문에 생긴 시댁과의 갈등이 발단이 돼서 부부 문제가 생긴 것이거든요. 근본적인 문제가 해결이 되자 부부 관계가 좋아졌고, 부인에 대한 의심이 사라지자 불면증이 나은 거예요. 잠을 푹 자니까 악몽도 꾸지 않는 거죠.

그런데 그집 막내딸이 신경정신과 다니다가 날 찾아왔어요. 그 막내

딸이 하는 얘기가 우리 엄마하고는 대화가 안 된다는 거예요. 예를 들어서 오빠가 허리가 아파서 쑥뜸을 뜨는데

"엄마, 요기야."

"여기야, 여기."

"아냐, 요기라니까."

"니가 해."라고 하면서 엄마가 화를 냈다는 거예요.

어디가 아픈지는 본인이 가장 잘 알 텐데 엄마는 그 사실을 인정해 주지 않았어요. 엄마는 항상 자기 방식을 고집해요. 아들은 어려서부터 엄마의 그런 모습이 무서웠어요. 철이 들어선 엄마가 불쌍했을 거예요. 엄마 아버지 부부 관계가 안 좋으니까 엄마가 저러는구나 싶어서 말예요. 그래서 '나는 우리 엄마한테 민폐를 끼쳐선 안 된다.'는 강박감이 있었어요. 그래서 자기는 분명히 요기가 아픈데도 엄마가 여기라고 하면 요기를 포기하고 여기에 뜸을 떴다고 해요. 아프지 않은데 뜸을 떠서 생긴 상처가 지금도 있다고 하더라구요. 그런데 막내딸은 오히려 반대예요, 엄마하고 늘 부닥치는 거예요. 그 과정에서 생긴 상처가 딸을 우울증 환자로 만들었어요. 딸의 우울증을 치료하려고 엄마가 노력을 많이 하더라구요.

"나는 죄인이라서 늘 기도를 해요."

그러자 딸이 피식 웃어요. 갓잖은 소리하지 마라 이거예요. 엄마가 가식적이라는 거예요. 그래서 딸한테 엄마가 뭐가 그렇게 가식적이냐고 내가 물었죠. 그러니까 딸이 저한테

"어떻게 죄인이 딸을 컨트롤 하냐고요."

엄마 표현이 옛날 같으면 '내가 왜 가식적이니?' 이렇게 나왔을 텐데

'니 말 들어 보니깐 내가 가식적일 수도 있겠다.'라고 표현이 바꾸어 버린 거예요. 거기에 반대되는 의견이라도 일단은 최소한 거기에 대해서 되치지는 말라고 했거든요. 그러자 딸이 수그러들더라구요. 엄마와 딸의 표현 방식이 바뀌니까 관계 변화가 일어나기 시작했어요.

믿음이 뭐길래

 정체감이나 신념이 확고하게 굳어져 있지 않은 이상은 영적으로 흔들리지요. 예전에 목회자 사모들 특강을 한 학기 동안 했는데 거기 목회자 사모 중에서 자기 오빠가 이혼을 했다며 가족치료를 받겠다고 왔어요. 오빠가 그 당시 32세였는데 애가 없었어요. 그리고 두 사람이 다 동갑내기로 결혼해서 살았는데 1년 만에 이혼을 했어요. 내가 남편한테 '1년 전에 이혼했는데 부인하고 재결합할 생각이 있나요?'라고 물었더니 남편이 뭐라고 하냐면 '나는 우리 아내가 뱀보다 더 싫습니다. 절대 재결합은 없습니다.'
 싫은 이유를 물어봤더니 부인 입에서 냄새가 나고, 옷을 코디네이션을 못한대요. 남자네는 아버지가 상당히 있는 집이예요. 옷도 잘 입고. 그 남자의 상담을 진행하기 위해서는 이혼이란 상처를 들여다보지 않을 수 없어서 제가 부인한테 연락을 해서 한번 보자고 했어요.
 너무너무 예뻐요. 저렇게 발랄하고 예쁜 부인인데 왜 남편하고 이혼했을까. 부인의 얘기를 들어봤죠. 결혼하기 전에 주위에서 시어머니 될 사람이 기도하는 사람이라는 소문을 들었대요. 그래서 저런 시어머니를 모시고 살면 '영적으로 성장을 하겠구나!'라는 기대를 했었답니다. 시어머니가 아주 신실한 교인이예요. 그런데 신기한 게 뭐냐면 신실하다, 그리고 영적이다 그러면 가족들이 힘들어요. 그 어머니도 보면 되게 얌전해요. 얌전하고, 난 죽을 죄인이다 뭐 이런 식이예요.

그런데 시어머니가 아들이 퇴근을 해서 오잖아요. 그럼 '왜 십일조 안 내니?' '왜 감사헌금 안 내니?' 하며 조진다는 거예요. 그래서 남편은 어머니가 지겨워 죽겠는 거죠. 그런데 부인도 자기 엄마랑 똑같다는 거예요. 부인도 시어머니처럼 숨쉴 틈도 없이 계속 몰아붙인데요. 그 부인은 자기 집에서 자랄 때 친정어머니는 자기가 기분이 안 좋으면 그냥 내버려 뒀는데 시어머니는 자기를 통해서 남편을 흔든다는 거예요. 이런 방식이 계속되자 나중에는 부인이 미치겠더라는 거예요.

나는 남편한테 그러고 싶지 않은데 시어머니가 얌전하게 조곤조곤 말씀하며 지시를 하시니까 거역을 못하는 거예요. 시어머니가 늘 자기 말이 아니라 성령님께서 그러시는데 하며 하늘의 계시를 전하는 식으로 말씀을 하셔서 영적으로 약한 부인을 옴짝달싹 못하게 만들었던 거예요.

밖에 나가서 친구들과 시어머니 험담을 하고 싶은데도 못하겠다는 거예요. 왜 못하겠습니까? 투시의 은사가 있어서 다 보고 계신 것 같았거든요. 자기가 험담을 하고 들어가면 '너, 내 험담했구나.' 할 수 있을 정도로 다 알 것 같다는 거예요. 얼마나 두려웠겠어요. 정신 질환이 올 것 같더래요. 다행히 1년 전에 이혼을 했는데 자기는 이혼을 왜 당했는지 모르지만 억울하거나 고통스럽지 않았대요. 부인은 그 집에서 벗어나면서 숨통이 트였으니까요.

자기는 그 집에 살면서 자기 부부만이 안다고 생각했던 얘기를 시어머니와 시아버지, 그리고 다른 시댁 식구가 다 알고 있어서 항상 온몸이 발가벗겨진 느낌이였다는 거예요. 시어머니가 며느리를 통하여 자기가 했던 방식으로 아들을 통제하고 있었던 거예요. 그런데 그 저변을 봤더니 이 시아버지는 시어머니가 믿음 생활을 너무 열심히 하다 보니 교회에 건축헌금이다 뭐다 해서 쏟아부으니까 부부 싸움을 심하게 했고 그러는 중에 아내를 심하게 몇 차례 구타를 했어요. 아들이 어렸을 때부터 불안한 부모 관계에서 삼각관계가 형성되었던 거예요. 그 관계가 결혼하고 나서도 변화가 없었어요. 시어머니는 분가하라고 하는데 시아버지가 붙잡고 계셨어요.

시아버지는 며느리를 자기 편으로 만들고 싶었겠죠. 이 시아버지 시어머니의 불안정한 상태와 시어머니와 남편 사이에 부인이 끼어들었으니 부인은 미치는 거예요.

아이부터 고칩시다

여섯 살인데 틱이 3개월 전에 발생했어요. 이 케이스는 부부가 많이 다퉜어요. 남편은 교회 생활을 너무 열심히 했는데 부인은 교회 생활이 안 맞았어요. 남편이 선교사 생활을 할 때 부인 구타가 좀 있었어요. 주먹으로 얼굴을 마구 때리는 거예요. 그런데 남들은 그런 거 모르죠. 아이에게 틱이 왜 발생했나 봤더니 부부가 다툴 때 아이가 불안한 거예요. 그러면 얼른 마당으로 나가서 토끼 새끼를 붙잡고 자기 독백을 했어요.

"토까야, 토까야. 너 무섭지 않니? 난 지금, 무서워 죽겠어."

구타뿐만이 아니라 엄마 아빠가 첨예하게 대립해서 언성이 높아지면 아이는 불안해지는 거예요. 부인이 와이셔츠를 안 다려 놓으면 남편은 화가 나서 문짝을 팍 치고 나가고 이런 식이었대요. 그런 불안 속에서 아이한테 틱 증상이 나타났는데 심했어요. 복합 틱이예요. 배가 꾸물떡꾸물떡 하면서 어깨가 들썩들썩하고 입을 쫙쫙 벌리고 혓바닥이 나오고 그다음에 음성 틱도 오고 눈도 깜빡거려요. 병원에 갔더니 내부 장기에는 아무 이상이 없대요. 그래서 신경정신과에 가고 안 해 본 일 없이 돌아다니다가 나한테 왔는데, 상담을 하면서 부부 관계가 개선 되니까 틱이 없어졌어요. 그 아인 엄마 치마폭 속에서 못 떠났어요. 유치원에 가야 되는데 유치원엘 못 가요. 유치원엘 가면 불안해서 오줌을 싸고 그래요. 낮잠도 못 자고. 불안하니까 엄마 옆에 붙어 있어요. 엄마 꼬리예요, 꼬리. 엄마 치마를 항상 잡고 다니다가 상담 받으면서 애가 엄마와 떨어지기 시작했고 친구들이랑 어울려 놀면서 틱이 없어졌어요. 그건 3개월밖에 안 된 틱이라서 빨리 회복이 된 거지요.

또 한 사례는 큰딸의 틱이 3년 됐다고 해요. 그 아이 아빠는 아들만 3형제인 집안의 둘째 아들이예요. 큰아들은 유학 가 있고 막내아들은 지방에서 살았는데 어머니 아버지가 그곳에서 살다가 둘째 아들네 집 아파트로 이사를 온 거예요. 같은 집은 아니고 같은 동. 그 집은 아들이 효자예요. 그러니까 아버지 어머니가 윗층에 살고 자기네가 더 아래 층에 살았는데 퇴근하면 어머니네 집에 올라가 발 도장 찍고 내려오는 거예요. 아이 아빠는 어머니와 분리가 안 됐어요. 그 아빠는 당구 치고 술 마시고 집에 밤 10시, 11시에 들어와요.

그 딸의 틱이 3년 전에 발생했어요. 그런데 바로 3년 전에 시부모님이 지방에서 서울로 이사를 온 거예요. 시어머니가 기도를 열심히 하시는 권사님이예요. 얌전하세요. 그런데 그런 분들이 사람을 더 죽입니다. 어느 정도냐면 그 어머니는 예배 끝나고 나서 아들한테 너 오늘 7번 졸았다. 7번 졸은 것까지 세고 있는 거예요. 시어머니가 워낙 깔꼬름을 떨어요. 결벽증인 거죠. 자기 아들네 집 내려오자마자 보는 데가 어다냐면 씽크대 배수구 구멍이예요. 왜 음식물 쓰레기를 안 버렸냐고 지적을 하니까 며느리는 시어머니가 내려오기 전에 그거부터 치우기 바쁜 거예요. 잔소리 듣기 싫으니까. 남편도 시어머니처럼 되게 깔끔을 떠는 성격이었어요.

그 케이스는 상담이 오래갔어요. 제가 어머니하고 아들을 분리시키려고 무진장 애를 썼어요. 시어머니가 68세인가 되시는데 제가 충격요법을 썼습니다.

'죄송합니다만 어머님이 이사 오시고 나서 손녀에게 틱이 시작되었네요.'라고 제가 질러 버렸어요. 의도적으로 아들하고 떨어뜨리기 위해서. 그러니까 시어머니가 뒤집어지시는 거죠. 집에 돌아가서 그날 밤에 혈압이 200으로 올라간 거예요. 저에 대한 분노도 크고 자신에 대한 죄책감도 느꼈겠죠.

그런데 그 막냇동생이 난리가 난 거예요. 상담을 받고 나서 엄마가 죽게 생겼다고 그 새끼 누군지 모르지만 때려치고 당장 엄마 입원시키라고 길길이 뛰더래요. 애 아빠가 두려우니까 아침 9시인가 저한테 전화를 했더라구요. 자기 어머니가 상담을 받고 나서 혈압이 200으로 올라가서 입원해야 되겠다구요.

그때 제가 약해지면 치료가 안 돼요. 아들이 엄마로부터 분리가 안 되면 아이가 피해자가 돼요. 그래서 전략을 썼죠. 케이스마다 전략이 있거든요.

"제가 우리 어머니가 아니라서 이런 얘기를 하는 게 아니라 이번이 어머님과 분리될 수 있는 기회입니다. 막말로 돌아가셔도 할 수 없지 않겠습니까. 아이를 고쳐야죠."

그러니까 이 양반이 반발이 컸죠. 굉장히 컸습니다. 그런데 제가 왜 그렇게 강력한 전략을 썼냐 하면 그 시어머니가 스트레스를 받으면 입원을 하더라구요. 실제 졸도를 하기도 해요. 그냥 눈감고 쓰러지는 거죠. 그런 사건들을 저한테 얘기해 줘서 제가 힌트를 얻었죠. 이 시어머니가 쓰는 전략이 상대방이 말을 안 들을 때는 드러눕는 거예요. 입원을 하면 우리 어머니 저러다 죽으면 어떻게 하나 그래 가지고 어머니 파워에 다시 기어들어 가는 거예요. 제가 아들에게 이런 얘기를 해 주면서 마음 독하게 먹고 이번 기회에 분리를 하자고 했어요. 그런데 몇 시간 후에 전화가 왔어요. 어머니가 약으로 조절하고 입원 안 하셨다는 거예요. 이 어머니가 저랑 한번 만나자는 거예요. 한마디로 한번 맞장 뜨자는 거지요. 결과가 어땠을까요? 어머님이 이사 가기로 결심을 하셨어요. 실제로 얼마 후 이사를 갔죠.

감정 공유

한번은 어떤 대학원생이 저한테 왔는데 자기 아빠가 간암으로 돌아가셨대요. 2년 반 동안을 투병 생활하면서 가족들을 달달 볶았나 봐요. 넌덜머리가 난대요. 그래서 아빠를 위한 추도 예배 때 아빠에 대한 이야기를 일체 안 한다라는 거예요. 두려운 거죠. 그것을 꺼내 놓았을 때 벌어질 일이 눈에 보이니까. 그래서 제가 아빠하고 관련된 게 뭐가 있냐고 물어봤더니 아빠 육성 테이프가 있다는 거예요. 그래서 대학원생에게 오늘은 아빠를 위한 자리이니까 아빠 육성 테이프를 들어 보면 어떻겠느냐고 제안을 한 번 해 보라고 했어요.

그래서 추도 예배 때 아빠 육성 테이프를 틀었대요. 그런데 아빠 음성을 듣는 순간, 온 식구가 막 울음이 터져 나온 거예요. 감정이 휘몰아친 거예요. 그래서 같이 엉엉 울면서 얘기를 시작했는데 '나 어렸을때 아빠가 업어 줬고, 뭐 해 주고… 뭐 사 주고… 어떻게 야단치고….'

긍정적인 이야기든 부정적이든 다 쏟아 내니까 가족이 한 덩어리가 됐다라는 거예요. 감정이 공유된 거죠. 중요한 것은 표현을 했다라는 거거든요. 감정을 공유하면 화해 모드가 됩니다.

그런데 감정을 공유하려면 표현을 해야 해요. 표현을 하지 않고 무덤까지 가져간다고 생각하는 것은 스스로 무덤을 만드는 일이 된답니다.

섹스와 사랑이 같은가

자기 아버지가 목사인 부인이 왔는데 무슨 문제로 왔냐면, 남편하고 별거 중이라는 거예요. 그 당시에 부인이 가출해 버렸어요. 부인 나이가 서른여섯 됐을 거 같고 남편이 서른여덟이었을 거예요. 부인이 가출을 했다가 보름 만에 들어오니 남편이 가위로 부인의 머리카락이고 음모고 다 잘라 버리더래요. 남편이 부인을 홀딱 벗겨 손을 묶어 놓고. 이러다 죽겠구나 싶어 도망을 쳤어요. 그때 애가 둘이 있었죠. 아이고 뭐고 자기가 살아야겠다 싶어 다 팽겨치고 집을 나간 거예요.

그런데 알고 봤더니 부인이 가출했을 때 티켓다방도 다니고 그랬다고 해요. 정숙하진 못했죠. 이 부인 아버지와 남편이 목회자이니깐 이런 분위기라면 가출을 하고 티켓다방에서 웃음을 팔고 그런다는 것이 죄악시될 법도 한데 이 부인은 왜 이런 일탈 행동을 했을까요? 이 부인은 자기가 엄마 아빠한테 사랑을 받지 못했다고 했어요. 그 부인은 장녀였는데 목사님 부부가 늘 바빴던 거예요. 가족들보다는 교인들을 보살피는 일이 우선이었으니까요.

이 부인은 중학생부터 과외를 했는데 과외 선생님과 성적인 접촉을 했다는 거예요. 그리고 나서 대학을 갔는데 자기 동기들 하고 성관계를 대학교 1학년부터 가졌던 거예요. 그러다 같은 대학의 선배하고 결혼을 했는데, 결혼을 하고 나서도 선배가 군대를 갔을 때 다른 사람하고 성관계를 했어요. 이런 전례가 있으니까 남편이 아내에게 성적인 모욕을 준 거죠. 남편의 행동이 지나치다고 생각했지만 이해가 안 되는 건 아녜요. 이 부인은 왜 이렇게 성적으로 무분별했을까요?

그 부인은 엄마 아빠하고 대화를 나누지 못했을 뿐더러 사랑을 받지 못했기 때문에 어려서부터 특히 남자가 신체적인 접촉을 할 때 거기서 따뜻함을 느꼈다고 하더군요. 인간적인 따스함과 성적인 쾌감이 왜곡되어 있었어요. 성적인 접촉을 사랑으로 잘못 받아들이는 거예요. 이 부인은 별거 중에도 다른 남자를 만나고 있더라고요.

그래서 부모의 사랑이 절대적으로 필요하다는 거예요. 부모에게 사랑을 받지 못하면 다른 데서 사랑을 구하려고 하는데 그것은 사랑이 아니라 욕망이죠. 사랑과 성을 혼동해서는 안 돼요. 사랑을 구하려다 성의 노예가 되기 십상이니까요. 이 부인은 근본적으로 부모와의 애착 관계가 걸려 있었지요. 부모와의 충족되지 못한 애착 관계로 인하여 이 부인은 남자들과의 성관계를 통하여 왜곡된 사랑을 추구했던 거지요.

안 풀면 잠을 못 자

부인이 우울증으로 왔어요. 신경정신과에서 2년 동안 약을 먹었는데도 효과를 못 봤다고 해요. 남편이 전문 직종에 있더라구요. 남편은 아들이 둘인 집안의 큰아들이에요. 아들 둘 다 명문대를 나오셨어요. 그런데 어머님이 일찍이 미망인이 되셨더라고요. 혼자서 두 아들을 너무 잘 길렀어요. 어머니가 너무 힘들게 길렀으니까 아들이 어머니에 대한 연민이 있지 않겠습니까? 남편은 영국에서 전문 직종에 취업을 하고 있다가 귀국하여 결혼을 했어요.

그런데 남편이 결혼하자마자 엄마를 영국으로 모시고 가겠다는 거예요. 아내가 생겼으니까 엄마를 모실 수 있다고 생각했던 거죠. 장인 입장에서는 시어머니와 떨어져 살고 힘없는 시어머니라 참견도 하지 않을 것란 판단에 딸을 내주었던 것인데 예상이 완전히 빗나간 거예요. 하지만 장인 체면에 그렇게 노골적으로 말할 수는 없으니까 장인은 사위에게 1년 동안은 둘만 신혼 생활을 하고 나중에 어머니를 모서가도 늦지 않다고 타협을 봤어요. 이 남편도 장인 체면을 봐서 받아들였어요. 그런데 1년 후 바로 어머니를 영국으로 데려간 거예요.

그러자 부부가 밤마다 부닥친 거예요. 남편은 마마보이였죠. 어머니로부터 분리가 안 됐어요. 그리고 부인도 아버지랑 분리가 안 된 거예요. 부부 싸움하면 남편이 차를 몰고 연구실로 가요. 그러면 부인은 못 견딘는 거예요. 부인이 차를 몰고 연구실로 가요. 남편이 연구실에서 뭔가를 하고 있을 거 아닙니까? 남편한테 얼굴을 들이대고 '날 좀 봐, 날 좀 봐.'

부인은 그날 안 풀면 잠을 못 자는 거예요. 그런데 남편은 오히려 자신의 화난 감정을 풀기 위해서는 부인보다 더 많은 시간이 필요한 사람이예요. 필요에 따라서는 며칠 또는 몇 주가 필요할 수도 있는 사람인데 부인은 자신이 답답하니 싸우고 나서 하루를 넘길 수가 없는 성격이었지요. 물론 성경 말씀에 그날의 분노나 화를 밤을 넘기지 말고 화해하라고 하지만 그것은 각자가 자라온 가정 문화에 따라 불편한 감정을 하루 이상 넘길 수도 있다는 것을 알아야 합니다.

남편의 경우는 홀어머니 밑에서 자신의 속상한 이야기를 내놓고 이야기할 수 있는 방식을 학습하지 못한 사람이었지요. 그리고 남편이 어렸을 때 아버지가 일찍 돌아가셔서 부부 관계를 어떻게 이끌어 가는지에 대해서도 모르는 거예요. 남편이 어려서 어머니가 시장에서 모판에 생선 또는 닭 몇 마리를 놓고 팔아서 자신과 동생을 명문대까지 보냈으니 어머니에 대한 짠한 마음이 얼마나 강하겠어요. 어떻게 해서든지 어머니께 효도를 하고 싶어하지 않았을까요? 그런 남편을 부인 또한 성숙하지 못해 품어 주지를 못한 면도 있지요.

이런 상황에서 결국 부인은 우울증이 생겼어요. 물론 분화가 안 된 남편한테 문제가 있었지만 부인 또한 그러한 남편을 현명하게 대처하지는 못하였지요. 부인 또한 분화가 잘 안 되어 남편과 한바탕하고 나면 즉각 친정에 가서 친정 부모에게 다 말해 버렸어요. 그러면 장인, 장모가 개입을 하였구요. 하지만 부부와 친정 부모가 문제를 해결하는 방식이 효과는 없었지요. 부인이 그렇게 집요하게 몰고 가면 상황은 더욱 악화됩니다.

대화가 안 돼

남편이 70대 의사예요. 그 당시 부인께서는 예순일곱이셨고요. 아들도 의사구요. 그런데 부인이 처음으로 저한테 털어놓은 얘기입니다. 신혼 초에 남편이 원할 때는 그냥 위에 올라가서 성관계를 한다는 겁니다. 부인은 준비가 안 돼 있어서 너무너무 아팠대요. 그래도 참았죠. 남편이 원하니까. 그런데 새벽에 부인이 남편이 자나 안 자나 이렇게 발을 대본대요. 그러면 남편은 손으로 발을 탁 차 버린다는 거예요. 그때 부인은 얼마나 모멸감을 느꼈겠어요? 부인이 조금 더 시간을 뒀다가 남편 다리에 또 발을 쓰윽 갖다 대니까 남편이 벌떡 일어나서 부들부들 떨더라는 겁니다. 그때 이 부인은 구멍이라도 있으면 들어가고 싶고 나를 어떻게 생각하면 저럴까 싶었다는 거예요. 아이를 낳아 키우면서 방을 따로 썼다고 해요.

남편은 칼같이 퇴근을 한답니다. 부인은 남편이 집에 오기 바로 전에 클래식 음악을 틀어 놓는 답니다. 부인이 '이제 오세요.'라고 하면 그것이 끝이래요. 반찬을 항상 일곱 가지 정도 해야 하는데 밥 먹을 때 항상 불평을 한다는 거예요. 콩나물국을 끓여 놓으면 '이걸 국이라고 끓였어? 콩나물하고 소금하고 물하고 따로 놀아.' 남편이 외과의사라 수술을 많이 해서 스트레스를 받아서 그런지 얼굴을 보고 있으면 피곤하더라고요. 부인은 자기가 남편의 아내가 아니라 가사도우미라는 생각이 들 정도로 매일매일 느끼는 모멸감이라는 건 이루 말할 수 없다고 털어놓았어요. 67세 연세에도 부인은 아내로서 존중받고 사랑받고 싶어합니다. 나이에 상관이 없어요.

남편은 아들 하고도 사이가 안 좋아요. 칠순 잔치 전에 아들이랑 확 틀어지셨어요. 칠순 잔치에 아들이 안 간 거예요. 그 집에서 상담을 하는데 아들이 왔어요. 그런데 아들이 혼자 오기 싫으니까 아는 형을 데리고 온 거예요. 어머니 아버님을 옛날부터 알던 형이래요. 아들이 딱 들어오니까 아버지가 뭐라는 줄 아세요? '어이 김형, 이 자식 교육 좀 시켜, 자식이 이래 가지곤 안 돼.' 그러는 거예요. 아들은 아버지한테 아는 체도 안 하고 '엄마, 커튼 바꼈네!' 하는 거예요. 대화가 되겠어요? 안 돼죠. 아들이 그냥 가 버렸어요.

이 케이스는 정말 저도 황당했어요. 사람이 나이가 들면 포기하게 되는데 이분은 변함이 없어요. 이 아들이 아버지와 똑같을 거예요. 같아서 부딪히는 거거든요. 그런데 아드님이 이혼을 했어요.

취미를 인정 못하는 부모

스물아홉 살인 아들 문제로 찾아온 부인이 조현병 환자예요. 환청, 환시, 환각이 있어요. 신경정신과에서 조현병 약을 복용하다가 찾아왔어요. 그 남편은 전문 직종에 있어요. 이 아들이 어려서부터 만화를 좋아했던 거예요. 지금 회사에 다니는데도 만화를 볼 정도로 좋아해요. 아들이 대학생일 때 아빠가 "야, 대학생이 돼 가지고 만화를 보냐 말이 되냐 말이 돼?" 하면서 면박을 주었어요. 그 아들이 와서 하는 말이 자기는 만화를 볼 때 너무너무 기쁘다는 거예요. 그런데 아빠는 "유치하게 무슨 만화를!" 하면서 아빠가 늘 자기를 무시했다고 해요. 엄마는 한술 더 떠서 "이게 초딩이나 하는 짓이지 고딩이 돼 가지고 이따위 것을 보냐."라며 아들의 취미를 인정해 주지 않았어요.

부모 몰래 취미 생활을 하려다 보니 거짓말을 하게 되고 부모님 잘 때 만화를 보니까 밤을 홀딱 새우니 늦잠을 자고, 부모는 아들이 자신의 기대치에 못 미치는 것이 만화 때문이라고 생각하고 만화를 철천 지원수로 생각하고 있었어요. 만화를 사랑하는 아들도 원수였죠. 그 원수가 안 보고 살 수 있는 관계라면 떨쳐 버릴 수가 있는데 그렇지 못하면 병이 돼요. 물론 부인의 조현병은 근본적으로 친정어머니와의 관계가 걸려 있었고 다른 형제에 비해서 차별을 받았던 문제가 있었습니다. 한편 남편과 대화가 안 되고 있었고 과거에 남편의 여자 문제에 대한 오해가 있었기도 했지요.

그런데 상담을 받으면서 아빠가 깨달았어요 "지금 와서 생각해 보니까 애 취미는 만화인데 내 잣대로 아들을 판단했다."고 후회를 했어요. 아들을 지지해 줬더라면 부인에게 병도 생기지 않았을 것이고 아들도 만화가로 크게 성공했을지도 모릅니다. 하지만 우리나라 부모들은 자식을 사랑하는 방식이 자신의 잣대로 아들을 맞추어 가려고 하기 때문에 사단이 나는 것이지요.

자식 차별

고등학교 1학년 여자애예요. 중3 때까지 반에서 2, 3등을 했어요. 고1 들어와서 뒤에서 2, 3등이예요. 딸이 집에서 말을 안 하는 거예요. 엄마 아빠 부부 관계가 상당히 괜찮은 편이예요.

언니는 지금 대학교 1학년이예요. 아빠가 하는 얘기입니다. 둘째 딸이 자기 엄마한테 자기 언니에 비해서 늘 차별 대우를 받았다는 거예요. 그런데 엄마는 전혀 차별 대우를 했다고 생각하지 않아요. 이 아빠가 봤을 때 엄마는 큰딸하고 작은 딸하고 차별 대우를 안 했다고 보지만, 둘째 딸은 자기가 스스로 알아서 하는 애지만 큰딸은 고등학교 때 성적도 떨어졌고 자기 혼자 스스로 못해서 큰딸한테 모든 신경을 쏟았다는 겁니다. 그런데 자기가 봐도 둘째 딸 말에 일리가 있는게 뭐냐면 큰딸하고 대화할 때는 질문을 한다는 거예요. 그러면 계속 대화를 하는데 둘째 딸이랑 대화할 때는 '그러니' 그리고 썰렁. 그러면 둘째 딸 입장에서 봤을 때 분명히 엄마가 언니는 자기보다 더 관심을 갖고 대화를 많이 하고 더 많이 사랑하는데 자기는 덜 사랑한다고 판단하지요.

엄마는 억울한 거예요. 나는 너희 둘 다 똑같이 사랑했다고 하죠. 그런데 또 다른 이유가 하나 더 있어요. 장인이 잘 나가는 임원이었데요. 장모는 잔소리를 많이 하는 사람이래요. 그래서 아내가 장모하고 관계가 안 좋고 장인하고 관계가 좋은 거예요. 그러다 보니까 모든 얘기가 장인을 통해서 전해지는 거예요. 그래서 장모가 왕따를 당했다는 거예요. 그러면 지금 원가족 문제에 있어서 이 엄마가 느끼는 게 뭐냐면 자기가 자기 친정 엄마 짝 날까 싶어서… 자기 남편이 둘째하고 친하잖아요? 그러면 애들이 아빠하고 대화하고 자기를 왕따시키지 않나 라는 게 있어요. 아빠는 자기 아내가 장인어른 말만 듣는 것이 불만이예요.

그의 아내가 친정집에 가서 한숨을 푹푹 쉬면서 우리 둘째 딸이 상담을 받고 있다고 하면 장인이 얘기를 해 준대요. 똑같은 얘기라도 남편 얘기는 거절하는데 장인어른 얘기라면 들어준다는 거예요. 같은 형제 자매라도 차별을 받는다고 생각할 수 있다는 것을 잊어서는 안 돼요.

부모가 형제간에 차별을 함으로써 차별당하는 자녀가 저항하느라고 문제를 일으키는 경우가 너무나 많아요.

매정한 아빠

전문 직종에 있는 분이 첫 번째 부인과 이혼을 했어요. 그 사이에 아들이 하나 있는데 걔가 한 살 때 이혼을 하고 아들을 외국에 있는 친할머니 할아버지가 길러 주셨어요. 그때 아빠는 유학을 했죠. 아빠는 주말에만 아이를 볼 수 있었어요. 그러다 아이가 네 살 때 재혼을 했어요. 그런데 애가 지금의 엄마가 친엄마가 아니라는 사실을 알고 있는지 모르고 있는지 부부는 몰라요. 제가 느끼기에는 애가 직감적으로 알고 있으리라고 생각하고 있었구요. 이 부인도 6개월인가 살다가 전남편하고 이혼을 하고, 유학 왔다가 지금의 남편을 만나서 재혼을 한 거예요. 이 두 사람 사이에도 아들이 있어요. 큰아들 때문에 상담을 받게 되었는데 그 애가 거짓말을 하고 도벽이 있는 거예요.

아이한테 왜 이런 문제가 생겼는지를 봐야겠죠. 친엄마가 아니기 때문일까요? 문제의 원인은 아빠한테 있었어요. 큰아들에 대한 얘기를 하기 전에 부인을 실망시킨 일을 먼저 짚어 봅시다. 해외 출장을 갔다가 보름 만에 왔는데 둘째 아들한테 '잘 있었니?' 하는 인사가 끝이더래요. 그 부인은 이건 있을 수가 없는 일이라는 거예요. 어떻게 보름만에 만난 어린 아들을 안아 주지 않는 것은 물론이고 머리조차 쓰다듬어 주지 않을 수 있냐는 거예요. 어떻게 아빠가 저럴 수가 있냐는 거죠. 그런데 이 아빠는 아무렇지 않아요. 오히려 그게 자연스러운 거예요. 그것이 자연스러운 집안 문화니까. 남편은 그걸 납득 못하고 지적하는 부인한테 더 속상한 거예요. 나는 아무 이상도 없는데 뭐가 이상하다고 하는지 이해가 안 되는 거죠.

그 이면에 어떤 문제가 도사리고 있었냐 하면요, 이분이 명문대를 나왔지만 아버지한테 맞고 자랐어요. 아버지한테 칭찬이란 걸 들어 본적이 없었어요. 이런 원가족의 경험으로 아빠는 아들을 살갑게 대할줄 모르는 거예요. 칭찬도 하지 않고 냉정하며 간혹 분노 조절이 안되는 아빠에 대한 반발로 큰아들에게 거짓말과 도벽이 나타난 거죠.

또 이런 문제가 있었죠. 부인은 외국에 계시는 시어머니 시아버지에게 일 년에 네 차례 정도 선물을 보내드리는 것으로 인사를 하려고 마음먹고 있는데 남편이 먼저 바람을 잡는 거예요. 그러면 부인은 내가 다 알아서 하니까 걱정하지 말라고 핀잔을 줬답니다. 남편은 이런 핀잔을 받아들이기 어려웠어요. 자기는 다른 데서는 다 인정을 받는데 부인이 자기를 칭찬 한번 안 해 준다고 거기에 대한 서운함이 엄청 크더라고요. 가뜩이나 남편이 자기 아버지에게도 칭찬을 받아 보지 않고 자랐는데, 부인에게까지 인정을 못 받으니 돌아 버리는 거지요. 남편은 국내뿐만 아니라 국외에서도 그 분야에서 매우 인정을 받는 분이었어요.

부인은 남편에 대한 서운함이 더 많았어요. 신혼 초부터 집안 일을 전혀 도와주지 않았고, 임신을 했는데도 도와주지 않았다는 거예요. 시댁 문제에서도 자기 편을 안 들어주고 시댁 편만 들어준 것 등 남편이 칭찬받을 짓을 하나도 안 하는데 어떻게 칭찬을 해 주냐는 거예요.

　이 남편은 자기는 칭찬을 해 주지 않으면서 자기는 칭찬받기를 원하고 있었다는 것은 칭찬이 좋고 필요하다는 것을 알고 있었다는 건데 부인과 자식들에게는 칭찬에 너무 인색했지요. 남편은 자기 아버지로부터 습득한 방식을 아들에게 사용하고 있었고, 진솔한 대화를 하는 방식을 배우지를 못했기 때문에 아들은 아버지와 대화를 하는데 있어서 거짓말을 하게 되었지요. 부부가 근본적으로 상대방에 대한 서운함이 있었고 이러한 서운함을 표현하는데 있어서 효과적인 의사소통 방식을 습득하지 못했던 겁니다. 그리고 시댁 식구가 큰아들에 대하여 지나친 간섭을 했고 남편은 부인의 입장을 대변해 주기보다는 시댁 편에 서 있어서 부인은 매우 힘들어 했어요. 근본적으로 이러한 문제들이 도사리고 있었는데 사춘기에 있던 자녀가 문제 행동을 보이면 자녀를 변화시키려는 방식이 오히려 문제를 악화시키는 결과가 일어났으니 문제 행동이 더 커질 수밖에 없었던 거예요.

샌드위치 아빠

　마흔한 살 된 간질 환자예요. 간질 증상이 나타나니까 남편이 이혼하자고 한 거예요. 서른여섯에 이혼하고 5년 뒤에 자살을 시도했어요. 그분에게 어느 때 간질이 일어나냐고 물었더니 특히 명절 때 심하다는 거예요. 왜 명절 때마다 간질이 일어났나 봤더니 자기 형제들이 모이면 자기는 소외되고 자기들 얘기만 한다는 거예요. 가족들로부터 무시를 받고 나면 소외감이 느껴져서 기분이 안 좋아지고 어지러우면서 간질 발작이 확 일어난대요.

　큰딸인데 간질 때문에 이혼당하고 엄마 아버지랑 같이 사는 거예요. 다른 자녀들은 출가했죠. 친정엄마는 심장도 안 좋고 우울증도 있어요. 그런데 모녀가 부닥치는 거예요. 서로 죽일 것처럼 대판 싸우니까 중간에서 아버지만 죽는 거예요. 이 아버지가 한 성깔 하지만 꾹 참으면서 딸한테는 "네 엄마 심장병이 있어서 잘못하다간 위험하니까 네가 좀 참고 엄마 말 좀 들어라."고 한다는 거예요. 그리고 엄마한테 가서는 "딸이 이혼도 하고 간질환자인데 뭐 하러 그러냐고 그냥 놔두라."
고 그런데요. 그러면 엄마 입장에서는 남편이 딸을 두둔한다고 생각
하고 딸 입장에서는 아버지가 엄마를 두둔한다고 그러는 거예요. 그
런데 딸하고 엄마하고 관계는 전혀 회복되지 않고, 이 남편은 부인하
고 부닥치고 딸하고도 부닥쳐요. 그러니까 속상해서 밖에 나가 버린
대요. 아버지는 밖에 나가 30분이나 1시간 걷고 들어온답니다. 그런데
이게 매번 반복된다는 거죠. 아버지는 중간에서 이도 저도 못하니까
얼마나 답답하시겠어요.

간질 증상은 약으로 조절할 수 있고 스트레스를 받지 않도록 배려
해 주면 증상을 줄일 수 있어요. 그러나 이 사례에서 딸과 엄마, 딸과
아빠 그리고 부모 상담을 통해서 지금까지 문제를 해결하려고 시도
해 왔던 방식이 아닌 새로운 방식을 시도하게 되었지요. 아버지는 모
녀가 충돌할 때 가능하면 참견하지 말고 그 대신 부인과 있을 때는
무조건 부인 편을 들어주고 딸과 있을 때는 일단 딸 입장을 두둔해
주는 방식으로 변화를 시도했어요. 그리고 남동생들을 상담에 참여
시켜 누나(딸)와 대화를 시도해서 딸이 속상한 것을 직접 당사자에게
말하거나 아니면 삐친 얘기를 다른 가족들에게 내놓게 함으로써 딸
은 스트레스를 풀 수 있었어요.

상담하는 기간 중에 명절이 돌아왔을 때 가족들이 다 모여서 이야
기를 하고 있는데 딸이 갑자기 어지러움증과 함께 간질 증상이 나타
나자 딸이 가족들에게 "내가 지금 어지러워서 방에 가서 쉬어야겠다."
고 했대요. 그전 같으면 그 상황에서 아무 말 안 하고 스트레스 받으
며 있다가 간질 증상이 나타나 소란을 피웠죠. 이번에는 딸이 가족

성원들에게 솔직히 말하고 쉬었더니 간질 증상이 처음으로 나타나지 않았어요. 이렇게 감정을 자극적인 방식이 아닌 이성적으로 표현을 함으로써 행동화하지 않는다는 것에 주목해야 합니다.

칭찬하지 않는 아빠

아빠가 두 번 이혼했습니다. 전처와의 사이에 애가 둘, 그리고 두 번째 부인에게서 난 딸이 있어요. 할머니, 할아버지, 삼촌 그리고 애들 셋이랑 살고 있어요. 이 아빠 하는 말이 우리 아들 딸은 칭찬할 게 하나도 없다는 거예요. 그래서 아빠한테 물어봤어요. 칭찬해 본 적이 있냐고. 그러니까 칭찬해 본 적이 없대요. 그래서 왜 칭찬을 안 했냐고 하니까 칭찬할 게 없다는 거예요.

명문대를 나와서 고위직으로 근무를 하고 있는 거니까 성공한 거예요. 이혼을 두 번씩 해서 가정적으로 안정이 안 된 것은 있지만요. 원가족을 보니까 아버지와 아들의 사이가 불편해요. 그 아빠는 아버지한테 칭찬을 들어 본 적이 없고, 아버지와 함께 식탁에서 밥을 먹어 본 적이 없대요. 아버지가 싫은 게 아니지만 지금도 아버지가 식사를 하시면 거실에 나가지 않는다는 거예요. 그 아빠는 아버지와 대화를 안 해요. 아버지한테 칭찬받아 본 적이 없는 남자가 결혼을 하면 역시 애들한테 칭찬을 해 주지 않는 아빠가 된다는 겁니다.

아빠와 아들이 한자리에 있을 때 물었어요.

"아빠께서 아드님에게 혹시 칭찬할 게 없으세요?"

칭찬할 게 없다고 하더라구요. 최근에 아들에게 어떤 변화가 없냐고 질문했죠. 그러니까 아빠가 "우리 아들이 연습장에 찍찍찍 억지로 공부를 한 흔적을 남겼는데 글씨체가 달라졌어요." 그러니까 이 아들이 뜨악하는 거예요. 아빠가 자기를 관찰하고 있었구나 싶어 놀란 거예요. 그 놀람이 감동 아니겠어요? 또 없냐고 물어보니까 아들이 할머니하고 배다른 동생 사이에서 관계를 좋게 하려고 애를 쓴다는 거예요. 이 아들은 아빠한테 처음으로 이 두 가지에 대해서 칭찬을 들은 거예요. 칭찬은 이렇게 시작하죠. 그리고 제가 아들에게 아빠에 대하여 어떻게 생각하냐고 물었더니 웃으면서 아빠에 대한 긍정적인 얘기를 하는 거예요. "아빠는 능력 있고 화끈한 스타일"이라고!

그런데 많은 경우에 칭찬보다는 보통 훈계를 해요. 글씨 좀 잘 써라. 동생 좀 잘 돌봐라. 할머니 말씀 잘 들어라. 훈계와 잔소리는 가능하면 좀 참고 칭찬부터 하세요. 그것이 문제를 해결하는 방법이예요. 실제 상담에서도 내담자들에게 충고와 조언은 아무런 도움이 안 된다고 하지요.

쇼핑중독

딸이 둘인데요. 큰딸이 쇼핑중독이었어요. 몇 달 사이에 카드 빚을 천칠팔백만 원이나 졌어요. 그 엄마가 고등학교 교사를 하다가 그만 두고 과외를 했고, 아빠는 회사에서 명퇴를 했어요. 집안이 어려워졌는데 어마어마한 카드 빚이 엄마한테 떨어졌으니 분노를 하는 거예요. 엄마는 큰딸에게 배신감을 느끼는 거예요. 그분이 딸들에게 모든 에너지를 다 쏟았더라구요. 그전에는 학부형 모임, 친구 모임 등 몇 개 그룹이 있었는데 다 끊으셨대요. 왜 끊었냐고 하니까 그거 나가면 회비 등 돈이 많이 들어서 끊었다는 거예요.

애들한테 모든 에너지를 쏟다 보니까 딸을 교육시켰던 방식이 좀 특이하더군요. 그 엄마는 딸 성적이 떨어지면 옷을 홀딱 벗겨서 밖으로 내보내거나 책가방을 창밖으로 던져서 아주 개박살을 내고, 딸 머리채를 잡고 유리창에 찍어서 머리에 상처를 내거나 과도를 집어던지는 등 폭력적이었어요. 그 엄마는 지금도 분노가 일어나면 한밤중에도 자는 딸을 깨워서 퍼부어 대죠. 그래서 제가 그랬어요. "어머니, 이 딸을 살리려고 왔으면 어머니께서 돈이 들더라도 외부 활동을 하세요." 자기는 자장면 한 그릇 안 먹고 아껴 가면서 애들 뒷바라지했다는 거예요. 자기한테 쓴 거는 한푼도 없다고 자랑을 하더라구요. 그거 멍청한 짓이라고 했죠. 자기를 위해서도 돈을 써야 한다고 말해 주었어요.

그분이 어떻게 변했냐 하면 모임에 나가는 거예요. 친구들과 어울려 다니면서 차도 마시고 식사도 하고 여행도 가고 그러니까 남편한테나 딸한테 간섭하는 게 줄어들었어요. 일단 가족들이 해방감을 느꼈고 본인도 자유롭죠. 부부 관계가 회복이 되고, 큰딸의 쇼핑중독도 사라졌어요. 엄마에 대한 욕구 불만을 쇼핑으로 풀었던 건데 엄마의 관심이 바깥으로 쏠리면서 스트레스가 줄어들었으니까요.

가족 관계를 나아지게 하려면 서로에 대해 신경을 덜 쓰는 것이 좋은 방법이죠. 희생은 보상을 바라게 돼 있고 그것이 이루어지지 않았을 때는 배신감을 느끼죠. 나를 위한 투자도 필요합니다. 제일 먼저 나에게 에너지를 투자하고 나머지 에너지도 분산시키는 것이 현명합니다. 뭐 할라고 나보다 남에게 먼저 에너지를 투자하나요? 물론 지나치게 나에게만 에너지를 투자하면 매우 이기적인 사람이지만 그렇다고 나를 뒤로 젖혀 놓고 남을 먼저 챙기는 것도 문제가 아닌가요?

나와 내 가족에게 나이스 하지 못한 사람들은 원가족에서 가족 성원들에게 인정을 못 받은 경우가 많습니다. 그렇게 인정받지 못한 데서 오는 결핍감으로 인해 가족 외의 타인들에게 인정을 받음으로써 보상을 받으려고 하는 경우를 너무나 많이 보지요. 그렇게 살면 나이 들어 땅을 치며 후회를 한답니다.

한 달에 한 번 찾아와 때리는 아빠

화장품 가게를 하는 부인이 있었는데, 아들이 조현병 환자였어요. 가게에 딸린 방에서 친정엄마, 부인, 아들, 딸이 산대요. 남편과는 정식으로 결혼한 것이 아니라 동거 생활을 해요. 이 부인이 결혼을 일찍한 배경을 봤더니 얼굴이 굉장히 예쁘더라고요. 직감적으로 그 부인이 아무래도 성폭행 문제가 있었을 것 같더라고요. 임상을 오래하다 보면 느낌이 있거든요. 상담을 쭉 하는 과정에서 "혹시 성폭행 경험이 없습니까?" 그러니까 스무 살 때 두 번 강간을 당했대요. 두 명한테. 남자가 있으면 다른 남자들이 찝쩍될 것 같지 않아서 동거를 한 거예요. 그런데 알고 봤더니 남편은 부인이 있었고 애가 없었기 때문에 이 남자는 자식이 필요했던 거예요. 첫 아들을 낳았더니 그쪽에서 아이를 데리고 간 거예요. 그다음에 낳은 딸과 아들은 자기가 키우면서 남자가 한 달에 한 번씩 오는 거예요. 방 하나 딸린 화장품 가게에서 살다 보니까 애들이 노는 걸 일거수일투족 다 보게 된다는 거예요.

공간이 작으면 잔소리가 더 많아집니다. 왜, 눈에 다 보이니까. 방이라도 떨어져 있으면 훨씬 덜해요. 그리고 이 아빠가 한 달에 한 번 와서는 애새끼 공부 못한다고 때린 거예요. 아들이 반항을 하다가 미쳐 버린 거예요. 아버지 역할은 자식을 양육하고 보호하기 위해 정신적 물질적으로 지원해 주는 것인데, 이 아빠는 그런 역할은 하지도 못하면서 공부 못한다고 구타를 하니까 아들 입장에서는 아빠를 받아들일 수가 없었던 거죠. 이렇게 서로를 인정하지 못하는 관계를 억지로 붙여 주려고 하면 역효과가 나요. 물론 아들이 결혼을 하게 되면 다시 부인과 자식과의 관계가 걸리겠지만요. 그래서 정말 좋은 방법은 자신들이 문제를 인식해서 특히 아빠가 함께 상담을 받는 것입니다.

아내를 미치게 만드는 남편

아들이 고3인데 이번에 수능을 못 봤어요. 이 아들에게 대인기피증이 있어요. 애 문제는 거의 부모 문제거든요. 이 케이스도 부부가 전혀 대화가 안 되는 거예요. 상담을 받으면서도 부인이 무슨 얘기를 하면 남편이 "왜 그런 쓸데없는 얘기를 하냐?"고 애당초 다 잘라 버리더라구요. 특히 시댁 문제하고 관련된 것은 입도 뻥긋 못하게 해요. 그러면서 부인이 이상한 사람이라는 거예요. 그 남편은 말이 정말 없어요. 예스, 노만 해요. 어머니가 일흔셋인데 아직도 상추쌈을 싸서 아들 입에 넣어 주면 50이 넘은 아들은 입을 벌리고 받아먹는대요. 징그럽죠? 그래서 제가 어머니를 오시라고 했어요.

"어머니, 지금 아드님 집에 가는 거를 끊어 주세요. 매번 김치하고 밑반찬 만들어 가지고 가지 마시라고요. 손자를 낫게 하려면. 손자가 정신과 치료를 받고 있잖아요. 손자의 병은 약물치료해서 될 문제가 아닙니다. 어머님께서 아드님하고의 관계를 많이 약화시키는 방법밖에 없어요. 관계를 끊을 수는 없잖아요. 부모하고 자식 간인데. 하지만 줄일 수는 있지 않겠습니까?"

손주가 고3, 고2이면 다 컸는데 그 어머니는 50이 넘은 아들을 아직도 어린아이처럼 데리고 다녀요.

"애들이 싫어하면 친할머니 댁에 두 주에 한 번씩 인사 가는 것도 하지 않아도 된다고 하세요. 아드님만 혼자 다녀가도 되지 않겠어요?"

시어머니가 놀라는 거예요. 자식들에게 부담을 주지 않았다는 거예요. 손자가 자기 때문에 병이 생긴 것이 아니라고 항변을 하셨지만 결국 시어머니는 변하게 되어 있어요. 자식 이기는 부모 없다고 하잖아요. 그리고 부모는 나이가 들면 힘이 빠지기 마련이거든요.

또 한 케이스는 미국에 한 7년 정도 유학 갔다가 이혼하러 나왔어요. 남편은 박사학위 논문 쓰고 있구요. 그 부인은 활달한 성격인데 남편 때문에 돌아 버리려고 해요. 미국에서 신경정신과를 다녔더라고요. 우울증으로 자살까지 생각을 하고 있더라구요. 뭐가 그 부인을 미치게 만들었나 봤더니 남편의 의사소통 방식이었어요. 남편은 항상 "니가 잘못해서 그런 대우를 받는 거야.", "잘 생각해 봐 니가 뭘 잘못했는지!" 이렇게 추궁을 하는 방식이 부인을 죄인으로 몰아가는 거죠. 이 남편은 겉으로 보면 훌륭해요. 얼굴도 잘 생겼고, 남들한테 신망을 받는 사람이었어요. 그런데 남편이 이중 메시지를 쓰는 거예요. 이래도 걸리고 저래도 걸린다는 거지요. 그래서 부인이 어떤 말을 해도 남편한테 야단을 맞거든요. 부인이 어떤 노력을 해도 남편에게는 멍청한 사람이 되죠.

'네가 먼저 잘못했으니까 네가 바꿔라.' 하는 메시지를 남편은 부인

한테 보내 부인이 항복하기를 원하지만 부인은 절대로 투항은 안 해
요. 대학 다닐 때 운동권 학생이었어요. 강한 사람들은 서로를 굴복시
키려고 이렇게 피터지게 전쟁을 하고 있어요.

친구 아빠에게 성폭행을 당하다

　어떤 여대생이 자기가 이상하다는 걸 느꼈다는 거예요. 첫 번째 만난 사람이 전도사였는데 만난 지 6번 만에 성관계를 가졌대요. 그 후 조금 사귀다가 헤어졌고, 두 번째 남자와는 첫 날, 서울 시내 공원 벤치에서 성교를 했다는 거예요. 이런 상황들이 자기가 생각해도 납득이 안 된다는 거예요. 저보고 이게 무슨 병이 아니냐고 묻더군요. 얘기를 쭉 들어봤더니 다섯 살 때 친구 아빠한테 성폭행을 당한 거예요. 친구네가 무당집이었어요.

　그 친구 집에 놀러 갔는데 친구 아빠가 자기 딸을 심부름을 보냈대요. 그리고 나서 아이의 치마를 내리고 친구 아빠가 뭔가 했어요. 혹시 무당집 가 보신 적 있으세요? 무당집은 천정에 빨간색, 초록색, 노란색 각가지 색으로 되어 있잖아요. 이 아이는 이런 풍경을 처음 보기 때문에 천정에서 눈을 떼지 못했어요. 두려웠겠죠. 그래서 그 천정만 생각나고 그때 행해졌던 친구 아빠의 몹쓸 행위는 잊어버린 거예요. 그런 순간 딱 필름이 끊기거든요.

두 번째 경험은 막내 삼촌과 같이 살았는데 어느 날 막내 삼촌이 자기 방으로 오라고 하더래요. 그러더니 옆에 누우라고 하더래요. 그래 누웠더니 막내 삼촌이 TV를 같이 보면서 성행위를 한 거예요. 이러한 일이 있을 때 엄마한테 이 얘기를 했으면 돼요. 그러면 감정이 일단 한 번 여과가 되거든요. 그런데 그 얘기를 발설을 못했다는 거예요. 왜 말을 못했냐고 물어보니까, 엄마한테 얘기하면 엄마가 걱정할 것 같아서 또 자기한테 잘못했다고 그럴까 봐 입을 다물었다고 했어요. 그런데 상담받은 지 며칠 후 엄마와 산책을 하면서 엄마한테 성폭행당한 얘기를 했대요. 그러니까 엄마가 그 친구 아빠라는 사람은 동네에서 소문난 난봉꾼이어서 피해자가 많다고 하면서 나쁜 새끼라고 욕을 하더래요. 위안을 받았겠지요. 용기를 내어 삼촌 얘기도 했대요. 막내 삼촌이 엄마 젖도 만지고 이모도 손댔다는 식으로 얘기를 하더래요. 나만 당한 것이 아니구나 싶으면서 큰 위안이 되었다는 거예요.

이렇게 큰일, 무서운 일을 가슴속에 담고 있으면 자기도 모르게 이상행동을 하게 돼요. 가장 가까운 사람과 (주로 엄마가 되겠지요) 비밀을 공유하면 그 두려움에서 벗어날 수 있어요. 자녀들이 비밀을 갖지 않도록 부모가 언제나 자녀 편이라는 인식을 심어 주는 것이 필요하죠. 그런데 많은 경우 부모는 자녀를 교육시키려 하고 가르치려고 해요. 그리고 자신이 생각하는 것이 옳고 자녀는 아직 인생을 살아 보지 않아서 모른다고 생각하는 경우가 정말 많아요. 옳고 그른 것을 도덕적인 기준을 가지고 판단해 주기보다는 설사 자녀가 잘못되었다 손 치더라도 부모가 일단 자녀 편을 들어주는 것이 장기적으로 봤을 때 더 효과적인 방식이라 생각됩니다.

　그런데 많은 부모들이 자녀가 위기에 처했을 때 또는 실수를 했을 때 자녀를 변화시키려고 하는 방식이 자신이 부모로부터 배운 방식을 그대로 쓰고 있어요. 그 방식이 자녀를 더욱 빡치게 하는 경우가 비일비재한데 말예요. 자기도 싫어했던 것을 자기 자식에게 자신도 모르게 그대로 하고 있다는 것을 알아야 합니다.

사과가 명약

한 달 후에 결혼을 할 여자가 나를 찾아왔어요. 자기 엄마 아버지 부부 관계가 안 좋은데 자기도 그럴 것 같은 예감이 든다는 거예요. 아버지가 큰 교회 담임 목사로 교인들에게 존경을 받는대요. 그런데 집에 오면 교회에서의 인자함이 온데간데없어지고 냉정한 모습으로 바뀐다고 해요. 엄마를 무시하고 딸들에게 무력을 행사하고….

이 집이 딸만 셋인데 이분이 가운데 딸이예요. 그런데 고2 때 아버지한테 혁대로 맞았대요. 그때의 아버지 모습이 머릿속에 너무나도 생생히 남아 있어서 아버지가 용서가 안 된다는 거예요.

남편 될 사람도 아버지처럼 두 얼굴을 갖고 있으면 어떡하나 싶어 두려운 거예요. 그래서 제가 아버지한테 그때 서운했던 심정을 얘기하라고 했어요. 그랬더니 아버지와 편안하게 대화를 나눈 적이 없다며 자신이 없대요.

결혼하고 나서 두 달 정도 후에 오는데 얼굴이 달라졌어요. 뭔가 변화가 있었다는 것이 직감적으로 느껴지더라구요. 아니나 다를까 아버지한테 고등학교 2학년 때 혁대로 때린 거 기억나냐고 물었더니 아버지가 "내가 널 언제 혁대로 때렸냐?"고 오리발을 내밀더래요. 그런데 오리발이 아니라. 아버지 입장에서 기억을 못하는 거예요. 그런데 중요한 게 뭐냐면 아버지가 "내가 정말 그때 너를 혁대로 때렸다면 정말 미안하다."라고 사과를 한 거예요. 아버지께서는 자기는 기억은 안 나지만 딸을 받아 준 거예요. 아버지가 현명하신 거죠. 만약 체면 때문에 혹은 따지고 드는 것이 괘씸해서 부정을 했다면 딸은 아버지가 죽을 때까지 편안히 대하지 못하였을 거예요. 딸 입장에서 아버지와 정리되지 않은 감정이 부부 관계에 영향을 미칠 수도 있었겠지요.

부부 관계와 자녀 관계를 위해서라도 부모와 걸려 있는 감정의 찌꺼기를 부모 생존 시 직접 털어 내는 것이 좋은데 사실 우리가 학습되어 온 표현 방식으로 그게 쉽지가 않아요. 하지만 해야 합니다. 어렵다고 안 하면 쌓여서 골이 더 깊어지거든요.

형제+며느리 4파전

   아들만 둘이 있는 가정이 있었는데 형제 관계가 좋지 않아서 형제 관계를 회복시켜 주길 원했죠. 그 집안이 싸우는 집은 아니에요. 아버지는 교장 선생님이었고 장로님, 엄마는 얌전한 권사님이에요. 부부가 띠동갑이니까 12살 차이예요. 부인이 남편을 어려워해요. 남편은 항상 완벽한 사람이거든요. 남 험담이란 걸 모르는 성인군자형이죠. 부인은 남편 앞에서 까불지를 못해요. 부인은 깔깔거리고 전화를 하다가 남편이 들어오면 갑자기 조용조용히 말하다가 끊어요.

   그런데 이 부부의 두 아들이 왜 이렇게 관계가 소원한가 봤더니 대화가 이어지질 못하는 거예요. 대화란 이런저런 살을 붙여 가며 재미있게 부풀려 가는 건데 그렇게 하지를 못하는 거예요. 그래서 부모의 부부 관계를 봤더니 부인이 무슨 일 있을 때 남편한테 얘길 못해요. 게다가 남편이 지방에서 다른 학교로 전근을 많이 다니는 바람에 주말부부여서 대화를 나눌 시간이 없었던 거예요. 예를 들면 부인이 늦막

염에 걸려서 전기장판을 깔아 놓고 지지고 있었어요. 남편이 와서 "왜 여름에 전기장판을 까냐?"고 물었거든요. 그럼 보통 여자 같으면 늑막염에 걸렸다고 말할 텐데 이 부인은 얼른 걷었대요. 부인은 아파 죽겠는데도 그 말을 못하는 거예요. 남편이 짜증스러워할 것 같으니까.

또 남편은 부인이 무슨 얘기를 하면 탁 끊어 버리는 표현 방식을 썼거든요. 예를 들어 부인이 교회에서 다른 성도들로부터 스트레스를 받아서 남편에게 그 성도에 대한 험담을 하면 남편은 그럴 시간 있으면 성경책을 읽으라고 했대요. 아니 부인은 다른 사람한테 빡쳤는데 성경책이 들어오겠어요? 오히려 남편의 그 방식이 부인을 더 빡치게 하는 방식이지요. 기독교인 가운데 일부는 부분적인 성경 말씀에 너무 많은 제약을 받는 경우들이 있어요. 예를 들어 성경에 나오는 구절 중에서 남 흠을 보지 말라고 하는 구절과 혀로 죄짓지 말라는 구절이 나오는데 그 말씀을 빈드시 지켜야 한다는 강빅증이 있어요. 물론 가정 안에서 좋은 이야기와 긍정적인 이야기만 하면 얼마나 좋겠어요? 그러나 현실은 그렇지가 않잖아요? 제가 볼 때 중요한 것은 가정 내에서 열을 받거나 밖에서 빡쳤을 때 집에 와서 그 누구한텐가 속상한 이야기를 내놓고 위로를 받아야 할 필요가 있어요. 그런데 이 가정은 남편이 좋은 교육자였고 훌륭한 장로님이었지 부인한테는 자신의 속마음을 털어 놓을 수 있는 편안한 남편이 되지 못하였다는 거지요. 남편이 부인한테 남 험담할 시간이 있으면 성경책을 보라고 할 때, 부인 입장에서는 얼마나 쪽팔리고 답답함을 느꼈겠냐는 거지요. 제가 부인이라면 성경책을 찢어 버리고 싶지 않았을까 싶네요.

그리고 부인(엄마)은 자식을 칭찬할 때 당사자에게 직접 하는 것이 아나라 둘째 아들한테는 "니 형은 공부를 잘하는데 너는 왜 공부를 못하냐?"는 식으로 큰아들 칭찬을 둘째한테 하는 거예요. 큰아들은 잘해도 칭찬을 못 들어서 서운하고 둘째 아들은 비교를 당해서 불쾌한 거예요. 둘째 아들은 공부는 못했지만 보스 기질이 있어서 애들을 몰고 다니며 대장 노릇을 했어요. 그런데 큰아들한테는 또 이렇게 말했대요. "너는 공부만 잘했지 동생이 가지고 있는 보스 기질이 없어서 큰일 하겠냐?"고 한 거예요. 부인은 둘째 아들에게도 직접적인 칭찬은 해 주지 않았고 큰아들에게 동생한테 있는 보스 기질이 없는 것을 탓하며 둘째의 장점과 비교를 했죠. 이런 양육 방식이 두 아들 사이를 벌려 놓은 거예요.

지금 며느리 둘도 똑같아요. 며느리 둘 사이도 안 좋거든요. 큰아들이 제수씨 못마땅하면 자기 동생을 통해서 지적을 하는 거예요. 저쪽도 마찬가지예요. 둘째 며느리가 큰동서에 대해서 못마땅하면 자기 남편(둘째 아들)을 통해 큰형한테 들어가도록 하는 거예요. 이런 대화법은 오해가 눈덩이처럼 불어나지요. 지금은 며느리들 때문에 두 형제 관계가 회복이 안 되는 거예요. 갈등 요소가 두 배로 늘어났으니까요. 서로 상처를 주고 할퀴고, 쥐어뜯고, 지금 그런 상태예요. 자기 나름대로 속상한 걸 얘기하면 받아 줘야 하는데 받아 줄 수 있는 여유가 없어요. 그래서 맞바로 되받아치죠.

아주 젊잖은 집안이라 욕하고 치고받고 하며 싸우지는 않지만 말로 서로에게 큰 상처를 주고 있었어요. 말로 생긴 문제는 말로 해결해야 해요. 표현 방식만 바꿔도 관계가 훨씬 나아질 수 있죠. 하지만 어느 한 사람의 노력으로 회복되지 않는다는 것이 가장 큰 어려움이예요. 형제와 며느리 그리고 부모가 함께 노력해야 해결될 수 있답니다.

수고했다는 한마디 때문에

50대 중반 분인데 결혼을 안 한 여자분이셨어요. 그분은 알코올중독자가 됐어요. 그래서 직장을 그만두고 알코올중독 재활병원에 들어갔다가 지금은 사업을 하고 있어요. 그분이 저를 찾아와서 상담을 요청하시더라구요. 형제가 여자 둘, 남자 둘인데 네 명이 전부 다 유학을 갔다 왔지요. 이분이 왜 결혼을 못하고 알코올중독까지 됐을까 싶어 들여다보니까 아버지 건강이 안 좋으셔서 이 딸이 그 집에서 부모와 같이 사는 거예요. 결혼을 안 했으니까 부모를 자연스럽게 모시고 살게 되었겠죠. 자기는 부모를 위해 희생한 건데 형제들이 수고했다는 말 한마디 안 하는 것에 대한 서운한 마음이 컸어요.

그분이 한 30년 전 얘기를 하는 거예요. 그분이 영국에서 유학을 하고 있을 때 언니가 외국에서 학위를 마치고 귀국하기 전에 동생한테 들렀다고 하더라구요. 그런데 그분이 아르바이트를 하면서 학교에 다니느라고 시간적 여유도 없고 경제적으로 어려웠지만 언니가 왔으니까 한 달 동안 짬짬이 구경을 다 시켜 줬대요. 그리고 떠날 때는 없는 돈에서 가족들 선물을 사서 안겨 줬다는 겁니다. 그런데 공항에서 언니가 아무 말을 안 하고 떠나더래요. 그 얘기하면서 눈물을 줄줄 흘리더라고요.

이분을 치료하기 위해서는 언니와의 상담이 필요했는데 다행이 언니가 그 바쁜 와중에 두 번 응해 주었어요. 언니한테 제가 그 이야기를 했어요.

"혹시 옛날에 동생이 있던 영국에 한 달 동안 머문 거 생각나세요?"

"생각나다마다요."

"동생이 그때 어머니, 아버지, 언니, 동생 선물 다 챙겨서 준 거 아세요?"

"알다마다요. 동생이 그 바쁜 와중에 저 관광시켜 주고 마지막에는 선물을 전해 주었어요."

"그런데 그때 언니분이 동생한테 이름 한번 불러 주지 않았고, 수고했다는 말 한마디 안 하셨다고 하는데, 알고 계신가요?"

"……."

"우리 집은 그런 표현을 하지 못해요. 그런데 아버지와 어머니 그리고 남동생들에게 선물을 전해 주면서 동생 칭찬을 했어요."

그래서 제가 그분과 언니와 함께 상담하면서 "언니는 귀국해서 부모와 남동생들에게 여동생에 대하여 많은 칭찬과 자랑을 하셨대요."라고 알려 주자 두 사람이 부둥켜 안아요. 단지 그 표현으로 두 사람의 관계가 많이 회복되었어요.

남편 지시대로

남편이 뇌졸중으로 쓰러졌는데 보름 동안 혼수상태로 중환자실에 있었어요. 그래서 죽느냐 사느냐 생사의 기로에 있었으니 부인이 얼마나 불안했겠어요. 애는 둘 다 학생인데, 부인은 아무 능력이 없고. 어떻게 아이들과 살지 막막했죠. 다행히 남편이 죽을 고비를 넘기고 퇴원을 했어요. 그런데 남편이 퇴원한 지 20일인가 있다가 부인이 획 가버렸어요. 조현병 증상이 나타나는 거예요. 환청하고 환시가 나타나요. 물론 남편이 뇌졸중으로 쓰러졌다고 부인이 조현병 증상이 나타나는 건 아니예요. 남편의 뇌졸중이란 위기로 인하여 그동안 수면 아래에 있던 문제가 드러난 거죠.

부인이 남편과 대화가 안 됐어요. 부인은 고등학교만 나왔고, 남편은 박사로 대학교수예요. 이 부인은 모든 걸 다 남편의 지시대로 따랐어요. 남편은 부인에게 네가 뭘 아냐는 투로 자기가 시키는 대로 따르라고 했으니까요. 그런데 여자네 집안이 잘 사는 집이예요. 그래서 애들을 여유 있게 길렀어요. 다른 형제들은 다 대학을 나왔는데 이 부인만 대학에 못 간 거예요. 이 남편은 가난한 집에 여러 형제가 있었는데, 이 집은 자식들이 중학교, 초등학교 정도밖에 안 나왔어요. 이 남편만 명문대를 나온 거예요. 공부를 잘 해서 외국 가서 학위도 받고 한마디로 개천에서 용난 자수성가형이예요.

부인이 생각할 때 학력으로 보면 남편이 높아요. 게다가 남편이 강해요. 어려운 집에서 그렇게 공부를 한 것은 독하지 않으면 못해요. 부인은 자기보다 높고 강한 남편한테 짓눌려 살았어요. 불안해도 누구한테 말을 안 하고 자기 혼자 삭힌 거예요. 그러다 조현병으로 탁 터진 거예요. 이 부인 원가족을 봤더니, 엄마하고 너무너무 감정이 안 좋은 거예요. 자기를 대학에 안 보내 줬다는 거, 자기를 부려먹었다는 거예요. 부인은 형제가 오빠 둘에다 남동생이 있었는데 모두 대학을 나왔고 부인만 대학을 안 나온 거예요. 그런데 오빠가 아팠을 때 오빠 병간호하라고 친정어머니가 딸을 보냈어요. 그 딸은 엄마에 대한 서운함과 분노가 대단했어요. 부인은 환청이 있었는데 엄마 음성이 들릴 때는 엄마가 옆에서 말하는 것으로 착각하고 엄마한테 막 욕을 하면서 싸우는 거예요.

부인은 자기가 남편한테 꼼짝 못하고 살고 있는 것이 엄마 때문이라고 생각하는 거예요. 아들들만 대학에 보내고 딸은 대학에 보내지 않은 것이 자기 인생을 망치게 한 원인이라고 판단했으니까요.

지시형 엄마

　남편이 알코올중독자라서 이혼한 부인이 왔어요. 이 부인이 고등학생 때 학교에서 돌아오면 너무 힘들어서 쓰러지듯이 소파에 앉는대요. 그러면 엄마가 손으로 등을 막 밀면서 '야, 씻어! 옷 벗고 씻어!' 안 일어나면 등을 때리면서 밀쳤다는 거예요. 그 딸은 엄마가 조금만 기다려 주면 한숨 돌리고 자기가 알아서 씻을 텐데 엄마는 기다려 주지 않았다는 거예요. 결혼을 한 후에도 엄마의 결벽증은 계속되었죠. 딸 집에 와서 이불이 더러우면 다 뜯어서 빨래하고 풀먹여 주고, 또 씽크대와 도마도 락스로 빡빡 닦아 준다는 거예요. 엄마가 사사건건 간섭하니까 미치겠는 거예요. 스트레스는 엄마한테 받았지만 결과는 이혼이예요. 이 부인도 알게 모르게 엄마를 닮아서 더러운 꼴을 못 보는 거예요. 남편이 술 먹고 술주정하는 것이 불결해서 봐줄 수가 없었던 거예요. 수더분한 성격이었다면 남편을 이해해 줄 수 있었을지도 모르죠.

　그분도 자신이 결벽증이란 걸 알아요. 이혼하고 혼자 소파에 누워 있는데 진열장에 커피잔 세트 6개가 쭈욱 놓여 있는데 가지런하지 못한 게 하나가 있더래요. 그게 눈에 딱 들어온 순간 벌떡 일어나서 가지런히 정리를 했는데 갑자기 소름이 쫙 돋더래요. 자기가 가장 싫어하는 엄마 모습이 그대로 나타났기 때문이죠. 싫은 사람을 닮아 가지 않도록 하기 위해서는 이렇게 발견을 했을 때 그 행동을 하지 말아야 하지만 알면서도 하지요.

한번은 어디 가서 특강을 하면서 가족 문제가 있으면 내놓으라니까 한 30대 중반 부인이 자기 딸이 일곱 살이라며 얘기를 시작했어요.

"우리 딸이 키가 작아요."

"네, 그런데요."

"오늘 아침에도 싸웠어요."

키 크라고 콩밥을 주면 콩밥을 안 먹는대요. 그래서 협정을 맺었대요. 나가 일곱 살이니까 매일 콩을 일곱 알 넣어 줄 테니까 그건 꼭 먹으라고 했대요. 그런데 그날 아침에 또 콩을 안 먹었대요. 그래서 화가 나서 "너 밥 먹지마!" 그러면서 밥그릇을 가져갔더니 아이가 서럽게 울더랍니다. 엄마가 자기를 미워해서 밥까지 빼앗아간 거라고 생각한 거예요. 결국 밥 안 먹이고 보냈대요. 이 엄마 직업은 교사예요. 그래서 제가 그랬어요.

"어머니가 요구하시는 거는 애 키를 키우기 위해 콩을 먹이는 거죠?"

"그렇죠."

"그런데 애는 콩을 싫어하죠?"

"싫어하죠."

애는 콩을 싫어해서 콩만 안 먹고 밥은 먹을 수 있는데 엄마의 표현 방식은 자기 말을 안 듣는다고 밥까지 **빼앗아간** 거예요. 그런데 애는 엄마가 자기를 미워하는 것으로 받아들이는 거예요. 그래서 제가 그 엄마에게 왜 그렇게 애의 키에 민감하냐구 물어봤습니다. 그랬더니 자기 남편이 난쟁이 똥자루 만하대요. 자기 남편이 작으니까 애도 작을까 봐 걱정스럽다는 거죠. 엄마는 아이를 위해서가 아니라 자기 자신을 위해서 아이에게 콩을 먹였다고 봅니다. 엄마의 욕심이죠.

또 얼마 전에는 제대하고 복학한 아들이 엄마와 여동생과 대화를 잘 안 하면서 지내고 있는 사례가 있었어요. 그 가정은 딸이 초등학생 때 아빠가 사고로 돌아가셨고 엄마는 교사예요. 아들은 친할머니가 돌봐주셨어요. 아들은 엄마한테 자기가 좋아하는 음식 예를 들어 소시지, 햄, 피자 등 애들이 좋아하는 것들을 주문하면 엄마가 몸에 안 좋다고 못 먹게 했어요. 그에 비해 친할머니는 손주가 좋아하는 것은 뭐든지 사 주시거나 만들어 주셨어요. 아들은 할머니는 자신을 많이 생각해 준다고 생각하지만 엄마는 자신을 생각해 주지 않는다고 생각하는 것 같아요. 엄마의 태도는 이해가 되긴 하지만 융통성이 없었어요.

또 엄마는 아들의 머리 스타일이 맘에 안들 때 미용실에 데려가 아들이 원하는 머리 스타일이 아니라 엄마가 원하는 머리 스타일을 주문했어요. 또 한 번은 아들은 치아 교정을 원하지 않았는데 엄마는 중3 때 아들을 데리고 치과에 가서 교정을 해 주었어요. 그 당시 아들은 지금은 치아 교정을 하고 싶지 않고 나중에 하겠다고 엄마에게 분명하게 말했건만 엄마는 밀어붙였어요. 아들은 치아 교정하는 과정에서 머리 통증으로 인하여 돌아 버리는 줄 알았고 모든 것을 엄마 마음대로 하는 것에 불만을 품고 엄마와는 늘 거리감을 두고 대화를 기피하고 있었어요. 그 과정에 딸은 오빠가 엄마의 말을 안 듣고 엄마의 속을 썩이고 있다고 생각해 때로는 엄마를 대신하여 오빠에게 잔소리를 했지요. 그런데 여동생의 잔소리하는 방식이 아들 입장에서는 늘 들어왔던 엄마의 잔소리 방식과 똑같은 거예요. 엄마와 아들, 그리고 딸과의 삼각관계가 형성되었던 것이죠. 아빠가 생존해 계실 때는 아빠가 아들의 동무가 되어 주었었는데 이제는 완충 역할을 해 줄 수 있는 아빠는 안계시는 거죠. 엄마는 부부 관계가 매우 좋았던 남편을 잃고 나서 자살하고 싶은 심정이었고 심한 우울증을 겪고 있었어요. 그런 상황 속에서 엄마는 자녀들과 10여 년을 살아왔지요. 일단 가정 문제를 볼 때는 전체적인 맥락 속에서 파악을 해야 합니다. 서로 다른 가치관을 어떻게 절충하고 타협해야 할지를 알아야 하는데, 많은 경우에 이렇게 위기가 들어오면 자신의 원가족에서 사용했던 방식, 특히 이 가정에서 엄마의 기준이 엄격하고 융통성이 없는 방식과 타협할 수 없는 표현 방식이 딱 걸리게 되는 것이죠.

이 어머니는 상담을 통해 아들에게 행해 왔던 자신의 표현 방식을 볼 수 있게 되었고 딸과도 좀 더 좋은 관계를 맺게 되었지요. 아들은 상담에 참여하고 싶지 않다고 하길래 제가 그와 같은 경우 엄마가 밀어붙이면 또 한 번 엄마의 방식에 질릴 수 있으니 아들이 원하는 대로 놔두시는 게 좋겠다고 말씀드렸지요.

제가 상담을 20년 정도 하면서 깨닫게 되는 것은 아무리 자신이 살아온 삶이 정직하고 성실하다 할지라도 자신만이 옳은 것은 아니라 상대방도 그 입장에서는 옳다고 볼 수 있다는 시각을 갖는 게 정말 필요하다는 거예요. 더욱 중요한 것은 타인과 항상 절충하고 타협할 수 있는 융통성이 있는 사고가 무엇보다 중요하지 않나 싶네요. 특히 신앙심이 깊은 사람들은 타협하고 절충하는 것을 비겁하거나 옳지 않다고 생각하는 경우가 많은데 잘못하다가는 하나님은 자신의 편이며 자신과 적대적인 입장에 있는 사람은 악령이 함께한다고 착각하는 경우가 많은 것 같아요. 이와 같은 흑백논리를 가지고 있는 사람들은 매우 위험할 수 있어요. 가정 내에서는 말할 것도 없고요.

물고 늘어지는 형

아주 행복하게 살고 있는 줄 알았는데 남편이 이혼을 하겠다고 해서 제가 깜짝 놀랐어요. 며칠 전에도 싸움을 대판했는데 싸우는 이유가 어떤 문제가 있어서가 아니고 부인은 남편이 단념할 때까지 물고 늘어지는 표현 방식 때문이예요. 새벽 2시고 3시고 끝나지 않는 거예요. 결국 남편이 "알았어, 됐어." 그래야지만 철회를 하고 잔대요. 아들이 대학교 2학년인데 뭐라고 하냐 하면 자기도 엄마하고 대화를 하면 항상 뒤끝이 찝찝하대요. 아빠가 엄마한테 너무 시달리니까 아들이 "아빠, 나는 아무 상관없으니까 내 걱정 말고 아빠 하고 싶은 대로 하세요. 나는 아빠 결정하는 대로 따를게." 그러더라구요. 이혼하고 싶으면 하라는 거예요. 오죽하면 아들이 부모 이혼을 권하겠어요.

표현 방식 가운데 물고 늘어지는 형은 사람을 지치고 질리게 하지요. 그런데 애석하게도 이러한 방식을 쓰는 사람들은 자신이 사용하는 방식을 인식하지 못하고 사용하는 경우가 비일비재하지요. 물론 그 당사자 입장에서는 남편이 자신을 자극해서 이와 같은 방식을 사용할 수밖에 없다고 하지요. 그런데 그런 방식은 일반적으로 자신들의 부모가 사용해 왔던 방식을 그대로 사용하는 경우가 대부분이고, 그러한 부인의 방식이 남편 입장에서 자신의 원가족 중 부모 또는 또 다른 형제가 사용했던 방식과 겹치면 남편은 너무 힘들어 합니다.

'사실은'이란 자백

남편이 부인을 의심해요. 그래서 남자 관계를 캐묻죠. 그럼 부인은 '남자를 안 만났다. 남자한테 전화도 안 했다.'고 계속 부정을 하다가 툭 하는 말이

"사실은 전화는 왔어."

그 말이 더 돌아 버리는 거예요. 아니라고 했다가 "사실은…" 이러면서 가능성을 열어 주니까 더 의심이 생기게 되죠. 남편도 사람을 잡아요. 며칠 전에 부인이 뭘 사러 시장에 갔어요. 시장 가는 교통편이 바로 가는 직행버스와 돌아가는 일반버스가 있어요. 그런데 부인이 일반버스를 타서 늦게 왔다고 하더래요. 남편은 왜 금방 갈 수 있는 직행버스를 놔두고 빙빙 돌아가는 일반버스를 탔는지 이해가 안 되는 거예요. 남편은 부인이 남자를 만나고 왔다고 생각하는 거예요. 남편이 부인을 의심하니까 부인을 못 믿는 거죠. 만약 정말 일반버스를 타고 시장만 갔다왔다면 부인은 환장할 일 아니겠어요.

남편이 부인을 믿지 못하는 것은 '사실은…'이라는 자백에 가까운 표현 방식 때문이예요. 상대방이 의심을 할 때는 표현 방식에 조심을 해야 합니다.

강요로 생긴 섭식장애

섭식장애를 폭식장애와 거식장애로 나눕니다. 폭식장애는 한 끼에 3일치를 다 때려 넣거나 식사를 거의 하지 않아요. 왜 밥을 과하게 먹거나 왜 밥을 극도로 거부하는 것일까요? 그 이유는 여러 가지가 있겠지만 많은 경우 가족과 관련됩니다. 섭식장애 이면에는 부부 문제, 부모자녀 문제가 있어요. 여고생이 있었는데 고1 때 거식장애로 정신과 치료도 받은 적이 있어요.

그 아이에게 언니가 하나 있는데, 언니가 여섯 살 위예요. 언니는 그 당시 유학 나가 있었고 부모가 모두 대학교수예요. 이 아이에게 거식장애가 왜 왔느냐를 봤더니 부부가 대화가 안 돼요. 그 엄마가 자라온 과정을 봤더니, 엄마가 1남 3녀 중에 장녀예요. 그런데 이 집이 딸들은 고등학교밖에 안 가르치려고 했어요. 그래서 어머니가 '너는 고등학교만 나와라.' 이랬대요. 아버지는 더 해, 어느 정도였냐면 얘가 공부한다고 방에 불을 켜놓아 빛이 새어 나오면 지랄을 했대요. 그럼에도 불구하고 애 엄마는 이불을 뒤집어쓰고 공부를 해서 좋은 대학에 갔어요. 이 엄마가 중학교 가사 실습 시간에 빵을 만들면 그걸 엄마한테 갖다 줘야 했대요. 딸이 학교에서 만든 빵을 안 가져오면 엄마가 딸에게 막 욕을 했대요. 이 집은 남존여비 사상이 너무 강해서 남자만 우대하는 거예요. 남동생은 항상 따뜻한 밥 먹고, 자기는 찬밥만 먹었대요. 그리고 그 밑에 여동생은 찬밥하고 더운 밥, 반반씩 먹었다는군요. 그 여동생은 왜 자기가 찬밥을 먹어야 하냐고 악을 쓰면서 반항을 하면 남동생처럼 더운 밥을 먹지는 못했지만 최소한 더운 밥과 찬밥이 섞인 밥을 먹을 수 있었던 거지요. 더운 밥을 먹기 위해 투쟁을 했던 것이지요. 그런데 이 엄마는 장녀여서 모든 걸 희생했던 거예요. 그러면서도 말 한마디 못하고, 친정엄마가 원하는 대로 살았다는 거예요. 하지만 속에서는 어머니에 대한 양가감정이 있어요.

어머니와는 애증 관계죠. 그애 엄마는 쉰두 살인데 지금도 친정 가기가 싫대요. 자기가 부모한테 사랑받지 못했다는 게 너무 큰 상처로 남아 있는 거예요. 그래서 자기 딸 둘을 과잉보호한 거죠. 어떻게 보면, 엄마한테 받지 못했던 사랑을 딸들한테 쏟은 거예요. 그런데 큰딸하고는 부닥쳐요. 큰딸은 아빠하고도 부닥치고, 그러다 보니 둘째 딸이 엄마랑 밀착된 관계가 되었지만 그런 가운데 스트레스를 받는 거죠. 그런데 거식장애를 가진 둘째 딸은 엄마가 몸이 약하니까 엄마 말을 거역할 수가 없고, 엄마 아빠 부부 관계가 안 좋으니까 자기까지 걱정을 끼치면 안 된다고 생각했기 때문에 부담을 가졌던 거예요. 그래서 항상 '나는 엄마한테 순종해야겠다.'라며 엄마가 걱정할 수 있는 말은 한마디도 안 해요.

둘째 딸은 자신이 받고 있는 스트레스를 엄마나 다른 가족 구성원들에게 말을 하지 않고 모든 것을 참고 살아왔죠. 그러다가 스트레스로 인하여 음식을 거부하게 되었다는 겁니다. 거식장애와 폭식장애를 가진 청소년들을 보면 가정과 학교 또는 다른 사람들로부터 받은 스트레스를 풀지 못하고 특히 완벽주의적인 성격 소유자들이 많습니다.

그런데 상담을 받고서 애가 폭식장애로 바뀐 거예요. 그 전에는 절대 엄마하고 뭘 먹지 않았는데 이제는 엄마하고 음식을 먹기 시작했어요. 밥을 먹고 밤에 간식을 먹는대요. 거식증으로 위가 줄어든 상태에서 많이 먹으니까 위가 부담스러운 거예요. 그래서 하루 종일 위장약을 먹는다고 하더라구요.

애가 빵을 먹고 싶다고 해서 동네 제과점에 가서 빵을 하나만 먹기로 했는데 애가 더 먹으려고 하니까 엄마가 "하나만 먹어라." 그랬더니 알았다고 하더래요. 청소하다가 우연히 애 일기장을 봤는데 이렇게 써 있더랍니다.

—엄마는 언제는 내가 밥을 안 먹는다고 먹으라고 하고, 지금은 빵을 하나 더 먹겠다는 데 더 못 먹게 한다.

엄마가 깜짝 놀란 거예요. 딸을 위해서 빵을 못 먹게 했는데 아이는 서운했던 거예요. 엄마 말을 따라 주어 엄마는 딸이 엄마 마음을 알고 있다고 생각했는데 속으론 엄마를 싫어하고 있는 거죠. 그 엄마가 느낀 게 뭐냐면, 자기는 딸들을 자유롭게 해 주고 있다고 생각했지만,

작은 딸은 엄마가 강요를 한다고 느끼고 있었다는 거예요. 친정엄마는 자기에게 노골적으로 강요했지만, 자기도 친정엄마 못지 않게 딸들에게 우회적으로 강요를 했다는 사실을 깨달은 거예요.

　물론 딸의 거식장애 이면에는 부모가 거의 대화가 되지 않았다는 것이 있었지요. 이러한 부정적인 부부 관계 이면에는 친정 부모와 시댁부모의 부부 관계가 매우 안 좋았다는 것이 작용하고 있어요. 아빠는 자신의 아버지와 관계가 안 좋았고 어머니와도 대화가 되지 않았어요. 엄마 또한 친정 부모와 관계가 아직까지 회복되지 않았구요. 그리고 시댁 또한 남존여비 사상으로 장남인 남편만 위해 다른 가족 구성원들이 희생을 하였어요. 이러한 점이 엄마가 자라온 친정 문화와 비슷하였지요. 그래서 엄마는 가부장적인 문화에서 자란 남편에 대하여 자신이 친정 문화에서 경험하였던 유사함을 느꼈을 때는 매우 민감하게 반응을 하였고, 불평등한 관계를 못 참아서 남편과 충돌을 하고 있었지요. 또한 이 이면에 부부가 문제를 해결하려고 시도해 왔던 방식이 문제를 해결하기보다는 갈등을 야기하는 방식이었고 이러한 표현 방식을 두 딸이 사용하고 있었지요.

　이렇게 표현 방식은 대물림이 되면서 가정 문제의 원인이 되고 있다는 것을 알아야 합니다.

'씹팔년' 사건이 열 대의 귀싸대기를

부인이 남편한테 귀싸대기를 열 대를 맞았어요. 그렇게 맞고 나서 부인이 안 되겠다 싶어서 매맞는 여성 쉼터에 가 있었는데 부부가 와서 상담을 받았어요. 맞았던 상황은 이렇습니다.

주일날 저녁이었는데 남편이 집에 들어오니까 부인이 애를 야단치고 있는 거예요. 남편은 "그만둬!" 그랬는데 부인이 애를 또 때렸어요. 애가 더 울었죠. 남편이 부인에게 "그만두라고 했잖아! 다 방에 들어가!" 라고 소리를 질렀어요. 애는 아빠가 무서우니까 방에 들어갔는데 부인은 방에 안 들어간 거예요. 남편이 부인을 억지로 방에 들여보내려고 하니까 부인이 안 들어가려고 버틴 거예요. 말을 안 들으니까 남편이 부인의 뺨따귀를 때린 거죠. 부인이 독기가 올라 남편과 맞짱을 뜨니까 남편은 부인의 뺨을 열 대 때린 거예요. 부인의 눈에 피멍이 들었어요. 폭력이 그 전에도 한두 번 있었죠. 그런데 남편의 키가 190이나 돼요. 키가 크니까 손도 엄청 커요. 부인이 얼마나 아팠겠어요.

그런데 남편이 부인한테 민감하게 나오는 이유가 분명히 있어요. 그 래서 뭐가 있었는지 알아봤더니, 그 전날 남편이 항문 성교를 요구했 다는 거예요. 그 전에도 항문 성교를 요구한 적이 있대요. 애를 둘 낳 고 나서 남편은 부인이 만족스럽지가 않은 거예요. 또 이런 일이 있었 어요. 남편이 항문 성교를 할 때 부인이 배가 아프니까 "빼"라고 하니 그때 남편이 "씹팔!" 그랬대요. 남편은 달아오른 상태인데 중단하라고 하니까 열을 받은 거예요. 자기를 거부한 것이라고 생각한 거죠. 그런 데 부인은 '씹팔년'으로 들은 거예요. '년'자가 붙어 버린 거예요. '씹팔' 은 남편이 혼잣말로 한 건데 부인은 자기한테 욕을 한 것으로 받아 들인 거예요.

듣기에 따라서는 '씹팔'이나 '씹팔년'이나 그게 그거지 뭐가 다르냐고 할 수도 있지만 '씨팔년'은 상대편에 직접 꽂히는 말이예요. 전날 밤의 '씹팔년' 사건으로 부인은 부인 대로 남편은 남편 대로 꼬인 상태에서 폭행 사건까지 터진 거예요.

TV에 빠진 남자

30대 초반 부부가 이혼 상담을 받으러 왔는데 결국은 이혼을 한 케이스가 있었습니다. 부인의 가장 큰 불만은 남편이 9시에서 10시 사이에 들어오면 TV를 보고 자기와는 대화뿐만 아니라 성관계도 안 한다는 거예요. 부인은 남편의 이런 행동이 자기를 무시하는 거라고 보았죠. 남편을 살펴봤더니 아버지가 일찍 돌아가시고 엄마는 식당에서 일을 했대요. 그래서 엄마는 늘 밖에 나가 있었다는 거예요. 아들만 셋이었는데 큰아들과 막내는 전문대를, 본인은 명문대를 나왔구요. 이 남편은 어렸을 때 너무나 가난하게 살았기 때문에 문화생활을 할 수가 없었죠. 남편에게는 TV 보는 것이 유일한 오락이었어요. 현재 결혼했음에도 불구하고 남편이 TV를 보는 것은 그것과 연장선상에 있다고 봐요. TV 보는 게 하나의 습관이예요.

남편하고 얘기를 하다가 부인하고 성교를 안 하는 이유를 알아냈는데 다름이 아니라 임신할 것 같아서 겁이 난다는 거예요. 당시 애는 하나 있었어요. 아이가 또 생기는 것이 부담스러웠던 거예요. 남편이 생각할 때 부인은 여유 있는 부모 밑에서 오빠가 둘인 가정의 막내여서 응석받이로 자라 매우 미성숙한 면이 있었어요. 그 부인은 시댁에 매주 방문해야 했는데 시댁을 방문할 때마다 부부 싸움이 있는 거예요. 남편은 어떻게 해서든지 시댁에서 하루 자고 오거나 아니면 당일치기로 갔다 올 때는 아침 일찍 가기를 바라지만 부인은 어떻게 해서든지 당일치기로 늦게 가서 빨리 돌아오기를 바랬지요. 그런데 남편의 형수는 부인보다 시댁 방문하는 것에 대해 스트레스를 덜 받고 나름대로 성숙하게 잘 대처해서 시어머니와 시댁 식구들로부터 아랫동서인 부인과 비교가 되었어요. 남편은 나름대로 처가에 잘했고 시댁보다 처가를 더 자주 방문했어요. 그런데도 부인은 시댁 방문을 너무나 싫어하고 늘 친정에서 살다시피 하니까 남편이 돌아 버린 거예요.

남편이 부인한테 요구하는 것이 딱 하나예요. 자신한테 잘할 필요 없고 오로지 시댁에만 신경써 달라는 거지요. 남편이 철없는 아내와 대화가 안 될 때, 그는 어려서부터 스트레스 받았을 때 그 스트레스를 풀 수 있었던 유일한 방법인 TV에 몰입했어요. 남편은 여전히 가난한 어린 시절에 머물러 있었죠. 남편은 어려서부터 가족 내에서 대화를 할 수 있는 시간이 전혀 없었고 어떻게 대화하는지도 잘 모르는 사람이었어요. 오로지 공부만 잘해서 최고의 명문대를 나왔을 뿐이지요.

부인은 그렇게 외롭게 자란 남편을 품어 줄 수 있는 아량도 부족했고 아동기에 머물러 있었지요. 두 사람 모두 위기가 들어왔을 때 대처하는 방식이 매우 미성숙했고 부부 싸움 후에는 남편은 시댁으로 부인은 친정으로 향했어요. 물론 부부가 대화가 안 되니 그나마 대화가 가능한 시대과 친정으로 가는 것은 이해가 되지만 그런 경우 오히려 부부 관계를 회복시키기보다는 더 악화시키는 경우가 많아요. 그래서 제가 상담할 때만은 부부 싸움을 해도 양가에 가지 말고 나한테 와서 해결 보자고 제안을 했지요. 상담을 하면서 부부 관계에 변화도 있었지만, 두 사람이 워낙 미성숙한 면들이 있어서 결국에는 이혼을 하게 되었지요. 부부가 대화 방식도 참 중요하지만 성숙도도 무시 못해요. 어떤 부부는 계속 싸우면서 애들에게 상처를 입히면서 살아가는 부부도 있는데 이혼하는 게 오히려 가족 구성원들의 신체적 · 정신적 건강에 더 나을 수가 있다고 봅니다. 그리고 반복되는 얘기지만 남편이나 부인이 시댁과 친정으로부터 분리가 되는 게 매우 중요합니다. 특히 한국 문화에서 보여 주는 효라는 개념의 재정립이 최소한 대학 교육에서 확실히 실시되어야 한다고 봅니다.

자녀들의 결혼 생활을 위해서 자녀가 결혼하기 전에 성인이 된 자녀에게 부모와 자녀의 경계를 명확히 해 주는 가정교육과 학교교육이 필요합니다. 지혜로운 부모라면 자녀를 자신의 품에 붙잡아 놓는 어리석음을 범하지 말고 자녀들과 미리미리 정을 떼는 연습을 해야만 나중에 자녀들로부터 배신감을 덜 느끼게 될 겁니다.

쫀쫀하긴

잘 살던 부부에게 이혼 위기가 찾아왔어요. 도화선은 남편이 여자 후배한테 전화를 한 거예요. 남편은 후배를 만나서 자기가 쓴 책을 전해 줬어요. 그런데 그 여자가 자신의 남편이 사업이 어렵다고 하면서 남편으로부터 수백만 원을 빌려간 거예요. 그런데 부인이 남편의 통장에서 돈이 나간 것을 발견하였는데 입금된 이름을 보니까 그 후배예요. 그러니까 부인이 완전히 뚜껑이 열려서 그 후배에게 전화해 당장 돈을 갚으라고 호통을 쳤고 그 후배는 바로 돈을 넣었어요. 그런데 싸우는 과정에서 남편이 뭐라고 했냐면 "너도 학교 다닐 때 알았던 남자 친구 만나!" 그랬어요. 이 부인이 진짜 남자 친구를 찾아서 만났어요. 맞불작전을 편 거죠. 남편은 나가서 술 먹고 들어오면 "너 옛날에 잤었냐?" 하며 빈정대는 거예요. 남편은 부인을 후벼파며 문제를 더 크게 만들었죠.

그때 부인의 친정어머니가 병원에 입원해 있었어요. 병원비로 남편이 엄청난 입원비를 냈지요. 남편이 그 엄청난 입원비를 냈는데도 큰처남 되는 사람은 그 정도의 돈으로는 턱도 없다고 하잖아 하더래요. 남편은 빡친 거예요. 처남은 남편에게 병원비가 얼마라는 말도 안 하고 지는 얼마를 내겠다는 말도 안 하고 적다고만 하니 열받죠. 그래서 남편은 집에 와서 부인한테 화를 낸 거예요. 그러자 부인이 "쫀쫀하게 왜 그래?" 이러는 거예요. 부인이 자기 편을 들어줄 줄 알았는데 남편을 쪼다 취급을 하니 환장하죠.

부부가 어찌 됐든 남편이 빡쳐서 처남에 대해서 불평을 할 때, 일단은 남편의 이야기를 들어주고 때로는 맞장구를 쳐주는 방식이었다면 남편이 그렇게까지는 화를 낼 필요가 없었을 겁니다.

이렇게 기분이 상해 있는 상태에서 남편의 후배 사건이 터지고 맞불작전으로 시작한 부인의 옛 남자 친구를 만난 것은 서로에게 돌이킬 수 없는 골을 파고 말았지요.

호강이 날라리

아빠가 시장에서 장사를 하는 분인데 돈을 좀 버셨어요. 그런데 대학생인 딸이 자살을 여러 번 시도한 거예요. 딸은 손목을 긋고, 수면제 먹고, 쥐약도 먹었어요. 아빠가 딸이 죽을까 봐 겁이 나서 저한테 상담 의뢰를 했어요. 아빠 얘기를 들어 보니 어머니가 일곱 살 때 병으로 돌아가신 거예요. 그러니 이 아빠가 얼마나 힘들게 살았겠어요? 이분은 의지력이 어찌나 대단한지 노동일을 하다가 손가락이 날아갔는데 그 손가락을 찾다가 없으니까 '뭐 어쩔 수 없지!'라고 담담히 받아들인 거예요. 이렇게 쉽게 체념하는 이면에 뭐가 있었나 보았어요. 엄마의 임종을 앞두고 쥐불놀이를 하러 나갔어요. 엄마가 돌아가시기 바로 전에 할머니께서 엄마가 아들을 찾는다고 하였는데, 아들은 엄마와의 마지막 장면을 피해 버린 거예요. 그 어린 아들은 엄마의 죽음이 너무 두려워서 그걸 맞부딪치질 못한 거예요. 그 당시 어린 아들은 자신에게 '엄마가 없어도 나는 살아갈 수 있어!'라고 했대요. 그 어린 아들이 엄마의 죽음이라는 극도의 공포 속에서 의연해지려고 했지요.

이분은 너무나 지나치게 이성적이에요. 소위 바늘로 찔러도 피 한 방울 나지 않는다는 이야기를 들을 정도로 너무나 끔찍하게 이성적으로 대처를 하는 분이지요. 감정을 전혀 느낄 수 없는 냉정한 사람이라고 볼 수 있어요. 제가 그분의 어머니의 임종과 관련된 그 상황을 상상하면서 어린 아들의 입장이 되어서 저도 모르게 눈물을 흘리고 있었는데 오히려 그분은 별 감정을 못 느끼는 것 같더라구요. 어려서부터 그분은 자신의 감정을 표출해 본 적이 없었어요. 상담을 하다 보면 어떤 분들은 지나치게 이성적이어서 냉정하다 못해 얼음처럼 느껴지는 분들이 있지요. 그런 분들을 보면 어려서부터 애늙은이로 가정을 경제적으로 뒷받침해 왔고 부모 중 특히 엄마와의 관계가 걸려 있는 경우들이 많더라구요. 자신의 솔직한 감정을 느끼질 못하거나 설사 그런 감정을 느끼더라도 어떻게 표현할 줄을 모르고 살아왔던 거예요.

어쨌든 이분은 상경해서 별별 장사를 다 했더라구요. 이런 노력 덕분에 결국 성공했지요. 그런데 이분의 딸이 공부를 엄청 잘했어요. 전교에서 1등을 밥 먹듯이 했는데, 딸은 칭찬을 받아 본 적이 없대요. 그러면서 아빠는 늘 자기 방식대로 표현을 해요. TV모니터 14인치 LG 사 줘 이러면 17인치 삼성으로 사 줘요. 늘 딸이 원하는 게 아닌 자기가 원하는 걸 사는 거예요. 딸에게 더 좋은 것을 사 주고 싶어서 그런 거지만 딸은 그런 아빠의 방식을 싫어해요. 자기가 원하는 물건이 아니어서 산 것 같지 않다는 거예요. 예를 들어서 바지를 사고 싶어서 샀는데, 아빠 맘에 안 들면 그걸 버리고 다른 바지를 사 입으라고 돈을 줘요. 초점이 뭐냐? 그 아버지는 길바닥의 잡초

처럼 살았기 때문에 자기가 원하는 것을 하지 못했어요. 그러다 성공을 하니까 그분은 자기가 못 가져 본 것을 딸에게 다 해 주는 거예요. 그러면 딸이 행복해할 것 같았어요. 하지만 결과는 어때요. 딸이 죽고 싶어하는 거예요. 이분은 딸이 물질적으로 풍족한데 불행스러워한다는 걸 이해 못하는 거예요.

그런데 딸을 죽을만큼 힘들게 한 것은 아빠 방식대로 딸의 삶을 좌지우지한 것이죠. 행복이 아니라 고통이죠. 그건 딸을 사랑하는 게 아니예요. 이 가정은 매일 새벽 기도를 나가고 매일 가정 예배를 드렸는데도 이런 결과가 나왔어요. 가정 예배도 딸이 원하는 것이 아니고 부모가 원해서 한 거죠. 그런데 가정 예배가 끝나면 엄마가 딸의 등에 손을 얹고 딸을 위해 기도를 또 했대요. 그 기도 내용에는 엄마가 딸에게 원하는 말만 잔뜩 들어가 있어서 딸은 또 한 번 질리게 되는 거지요.

부모가 자녀들을 위하여 새벽 기도를 나가게 하거나 가정 예배를 드리게 하는 경우가 있는데 이것도 가능하면 자녀의 의견을 존중해서 결정하는 것이 좋아요. 자녀가 정말 원하지 않으면 부모가 자녀들에게 강요해서는 안 된다고 봅니다. 그러한 강요로 인하여 자녀들이 부모의 방식에 질리고 하나님으로부터 멀어지는 경우가 종종 발생하거든요. 신앙에도 부모가 융통성을 발휘해서 자녀로 하여금 부모가 자신을 존중하고 있다는 느낌을 받게 해 줘야 반발이 생기지 않습니다.

문제아의 변신

고등학교 1학년 학생이 저를 처음 만나면서 저에게 "나 오늘만 오고 상담 안 해요." 그랬어요. 상담하러 들어오는데 그 학생이 주머니에 손 넣구 인상 팍 쓰면서 잔뜩 꼬여 있더라구요. 그래서 제가 그 학생에게 "무슨 일로 그렇게 힘들어요?"라고 존댓말을 하면서 아주 정중히 물었지요. 그랬더니 담임 개새끼를 죽여 버리고 싶대요. 그래서 내가 "그 씨발놈 어떤 새끼냐?" 그랬더니 애가 표정이 싹 달라지는 거예요. 그 학생은 아마 제가 자기를 이해해 주는 사람이구나, 자기하고 편 먹어도 되겠구나 싶은 거였겠죠. 갑자기 그 애가 저에게 막 쏟아 내기 시작했어요.

"팔팔 끓는 물에 그 새끼(담임)를 집어 넣어 삶아서 끄집어내 가지고, 껍데기를 싹 벗겨서, 그 껍데기를 햇볕에 짝 말려 가지고, 그걸 내 방에 걸어 놓고 싶다."는 거예요. 듣기만 해도 끔찍한 말이죠. 그때 아이 아빠는 옆에 있었는데 그 말을 듣자 마자 안절부절 못해요. 이 집이 새벽 기도 매일 나가고 가정 예배 매일 드리는 집이예요. 하지만 그 애는 하나님은 안 계시다고 생각한대요. 아들이 부모를 따라 새벽 기도를 따라 다니고 가정 예배도 드렸음에도 불구하고 아들은 점점 더 난폭해지는 거예요.

그 애는 학교를 다니기 싫다고 했어요. 담임선생님이 싫어서인지 공부가 싫어서인지 알 수 없지만. 그런데 그 애는 책은 엄청 읽었어요. 책에만 몰두하지 아이들이 좋아하는 운동에는 전혀 관심이 없어요. 어렸을 때부터 그랬대요. 그 애는 두뇌는 발달했을지 몰라도 대인 관계는 꽝이예요. 그 애가 자퇴를 하겠다고 하자 아빠는 어찌 됐든지 간에 우리나라에서는 고등학교는 나와야 한다고 아이를 달래고 있는 중이었어요. 그래서 내가 나중에 부모님하고 타협을 했어요.

"저 같으면 애 그만두게 합니다. 학교에 가면 아이가 더 폭력적으로 되잖아요. 일단 끊어 주어야 하거든요."

그 애가 연필심이나 콤파스로 친구들을 찔러요. 그래서 전치 몇 주 나오고 그랬대요. 자기를 자극하면 그냥 가서 긁어 버려요. 정말 무시무시하죠. 얘가 나중에 어떻게 됐을까요?

나한테 상담을 받고 학교를 그만두었어요. 위험 요소를 제거한 거죠. 싫은 사람들을 만나지 않아도 되니까. 좀 놀다가 검정고시로 고등학교 과정을 마쳤어요. 애가 책을 좋아해서 공부하는 걸 싫어하진 않아요. 전문대에 들어가서 대학생이 되어서 나를 찾아왔어요. 우리 학교에 오고 싶다고. 4년제 대학으로 편입한 후 대학원에도 진학하고 싶다는 거예요. 폭력적이던 아이가 아주 지적으로 변했어요.

그런데 이 친구 관심은 오로지 게임이예요. 게임 프로그래머가 되고 싶어해요. 아직 대인 관계는 완전치 않지만 꿈이 생기고 그 꿈을 위해 노력하고 있는 것이 대견하더라구요. 그 아이 부모가 나한테 너무 고맙다고 은인이라고 두 손을 꼭 잡아요. 오히려 내가 더 고맙죠. 나한테 와 줘서 내가 작은 역할이나마 할 수 있었으니까요.

엄마의 두 얼굴

　스물여덟 살 먹은 아들이 술만 먹으면 필름이 끊기는 거예요. 그래서 그 아버지가 아들한테 세 가지 제안을 했어요. 유학을 가든지, 아니면 집을 얻어서 나가든지, 아니면 알코올 전문병원에 입원해서 치료를 받든지 세 가지 중 한 가지를 선택하라고 했죠. 돈도 있는 집안인데 아들이 왜 이렇게 망가졌을까요?

　이 엄마가 잘할 땐 아들한테 엄청 잘해요. 아들 간식을 사러 강남 초밥집엘 다녀와요. 그런데 그 애가 성적이 떨어지고 공부를 안 하잖아요. 그러면 엄마가 회까닥 가서 칼로 책이고 가방이고 뭐고 다 난도질을 해요. 아들이 배가 아파 학교에서 조퇴를 했는데 엄마가 그 애를 강하게 키운다고 다시 학교로 보낸 적도 있어요. 그 아들이 얼마나 서글펐겠어요. 엄마의 이런 예측할 수 없는 행동 때문에 아들은 불안했던 것이고 그 불안이 술을 먹으면 나타나는 거예요.

　이 아들이 알코올중독이라고 보기는 좀 그렇고 술만 먹으면 완전히 다른 사람으로 바뀌어서 아무한테나 싸움질을 하는 거예요. 아들을 이렇게 만든 이 엄마의 저변에 뭐가 있나 봤더니 자기 친정엄마가 성품이 워낙 좋아서 자녀들이 원하는 대로 다 해 준 거예요. 어떻게 보면 방임을 한 거죠. 칠 남매를 두었는데 둘째 아들이 알코올중독이예요. 그러니까 이 엄마 둘째 오빠가 알코올중독자인데 이 오빠하고 자기 아들의 모습이 똑같은 거예요.

아들이 전공하고 상관이 없이 그림을 그려요. 그런데 자기 둘째 오빠도 그림 그리기를 좋아했어요. 이 엄마 걱정은 뭐냐면 자기 친정엄마가 이 둘째 오빠를 너무나 방임을 했기 때문에 알코올중독자가 된 것으로 생각하고 그런 실수를 반복하지 않기 위해 이번엔 반대로 아들에게 올인을 했어요. 그런데 중요한 건 뭐냐면 아들이 엄마의 모습을 보면 안정감이 없이 어떤 때는 잘해 줬다가 어떤 때는 완전히 지랄발광을 하는 두 얼굴이 보이는 거예요. 그러면 이 아들은 어느 게 우리 엄마의 진짜 얼굴인지 헷갈린다는 거예요.

어렸을 때 엄마가 너무너무 무서웠다는 거예요. 하지만 엄마는 아들이 자기를 무서워할 것이란 생각을 눈곱만큼도 해 보지 않았어요. 엄마는 엄마대로 아들 눈에 자기가 두 개의 얼굴로 보였다는 것에 대해 충격을 받았어요.

아이들은 부모가 안정감이 없으면 불안을 느껴요. 한결같은 모습을 보여 주는 것이 필요하겠지요.

남편의 두 얼굴

남편이 평소에는 너무 잘하다가 한번 꼭지가 돌면 완전히 돌변하는 것 때문에 부인이 이혼을 하려고 생각하다가 저를 찾아왔어요. 남편은 좋은 대학을 졸업하고 내로라 하는 직장을 다니고 있었고 외모도 참 멋있게 생겼어요. 그런데 남편이 분노 조절이 안 되어 모든 가족이 힘들어 했고 특히 부인은 이러한 남편의 기분을 맞출 수가 없었지요. 남편은 직장에서 손님을 직접 만나는 영업을 하였는데, 까다로운 손님과도 때로는 충돌하여 싸움을 하는 경우도 있었지요. 부인은 점차 남편으로 인해 지쳐 갔고 더 이상은 살고 싶은 생각이 없었어요. 거기다가 남편은 한번 시작하면 끝장을 봐야 하는 성격이었어요. 남편은 머리가 비상한 사람이라서 누구한테도 지지 않아요.

그런데 왜 이 남편의 성격이 양극성장애를 가진 사람처럼 극과 극인가를 원가족을 통하여 살펴봤더니 남편이 어려서부터 아버지한테 엄청나게 맞고 자랐던 거예요. 아버지가 택시 기사를 하셨는데, 아버지가 일 나가시기 전에 낮잠을 자야 했어요. 졸려서 낮잠을 자는 것이 아니라 아버지가 밤에 일을 해야 해서 낮에 자니까 함께 자는 거예요. 아빠의 낮잠 자는 시간에 떠들어서 아빠가 깨는 날이면 그날은 여지없이 아빠의 주먹이 아들의 얼굴을 날렸어요.

한번은 아버지가 면도칼을 찾아오라고 했는데, 어디에 있는지 몰라 세 명의 누나와 엄마에게 물어 봤는데 모른다고 했대요. 그래서 아버지한테 못 찾겠다고 했더니 아버지가 그것도 모른다고 허벌나게 팼대요. 남편은 어려서부터 아버지로부터 이유없이 폭행을 당했던 거지요. 그래서 그 남편은 불합리한 것을 볼 때 돌아 버리고 못 참는 거예요. 또 남편이 어려서 아버지로부터 폭행을 당할 때 엄마나 누나들은 그저 방관할 수밖에 없었어요. 왜냐하면 아버지가 아들을 때릴 때 다른 식구들이 참견하면 일이 더 커지거든요. 그러니 어렸을 때 남편은 가족이 자신의 보호막 역할을 해 주지 못하는 것에 대하여 자괴감을 느꼈죠.

상담을 통하여 남편은 자신의 극과 극을 달리는 대응 방식이 자기가 그렇게 싫어했던 아버지의 방식과 똑같다는 것을 보게 되었어요. 그리고 남편이 분노 조절이 안 되어 막 지랄할 때 부인은 이러한 남편 방식이 싫어서 남편을 변화시키려고 남편을 객관적으로 비판했던 방식이 남편 입장에서는 어려서 자신이 억울하게 당할 때 모든 가족이 자신을 편들어 주지 않았던 방식과 연결이 되어 있었던 거예요. 그래서 남편은 부인의 대응 방식으로 인하여 돌아 버렸죠. 또 부인은 남편의 분노 조절이 안 되는 방식과 부인을 돌아 버리게 하는 표현 방식이 친정어머니가 큰언니와의 관계에서 썼던 방식과 유사했던 거예요.

친정어머니가 오랫동안 망상장애를 앓고 있었거든요. 부인 입장에서도 남편과 걸려 있는 문제 이면에 자신의 원가족 속에서 친정어머니와 친정아버지 그리고 큰언니에게 걸려 있었던 문제가 중첩이 된 거지요. 친정아버지에게 외도 문제가 있었어요. 그런데 큰언니가 친정아버지를 제일 많이 닮았거든요. 그래서 친정어머니가 남편과 걸리면서 남편의 표현 방식을 쓰고 있는 큰딸에게 자신의 스트레스를 풀었고 그 방식으로 인하여 큰딸은 친정어머니와 또 부닥쳤지요.

그런데 현재 부인은 핵가족 내에서 어떤 문제가 걸려 있냐면 남편의 외모와 명석한 머리 그리고 논리적으로 따지는 방식을 그대로 쓰고 있는 딸과 걸리고 있는 거예요. 이와 같은 경우는 부부가 싸우듯 남매가 싸우는 경우가 매우 많아요. 즉 부모의 역기능적인 표현 방식을 자녀들이 그대로 학습하여 남매가 싸울 때 부모의 방식을 쓰고 있는 거지요. 마치 부모 부부가 싸우듯 새끼 부부가 싸운다고나 할까요? 그리고 이 사례에서는 부인이 친정과 너무나 밀착되어 있어서 남편이 처가의 도움을 받고 있는 것은 인정했지만 자녀 양육 문제에 있어서 많은 스트레스를 받고 있었지요. 처형(이모)들이 지나치게 자녀 양육에 간섭을 하고 있었어요. 그리고 딸은 이모들이 때로는 자신을 야단쳐서 이모들에게 많은 스트레스를 받았어요. 그래서 부부 상담을 통하여 부부 관계와 남매 사이를 강화시키고 부인으로 하여금 이모들에게 딸에 대한 상세한 내용을 전달하는 것을 좀 삼가하라고 했지요. 다행히 부부가 적극적으로 상담에 임해서 자신과 가족의 문제를 파악하였고 가족 구성원들 모두가 표현 방식에 변화가 왔어요. 상담이 끝날 때쯤에 남편은 자신이 빡쳤던 내용을 말로 전함으로써 행동으로까지 확대될 필요가 없었지요. 지킬과 하이드였던 남편이 일치된 의사소통 방식으로 안정된 가장으로서 변화하였는데 그 뒤에는 부인의 많은 노력이 있었지요. 물론 그 가운데 자녀들도 상담을 통하여 좀 더 솔직하고 명확하게 자신들의 감정을 표현하게 되었구요.

이렇게 문제를 수용하면 변화가 가능합니다.

로봇처럼 입력

그 애가 초등학교 1학년인데, 알림장을 전혀 안 써 온다는 거예요. 그래서 엄마가 친구 엄마한테 전화를 해 가지고 알림장 내용이 뭐냐고 물어서 다 받아쓴대요. 그 애는 그다음 날도 또 알림장을 안 써 오지요. 밖에 나갔다 오면 세면대에서 손을 씻는데 비누칠을 안 한대요. 그래서 매번 "너 비누칠 했어? 안 했어?" 이렇게 추궁하듯 물어보면 "했어!"라고 거짓말을 한대요. 그럼 엄마는 손 보고서 '이게 비누칠 한 거냐고!'라고 야단을 친답니다. 그러면 그때 징징거리면서 비누칠을 한대요.

그런데 그 아빠도 화장실에서 신문을 보고 나서 접어 놓질 않고, 확 뒤집어 놓는대요. 잔소리를 해도 소용이 없대요. 남편은 신문 벌려 놓고, 아들놈은 알림장 한 번도 안 써 오고 비누칠도 안 하고 그러니까 엄마는 계속 피곤한 거예요. 짜증이 나고. 저 보고 그걸 고쳐 달라고 왔어요.

또 한 번은 초등학교 4학년 애인데, 이 케이스는 부부 관계가 삐그덕 삐그덕해 가지고 왔어요. 이 4학년짜리 남자아이는 아빠하고 둘이 상담을 했어요. 아빠와 교회에 가면 목사님이나 장로님에게 인사를 하려고 하는데 아빠가 먼저 "인사해야지!" 그러면서 아들의 고개를 푹 꺾어 준대요. 그럼 얘가 아파 죽겠다는 거예요. 어떤 때는 인사했는데, 아빠가 인사한 걸 못 봐서 인사 안 했다고 머리를 꺾는다는 거예요. 억울하죠. 아빠는 아들이 인사하는 것을 못 봤다고 인사를 안 한 것으로 여기는 거예요. 그래서 제가 아이한테 아빠를 보면서 하고 싶은 얘기하라고 했어요. 얘가 갑자기 귀가 빨개지더니 눈에서 눈물이 글썽글썽하면서 눈물이 툭툭 떨어져요.

　"아빠!"

　아빠도 겸연쩍어서,

　"응."

　"아빠, 앞으로 교회에서요. 내가 목사님이나 장로님한테 인사 안 하더라도, 나 좀 가만히 놔둬요. 내가 알아서 인사하니까요."

　"그래, 알았다."

　아이들은 로봇이 아녜요. 입력한 대로 움직이지 않아요. 그걸 아셔야 합니다.

제3부
문제 가정, 깨고 붙여라

가정이 웃어야
나라가 웃는다

효자의 불효
—가정 내 학벌 차별

　남편은 대학을 나왔고 부인은 고등학교만 나왔는데, 아랫동서는 대학을 나왔어요. 그래서 시부모가 이 며느리를 무시해요. 게다가 남편이 마마보이고 아주 효자죠. 내가 볼 땐 부인이 나름대로 열심히 생활은 하지만 지혜롭게 대처를 못해요. 그런데 이 부인은 자기 친정엄마하고 관계가 걸려 있었어요. 친정엄마한테도 무시를 당하고 살았는데 남편도 자기를 무시하고, 시어머니 시아버지까지 큰며느리가 작은 며느리에 비해 학벌이 떨어진다고 해서 아랫동서와 차별을 한다고 보는 거예요. 그런 가운데 시댁을 자주 가야 하는데 시댁 가면 당하고 오는 거예요. 그걸 남편한테 얘기하면 남편은 받아 주지 않고 "니가 변해야지, 나이 든 부모님이 변하냐?" 하면서 부인 탓을 하는 거예요.

　이 사례에서 남편은 결혼했음에도 불구하고 부모와의 관계에서 결혼 전이나 결혼 후나 차이나 변화가 없었어요. 부인은 결혼 전에 친정 부모와의 관계가 건강했더라면 결혼 후에 덜 민감할 수 있는 부분이 있었을 텐데, 부인이 5남매 중 장녀로서 친정엄마에게 때때로 무시당하거나 심지어 맞기도 했기 때문에 친정엄마와 걸려 있는 관계거든요. 그래서 남편과 시댁이 자신을 무시하는 행동을 목격하게 되면 부인은 더욱 민감하게 반응을 하게 되지요. 특히 부인이 친동생들에게 권위를 인정받지 못한 부분이 있었기 때문에 동서와의 비교를 당했을 때 부인은 더욱 격분하게 되었죠. 부인이 시부모로부터 차별을 느껴 시부모에 대한 섭섭한 감정을 남편에게 내놓았는데 남편은 부인의 감정에 동조해 주기보다는 시부모 심지어 제수씨 입장을 두둔해 주었어요. 물론 남편이 보는 입장에서 부인이 미성숙하게 대처하고 다혈질적인 면이 있어서 그 면을 변화시켜 주어야겠다고 생각해서 그 방식을 썼겠지만 남편이 부인을 지적하고 가르치려는 방식이 부인의 입장에서는 친정엄마의 모습을 연상시켰을 거예요. 그래서 저는 남편분에게 부인을 변화시키려고 사용하고 있는 남편의 방식이 부인을 변화시키기보다 부인을 더욱 화나게 하는 방식이라는 점을 인식시켜 주었어요. 그리고 그 방식이 부인에게는 친정엄마의 방식과 유사할 수 있어서 부인을 더욱 힘들게 한다는 점 또한 남편에게 이해시켜 주었죠.

그리고 부인을 변화시킬 수 있는 방식은 부인이 시댁에 가기를 원하지 않는 경우는 남편이 알아서 핑계를 대서 부인을 빼고 자신과 자녀만 가거나 만약 자녀도 원치 않는다면 혼자만 방문하는 것이 오히려 부부 관계와 핵가족 관계를 건강하게 할 수 있다는 점을 제안하였어요. 남편이 부인의 입장을 이해하고 시댁 방문에서 부인의 방어막이 되어 줌으로써 부인은 남편의 변화를 인식하게 되었고 남편이 그 전과는 다르게 자신을 배려해 주고 있다는 것을 느끼게 되었지요. 그 후로 부인 또한 남편을 대하는 태도에 변화가 오기 시작했어요. 부인 또한 시댁을 방문하지 않은 것에 대하여 부담감을 가지고 있었는데 어느 정도의 시간이 경과한 뒤 부인은 남편이 자신의 입장을 지지해 준다는 것을 일관성 있게 경험하고 나서 부인은 시댁 방문을 다시 하게 되었죠.

부인이 상담을 하면서 남편의 무시로부터 벗어나기 위해서 자기도 돈을 벌어야겠다고 생각하고 뭘 배우러 다니는데 많이 밝아졌어요. 우울증이 있었거든요. 자기 활동을 하게 되면 남편한테 신경을 덜 쓰니까 덜 서운해지죠.

『친밀한 가족 관계의 회복』이라는 책을 보면, 어떤 사람들은 분화가 안 되었기 때문에 피곤할 정도로 너무 밀접한 관계를 추구하고, 어떤 사람들은 사람들에게 상처를 받아서 거리감을 둔다는 거예요. 지나치게 밀착되거나 거리감을 둘 게 아니라 자기가 하는 일에 신경을 쓰라는 거예요. 그러면 남한테 가는 에너지가 많이 축소가 되지 않겠습니까? 그게 소위 자아분화라는 거예요. 자신의 에너지를 먼저 자신에게 쏟아붓고 사이드로 남의 일에 신경을 쓰게 되면 남들에 대한 배신감도 훨씬 덜 느낄 수 있다는 것과 남들 또한 지나친 간섭으로부터 자유로움을 느낄 수 있다는 겁니다. 이러한 내용은 부부 관계, 부모 자식 관계뿐만 아니라 모든 인간관계에서도 적용될 수 있습니다.

변하는 게 당연

우선 남편이 부모로부터 분리가 안 되고 자아분화가 안 되어 있어요. 이것이 한국 문화에서 나타나는 효라는 거예요. 제가 공부하는 것은 가족치료인데 부부 문제에 다 걸려 있는 것이 원가족 문제예요. 부모를 공경해야 하는 것은 인정하지만 결혼을 하면 부모로부터 분리가 되어야 해요. 남편은 결혼하기 전에는 아들의 역할이 주었어요. 예를 들어서 에너지가 10 정도 있었으면, 어머니 아버지에게 많은 에너지가 갔어요. 남편이 자라 온 배경을 보면, 왜 어머니 아버지에게 그럴 수밖에 없는지가 나와요. 왜 어머니 아버지 눈치를 보고, 왜 어머니 아버지가 원하는 삶을 살 수밖에 없었는가가 나온다구요. 어머니 아버지한테 순종했던 저변에는 뭔가가 있었어요. 더 쉽게 말하면, 우리 어머니 아버지 밑에서 밥을 얻어먹고, 용돈이라도 받으려면, 기죽어서 살아야 되는 거예요. 또한 부모 관계가 안 좋으면 자녀가 그 사이에 끼어들어가게 됩니다. 부모 중 특히 어머니의 불안이 전염되기도 하구요. 부모 사이에 끼어서 자신이 원하는 삶을 살 수가 없는 경우가 많지요. 혼자서 살 때는 그게 아무렇지도 않을 수도 있지만 결혼해서 한 명이 더 생기면 관계가 복잡해지죠.

결혼하면 신혼부부 단계, 어린아이를 둔 단계, 학령기 자녀를 둔 단계, 노부부만 남는 단계를 거치게 돼요. 각 단계별로 가족 관계가 바뀌어야 해요. 그런데 효자는 결혼하기 전이나 결혼 후에나 또 아이를 낳은 후에도 원가족과의 역할이 똑같아요. '나는 장남이고 장손이어서 웬만하면 우리 어머니 아버지를 기쁘게 해 드려야 해, 부모님 뜻에 거슬리면 올바른 게 아니야.'라는 생각까지는 좋아요. 그런데 가족생활주기가 바뀌고 있음에도 불구하고, 그러한 관계를 계속 유지하려고 한다면 부부 관계에 위기가 들어온다는 거예요.

부부 문제가 생기면 아이에게 문제가 생겨요. 지금 남편이 부모하고 분리가 안 되면 부인과 이혼하고 다른 여자와 재혼을 해도 같은 일이 반복돼요. 물론 배우자의 변수가 있지요. 배우자가 성숙하고 지혜로우면 조금 덜 충돌할 수 있겠지만요. 그럼에도 불구하고 남편이 시부모와 특히 시어머니와 분리가 안 된 경우는 그 어떤 여자라 할지라도 엄청나게 스트레스를 받지요.

효자의 긴장과 불안은 무죄인가?

지금 남편은 항상 긴장과 불안이 있어요. 그 긴장과 불안이 부부 관계에 영향을 미쳐요. 그 긴장과 불안이 임신을 하면 자녀한테 가요. 그게 공생 관계라는 거예요. 어머니의 긴장과 불안을 자녀한테 전달하는 거예요. 어머니가 자신의 모든 에너지와 신경을 자녀한테 쓰면서 자기는 살아나지만 자식은 병들어요. 자녀가 부부 가운데에 끼어서 이상 증상이 나타나고 부부는 아이의 증상 때문에 표면적인 대화는 하게 돼요. 아이의 증상이 부부 관계를 유지시키는데 이것이 삼각관계라는 거예요.

부모와 단절하라는 것이 아니라 어느 정도의 정리를 하라는 거예요. 어머니 아버지에게 불효하라는 것이 아니고 이제는 어머니 아버지의 눈치를 보는 단계는 지났다는 거예요. 결혼한 아들은 가장이고 애 아빠이니까 아들 역할도 중요하지만 먼저 가장 역할을 해야 해요. 어머니 아버지가 얘기를 하시면 그것을 다 행하려고 하지 마세요. 부모의 의견을 참고만 할 뿐이지 부모의 의견을 전적으로 따라가지 말라는 겁니다. 물론 경제력이 있는 부모에게 돈 때문에 자녀들이 유산을 생각해서 어쩔 수 없는 경우도 있지요. 유산 때문에 복종을 해야 하는 것만큼 불행한 일도 없지요.

아들을 조현병 환자로 만든 부모
-이중구속 메시지

대학병원에서 고3 때 조현병 진단을 받고 정신과 입원과 통원 치료를 받은 경험이 있는 30대 중반인 아들이 있었어요. 아들은 환청, 자해 행위, 대인기피증 등의 증상을 가지고 있었죠. 아들은 어려서부터 부모의 극심한 갈등을 계속해서 보고 자랐고 아버지가 항상 자신을 무시한다고 생각하였지요. 아버지는 아들에게 사용하는 말투가 항상 공격적이었고, 이중구속 메시지를 사용해 왔어요. 아버지와 갈등이 심한 어머니는 아들과 밀착 혹은 공생 관계를 맺고 있었어요. 어머니는 아버지를 대신하여 아들에게 과도한 역할을 했지요.

아버지는 역기능적이면서도 매우 독특한 대화 방식으로 인해 자신의 형제들뿐만 아니라 가족 전체에게 외면당하고 있었어요. 아버지로부터 비롯된 가족 간의 갈등은 아들의 조현병 증상이 생기게 된 원인이 되었지요. 결혼한 딸(여동생)에 의하면, 부모의 불화로 인하여 오빠의 조현병 증상이 나타났다고 했어요. 특히 딸은 아버지가 사용하는 대화 방식에 초점을 두면서 아버지는 가족 내에서 배제된 사람이라고 하였습니다.

  아버지가 자수성가한 사람이었는데 거의 고아로 자랐어요. 그런 사람들은 누구하고 상의할지를 몰라요. 자기가 모든 걸 결정하고 밀어붙여요. 그렇게 해서 성공을 했기 때문에 그 방법밖에는 몰라요. 그런데 가정생활은 달라요. 가족은 서로 의논을 해야 해요.

  그 아버지는 모든 가정사를 좌지우지하고 모든 것에 일일이 다 간섭을 해요. 그런데 만일 부인(어머니)이 남편(아버지)의 의견을 안 따라주면 서운해하고 삐쳐요. 부인은 남편이 너무 지겨워서 이혼을 생각했지만 이혼은 할 수 없었어요. 그 과정에서 남편이 아들을 힘들게 했어요. 남편과 아들이 충돌할 때 부인이 아들 편을 드니까 남편은 부인한테 더 화가 나는 거예요. 이 부인이 지혜롭게 대처를 하지 못한 거죠. 남편은 부인이 자기를 받아 주지 않는다고 하고 부인은 남편이 자기 방식대로 하니까 남편한테 질려 버린 거예요. 그런데 이 부인도 표현이 강해요. 그래서 남편과 더 심하게 부딪혀요. 이와 같은 경우는 딸은 집안에서 마스코트 역할을 하고 아들은 여동생으로 인하여 부모에게 더 점수를 잃게 되지요. 즉 여동생이 오빠에게 본의 아니게 민폐를 끼치는 격이 되어 남매도 불편한 관계를 갖게 됩니다. 마치 부모님 관계처럼요. 그런데 이 아버지는 가족 구성원들에게 말하는 방식이 상대방을 돌아 버리게 해요. 아들이 아버지한테 어떻게 말해도 아버지에게 맞게 되는 이중속박 또는 이중구속 메시지(double-bind)를 쓰는 거예요. 아버지는 자신이 사용하는 표현 방식이 가족들을 돌아 버리게 하는 줄을 몰라요. 자신은 그게 익숙하고 자연스러운 방식이니깐. 그런데 아버지는 가정에서 이중구속의 메시지를 꾸준히 쓴 거예요. 그러니 아들이 맛이 확 가 버렸지요.

MRI이론에 따르면, 조현병 환자 가족이 쓰는 의사소통 방식의 핵심이 이중속박(이중구속)이라는 거예요. 이래도 주어 맞고 저래도 주어 맞고, 이래도 당하고 저래도 당하는 건데. 거기에서 살 수 있는 방법은 그중 한 가족 구성원이 맛이 가는 거죠. 그게 조현병이라는 증상으로 나타난다는 거예요.

끝나지 않는 싸움

일단 도화선이 아들이 참고서를 산다고 했을 때 아빠가 참고서 이름, 출판사, 가격 등을 다 적어 내라고 했던 거예요. 아들은 초등학교 5학년 이후 아빠와 대화가 안 되었다는 것과 아빠랑 일을 하면 아빠가 잔소리를 하는데 아빠의 잔소리에 짜증이 나지만 표현은 못하고 속으로 삭혔다는 것입니다. 그리고 고2 이후에는 아들이 속으로 아빠에게 욕을 하기 시작했대요. 그런데 아들은 욕을 하면서 죄책감이 생겼다는 거죠. 아들이 아빠에 대한 양가감정이 있는 겁니다.

아들은 아빠에 대한 짜증과 분노가 있지만 그런 생각 자체가 괴롭고 자책감을 갖게 되는 것입니다. 그리고 아들은 아빠의 부정적인 면뿐만 아니라 아빠의 좋은 점도 있다고 생각을 하고 있었습니다. 옛날에는 아빠가 나쁜 줄만 알았는데 말이죠. 그리고 아빠가 일을 할 때는 신경을 곤두세우시고, 온통 맘이 그쪽으로 가 있다고 해요.

그리고 아빠는 때린 적은 없으나 엄마는 초등학교 들어가기 전까지 자신을 때렸다며 비교를 합니다. 그러면서도 아빠와 자기는 대화를 못하는 것 같다고 해요. 한번도 길게 대화해 본 적이 없대요. 그런데

제3부 문제 가정, 깨고 붙여라 191

아들이 고등학교 2학년 때부터는 엄마와도 대화가 막히기 시작했답니다. 당시 집안 분위기가 좋지 않았어요. 핵심은 이거라고 봅니다. 서로 대화를 하지 않고 마음속에 쌓아 두었는데 곪으면 터지듯이 증상으로 나타난 거예요.

아들은 엄마와 사이는 나쁘지는 않지만 엄마가 자기를 애 취급하고 어리숙하다고 하면서 인격적으로 대해 주지 않는다는 거예요. 엄마의 잔소리 때문에 조마조마하대요. 그런데 이 아들은 자기가 엄마에게 하고 싶은 말을 하면 엄마가 상처받을까 봐 말을 못하겠다는 거예요.

아들을 이렇게 만든 건 부모입니다. 하지만 두 분은 내 말을 받아들이기 힘드실 거예요. 아버지는 술 담배도 안 하시고 여자 문제도 깨끗하고, 무엇보다 성실하시죠. 내가 가족을 위해서 어떻게 보면 모든 걸 헌신하면서 살았는데 자기한테 돌아온 건 아들을 망쳤다는 원망뿐이니 얼마나 억울하시겠어요.

초창기에는 두 분 간의 파워가 차이가 났어요. 아버지 독주 시대였죠. 그 독주에 반대하면서 부부 싸움이 시작되었던 것인데 아들이 엄마와 아빠 사이에 끼어서 불안했던 거예요. 이 불안이 조현병으로 나타난 건데, 아들에게 불안 증상이 나타나면 어머니의 과민한 반응으로 인해 어머님 아버님이 또 부닥치고 있단 말이예요. 싸움이 끝나지 않는 거죠.

우회적 표현

아버님은 다른 걸 걸어서 예를 들면 어머님이 실수를 했다거나 음식을 맛이 없게 했다거나 하는 등의 우회적인 걸로 공격을 하신단 말예요. 그렇게 분명하지 못한 표현 방식이 사람을 더 헷갈리게 해요. 그런데 그런 표현 방식이 하루아침에 형성되는 것이 아니고 어려서부터 아버님이 속마음에 있는 걸, 내가 이래서 기분이 언짢다거나 이런 걸 원한다거나 하는 것들을 솔직하게 말을 못하는 환경이었어요.

또 한 가지 어머니가 히죽히죽 웃으면 아버님은 또 나를 비웃는다고 생각하시는 것 같아요. 자격지심 때문에 그렇게 느껴지는 것이거든요. 화가 났다고 솔직하게 말하지 않고 삐치는 것도 자격지심이예요. 아버님은 겉으로 보기엔 강해도 속으론 한없이 약하신 분이예요. 자격지심을 숨기기 위해 전전긍긍하고 있다고 봅니다.

중간에 말 끊지 말고

댁에서 말했던 내용과 여기서 했던 내용이 별 차이는 없으셨을 거예요. 그러나 두 분이 여기서는 부딪치지 않고 1시간 20분이나 얘기를 하셨거든요. 그 이유는 뭐냐면 어머니가 말씀하실 때 계속 아버님이 개입하시려고 했거든요. 댁에서도 늘 그러셨을 거예요. 그런데 어머니께서 말씀하실 때 의도적으로 제가 아버님의 개입을 막아 드렸어요. 아버님이 억울하다고 그러셔도 가만 계시도록 해서 어머니께서 하고 싶은 말을 끊지 않고 계속 하실 수 있도록 해 드렸지요. 어머니도 아버님 말씀하실 때 자꾸 개입하려고 하셨거든요. 생사람 잡는다고 하시며. 그땐 제가 의도적으로 어머니를 막았어요. 이렇게 제삼자가 조정을 해서 어머니가 하고 싶으신 말씀을 다 하고 나니 아버님의 얘기를 들을 여유가 생겼다는 거예요. 최소한 두 분 간에 있어서 대화가 가능해졌다는 거예요.

예전에는 남의 말은 듣지 않고 자기 말만 쏟아 냈기 때문에 감정이 막 치받쳐 올라왔던 것과는 다르게 여기서는 나름대로는 감정 조절이 되면서 얘기가 진행될 수 있었어요. 중간에 남의 말을 자르고 들어오면 대화가 아니라 싸움으로 바뀌어 버려요. 네가 잘못한 걸 인정하지 않냐 하면서 자기를 옹호하고 상대편을 공격하는 표현 방식이 되죠. 좋게 얘기하려고 하다가도 다른 방향으로 흘러서 다툼이 온다는 거예요.

어머니가 아들에 대해서 지금까지 불안했던 걸 조금 떨어뜨려 놓아야 하는데 이게 만만치가 않아요. 아버님은 어머니가 나름대로 하루에 몇 시간 자원봉사를 하든 춤을 배우든 다른 곳에 에너지를 쏟고 또 에너지를 받아 왔으면 좋겠다고 얘길 하시거든요. 그리고 어머니는 아들이 지역사회에 있는 정신건강센터에 가서 그 사람들하고 몇 시간만이라도 어울리며 살길을 찾았으면 좋겠다는 거예요.

이런 변화가 일어나려면 가족들이 옆에서 도와줘야 가속도가 붙습니다. 아버님의 표현이 조금만 변하더라도 어머님은 숨통이 트이실 거란 말이에요.

사람 앞에서 핀잔

아버지가 사람들 앞에서 어머니를 핀잔을 주셨다는 거예요. 그러면 어머니는 화가 나서 아버지가 핀잔 준 것에 대해 따지겠죠. 어머니 입장에서는 사람들 앞에서 핀잔 준 것에 대해 아버지가 잘못했다고 사과를 해야 하는데 안 하신다는 거죠. 그래서 언성을 높여 악악거리면 아버지께서 어머니를 자극하지 않으려고 꼬리를 좀 내리신대요. 그러면

대충 무마가 되는 거죠. 그때는 아버지가 어머니 눈치를 보면서 좀 조심한대요. 그러면 어머니께서는 애시당초 편안하게 대화할 때 아버님이 그냥 알아서 '그래, 그건 당신을 핀잔 주려고 한 건 아닌데 당신 입장에서 보니까 내가 잘못한 거 같네.' 이렇게 표현했으면 되는데, 성질이 오를대로 올라간 상태에서 아버님이 마지못해 사과를 하니까 업드려 절 받은 기분이죠. 그런데 나중에 아버지가 그 얘기를 또 끄집어내서 어머님은 또 돌아 버린다는 거예요. 아버님은 그때 어머니를 이해했다거나 실수했다고 인정하지 않고 꽁하고 계셨던 거예요. 이게 바로 아버님의 표현 방식입니다.

그런데 어머니도 만만치 않아요. 어머님은 사람들 앞에서 업 돼 가지고 방방 뜨다 보니 실수를 해요. 남편의 실수를 사람들 앞에서 까발려 버린다는 거예요. 아버님이 미치는 거죠. 그걸 돌아오는 차 속에서라도 째깍 '아, 내가 아까 그 말했을 때 당신 기분 언짢았지. 내가 잘못했어! 너무 떠벌이다 보니 나도 모르게 나왔어.'라고 얘기만 하셨어도 되는데 말을 안 하는 거예요. 그걸로 속상해 가지고 말해야 될 다른 말까지도 안 하니까 단절이 되는 거예요.

경제권을 넘겨줘야 한다

어머니 아버지는 노년기 바로 전 단계에 들어와 있는 부부예요. 자녀들이 다 떠나가야 되는 단계이고 조금만 더 있으면 노부부 단계로 들어가죠. 지금 아버님 가정에서는 뭐가 핵심적으로 걸려 들어오냐 하면 돈 사용에 있어서 아버님이 3~40년 동안 돈 관리를 해 왔다 이거예요. 두 분이 원만해지시려면 아버님이 이제 경제권을 어머니한테 드려야 됩니다. 그래야 어머니가 생활에 재미도 느끼는 거지요. 어머님 연세에 남편한테 이거 얼마 필요한데 줘, 옷값 얼마, 요거 줘, 조거 줘 하면 아버님은 아버님의 역할을 한다고 느끼실지 모르지만 어머니는 자존심이 상하실 수 있다는 거예요. 당신만 주인이고 나는 딸려 있는 종업원이냐 이런 식이 될 수도 있단 말이죠. 그리고 가정경제를 투명하게 운영해야 해요. 지금까지는 생활비가 얼마인지 아버님이 용돈으로 얼마를 쓰고 있는지 밝히지 않았거든요. 전체 돈이 얼마니까 이렇게 이렇게 분배를 해서 사용하자는 합의가 필요해요. 그렇지 않으면 남편이 돈을 펑펑 쓰는데 나도 쓰고나 죽자 이런 생각이 들어요. 어머니가 살림에 재미를 붙일 수 있도록 경제권을 넘겨주세요.

감시받는 느낌

아드님은 엄마가 자신의 일거수일투족에 다 관여하는 것이 부담스러워요. 엄마는 아들을 보호해 준다 생각하고 아들은 감시받는다고 생각할 수가 있는 거거든요. 아드님은 엄마의 시선이 따갑다고 했거든요. 만약 엄마가 엄마 일에 신경을 쓰게 되면 아드님이 훨씬 홀가분하고 엄마한테 신경 쓸 필요가 없으니 엄마 눈치 볼 필요도 없을 거예요.

아드님이 엄마하고 대화가 되고 아빠하고도 대화가 되고 그리고 동생하고도 대화가 되면 자기 의견을 내놓게 되고 만약 의견이 서로 다르면 협상도 가능하게 되지요. 그게 다른 사람들과의 관계에서도 연결되는 거죠.

그런데 아드님은 자기가 무슨 말을 하면 엄마가 받아 주기보다는 화를 내며 다른 일로 화난 걸 자기한테 쏴 붙인다는 거죠. 이런 관계에서는 대화가 될 수 없고 표현을 못하니까 눈치를 보면서 감시받는 듯한 느낌을 받는 거예요.

귀족 학교 후유증

피자를 먹고 수북이 쌓아 놨어요. 이걸 오빠만 먹은 게 아니잖아요. 동생도 먹고 매제도 먹고 다 먹었을 거 아녜요. 그런데 동생은 임신해 가지고 몸이 너무 힘들어 설거지하면서 짜증이 나는 거예요. 동생 딴에는 최대한 감정을 억제하려고 노력을 하고 있는데 오빠가 말을 시키니까 차갑고 냉정하게 말을 할 거 아녜요. 그럼 오빠 입장에서는 쟤가 시집가더니 옛날과 다르다고 느끼는 거예요. 인정머리 없는 듯한 말투 때문에 '너는 내 권위를 인정해 주지 않고 무시했다.'라고 보지만, 동생은 오빠라는 권위를 내세우기 전에 오빠가 동생에 대한 배려를 해 줬어야 한다고 보는 거예요.

오빠는 권위적인 면이 있어요. 아버지한테 권위적인 모습을 늘 봐 왔기 때문에 자기도 모르는 사이에 배운 거예요. 오빠는 부잣집 아이들이 다니는 학교에 다녔어요. 거기 아이들은 귀족적이었죠.

동생은 오빠가 서민적인 학교를 다녔으면 훨씬 좋았을 거라고 해요. 처음부터 그 학교를 다닌 것이 아니라 중간에 전학을 했어요. 그런 과정에서 친구들이 끊어지고, 전학 와서 불편한 애들을 만나 스트레스를 받았을 거예요. 경제적으로는 비슷할지 모르지만 좀 민감한 부분입니다만 엄마 아빠의 학력이라고 할까 지적 수준하고 그 학교에 다니는 애들 부모의 지적 수준이 차이가 날 수도 있었을 거라고 보는 거예요. 상류 사회에서는 그런 차이를 아주 중요하게 생각하는 경향이 있거든요. 그래서 오빠는 학교에서 자신의 존재감을 잃고 외톨이가 되었던 것에 대한 후유증을 앓고 있는 겁니다.

꼬셔야 편하다

아버님이 어머니가 해 달라는 건 나름대로 다 해 주신다고 해요. 그런데 아버님 입장에서는 어머님한테 원하는 걸 해 달라고 하면 매번 안 된다, 싫다, 하지 말자 이런 식이라는 거예요. 아버님이 개를 한 마리를 더 키우고 싶은데 어머니가 못 사게 하는 거예요. 아버님이 만약에 어머니를 구슬릴 수 있는 표현 방식을 개발하신다면 어머님이 "당신이 원하니까 개 한 마리 더 삽시다." 하실 거예요. 지금도 개를 키우고 있잖아요. 아직도 아버님 입장에서는 어머니를 구워삶을 수 있는 표현 방식에 한계가 있어요. 내가 원하는 것을 얻으려면 상대방을 살살 꼬셔서 소기의 목적을 달성해야 하는데 그걸 못하시는 거예요.

어머니가 개를 못 사게 하는 이유는 일을 줄이자는 것 아녜요. 편하게 살고 싶은 거예요. 그런데 남편은 그런 생각은 하지 않고 부인이 개를 못 사게 하는 것만 서운해해요. 어머니 얘기를 들어 보니까 개 사지 말라는 소리 안 했대요. 개가 없는 것도 아니고 있는데 안 사면 안 되겠냐고 조심스럽게 말했다는 거예요. 어머니 딴에는 하지 말란 소리 안 하려고 신경을 썼는데 아버님은 자신이 늘 하는 방식대로 각색을 해서 받아들인 거죠.

아버님은 개를 한 마리 더 사고 싶은 이유를 설명하지 않은 것이 문제였어요. 그 이유를 들어 보니까 도둑이 집 뒤로 들어오면 집 앞에 있는 개는 모르니까 한 마리를 더 사서 뒤곁에도 개를 한 마리 묶어 두

자는 것이었어요. 그 설명을 해 줬으면 하지 말란 말도 안 하고, 반발도 안 했을 텐데 무조건 개를 한 마리 더 사자고 하니까 어머니는 그 필요성을 모르니까 반대를 했던 거죠.

아버님은 "내가 하면 그럽시다 해 봐.", "잘했어 하시오." 그렇게 강요를 하는데 어머니는 그 말에 굉장히 상처를 받았대요. 어머니는 '나는 인간이 아닌가? 내가 로보트냐, 네가 말하는데 그렇게 하게.' 이렇게 생각을 했는데 지금은 '아, 내가 심하게 뭐든지 못하게 해서 이런 반응이 나오는구나! 내가 될 수 있으면 하게 해 줘야겠다.' 이렇게 생각을 긍정적으로 하려고 노력하고 있다고 하시더군요. 어머니께서 많이 발전하셨죠?

엄마의 렌즈를 통해

엄마를 통해 본 아버지의 모습이 아들이 자기와의 관계에서 본 아버지의 모습과 차이가 날 수 있어요. 엄마가 보지 못한 또 다른 긍정적인 면이 있다는 것을 알 수 있었을 수도 있고 그러면 아버지의 도움을 받을 수도 있었을 텐데 아들은 완전히 엄마의 렌즈를 통해서만 아버지를 본 거예요. 엄마를 중재자로 뒀다는 거죠. 그런데 이 중재자인 엄마가 몹시 불안했어요. 아드님의 얘기로는 어떤 면에서는 오히려 아버님이 더 안정적이셨다는 거예요.

가정의 구조를 보면 아버지가 가장으로서 어느 정도의 위치를 차지하고 가족을 먹여 살리는 역할을 하셨어요. 아주 안정적인 모습이죠. 엄마와 아버지가 타협만 잘 되셨더라면 훨씬 편안하게 가정이 굴러갈 수 있었을 거라고 저는 봐요. 그런데 아버님 입장에서는 답답한 게 어머니가 아버님을 자극하는 표현 방식이 있단 말예요. 그러면 때로는 어머니를 배제한 상태에서 아드님하고 대화를 해서 절충할 필요도 있고, 따님 또한 필요에 따라서는 아버지하고 두 분만 할 수도 있는 거고, 자녀 두 분과 아버님 세 분만 대화를 할 수도 있는 거죠. 반대로 어떨 때는 아버지를 배제하고 자녀 두 분과 어머니 세 분만 대화를 할 수도 있는 거예요.

저는 건강한 가정을 어떻게 보냐면 필요에 따라서는 두 사람이 합세할 수도 있고 세 사람이 합세할 수도 있고 한 사람이 배제될 수도 있고 두 사람이 배제될 수도 있고 이게 자유자재로 돼야 한단 말이예요, 주제에 따라서. 그런데 이 가정은 어머니가 아버지와 아들을 완전히 갈라놓았어요. 특히 아드님은 어머니의 기분에 따라 휘둘렸어요. 부모 사이에서 아들이 엄마의 불안을 같이 껴안고 살았던 거죠.

가족치료 과정

이 사례에 대한 가족치료 과정을 소개하면 다음과 같다.

〈문제 확인 단계〉

치료자는 1회기부터 6회기까지 내담자(아들)와 관련된 문제를 확인하는 과정을 거쳤다. 1회기(여동생 내외 상담)에서는 가족 상담을 의뢰한 여동생과 여동생 남편을 중심으로 상담 의뢰에 대한 동기와 여동생이 보는 가족 구성원들 간 상호작용 방식 즉 의사소통 방식과 가족 관계를 파악하였다.

1회기에서 치료자의 질문을 통하여 여동생은 부모의 불화로 인하여 오빠의 조현병이 유발되었다는 것을 인지하였다. 치료자는 2회기와 3회기(어머니 상담)에서 어머니가 보는 가족 간 상호작용과 관계를 파악하였다.

2회기에서 어머니는 오랫동안 지속되어 온 부부간의 불화로 인해 아들과 밀착 관계를 맺어 왔고, 아버지(남편)의 역기능적인 표현 방식으로 아들에게 자신(어머니)이 과도한 역할을 해 왔다는 것을 인식하게 되었다.

3회기에서 어머니는 자신의 친정과 시댁을 살펴보면서 남편의 역기능적인 방식의 근원을 깨닫게 되었다. 여기서 어머니는 남편이 열일곱 살 때부터 부모를 떠나 객지에서 돈을 벌면서 혼자 생활해 왔던 아동기의 경험이 주된 이유가 되어 현재의 역기능적 의사소통 방식과 인간관계 패턴을 갖게 되었다는 사실을 이해할 수 있었다. 이 사례에서 치료자는 상담의 주된 변화의 주체가 아버지라는 것을 확인할 수 있었다.

물론 어머니는 아버지를 변화시키기 위해서 자신의 표현 방식도 또한 함께 변화되어야 할 사안임을 깨닫게 되었다.

4회기와 5회기(아버지 상담)에서 아버지는 자신이 혼자서 모든 것을 판단하고 결정하는 삶을 한평생 살아왔으며 자신의 의견만을 주장하였다는 것을 인식하게 되었다. 아버지의 다음과 같은 진술은 이와 같은 내용을 보여 준다. '(속마음을) 얘기해 봤자 현실을 바꿀 수도 없는데 무슨 소용이 있나?', '(상대방과) 꼭 이야기를 나누어야 내 마음을 아나?' 특히 아버지의 역기능적인 표현 방식으로 인하여 가정적이고 성실하며 솔직한 아버지의 장점은 효과를 발휘하지 못하였다. 아버지에 따르면, 어머니(부인)의 공격적이고 강한 표현 방식과 아버지의 말에 반론을 제기하는 어머니의 표현 방식이 아버지를 자극시켜 부부 관계를 더욱 악화시켰다고 하였다.

6회기(아들 상담)에서 아들은 어려서부터 부모 모두 자신에게 지나친 간섭을 하였고, 아버지의 무시하거나 공격적인 말투로 인하여 많은 상처를 받게 되었다고 하였다. 그런데 아들은 아버지와 유사하게 자신의 속마음을 가족 구성원들에게 표현해 본 일이 없었는데 그 이유는 '이야기해 봤자 변화되지 않아서'와 '식구들 모두 속으로 삭히거나 쌓아 두는 게 버릇이 되어 버린 가족의 대화 습관(원가족 문화) 때문'이라고 하였다. 아들은 불안정한 부모 관계로 인하여 자신이 늘 부담감과 스트레스를 받았다고 하였다. 결과적으로 불안한 부부 관계 속에서 아들은 희생양이 되었다.

〈인식과 통찰 단계〉

치료자의 가족치료 개입을 통하여 가족 구성원들은 아들의 조현병에 대한 새로운 관점이 생기게 되었다. 특히 부모는 아들이 부모와 아들 간의 삼각관계와 부모의 역기능적인 표현 방식, 그리고 부모의 아들에 대한 지나친 간섭, 부모에게 늘 순종하는 여동생으로 인한 비교 등으로 힘들어 했다는 점을 알게 되었다. 부모는 또한 이러한 상황에서 아들은 누군가에게 표현을 못하고 분노를 스스로 삭힐 수밖에 없었다는 점과 아들의 문제를 해결하기 위하여 부모가 변화해야 된다는 것을 통찰하게 되었다. 한편 어머니가 아들을 과보호하며 아들에게 간섭과 잔소리를 하면 아버지는 이때 관여를 하게 되고 이 과정에서 부부 싸움이 발생하였다. 이러한 과정을 지켜본 아들은 '나로 인해 부모가 싸운다.'는 죄책감을 가지게 되었고 이러한 죄책감은 아들을 더욱 힘들게 하였다.

특히 부모가 사용하는 표현 방식을 살펴보면 다음과 같다.

아버지의 세 가지 역기능적인 표현 방식에는 야단치는 듯한 말투(마치 죄인 다루는 듯한 표현 방식, 다른 사람 앞에서는 이러한 표현 방식이 더 심해짐), 불만을 정확히 표현하지 않고 우회적으로 공격하는 말투(불만이 있었던 상황에서는 표현하지 않고 그것을 쌓아 두었다가 전혀 다른 상황에서 생트집을 잡듯이 불만을 표현함), 과거의 실수를 반복하여 들춰 내는 방식(되새김질)이 나타났다.

한편 어머니의 세 가지 역기능적인 표현 방식에는 과장을 심하게 하고 자신의 공을 내세움으로 인해 남편을 무시하는 표현 방식, 남편의 의견에 항상 반론을 제기하는 표현 방식, 남편에 대한 불만을 참았다가 비이성적으로 폭발하는 표현 방식이 포함되었다. 이와 같은 부부의 표현 방식으로 인하여 부부는 다툼이 발생하면 상대방에게 양보를 하지 않고 상대방을 탓하며 타협이 불가능하였다.

7회기(부부 상담)에서 치료자는 부모의 부부 관계의 변화를 탐색하였고, 아버지가 처음으로 표현 방식의 변화를 시도하였다. 또한 치료자는 부모에게 부부가 지금까지 문제를 해결하기 위하여 시도해 왔던 표현 방식을 설명하였고 이러한 표현 방식으로 인하여 아들이 부모 사이에서 삼각관계를 유지할 수밖에 없었던 점을 부모에게 이해시켰다.

8회기(아버지 상담)에서 치료자는 아버지에게 어머니의 과도한 역할과 아버지의 개입 방식으로 인하여 부부 싸움이 발생하였고 그 가운데 아들이 죄책감을 갖게 되는 악순환의 과정을 이해시켰다.

9회기(부부 상담)에서 치료자는 부모에게 부부간에 사용해 왔던 역기능적인 표현 방식을 재인식시켰고 아버지가 변화의 주체임에도 불구하고 아버지의 변화를 위해서는 어머니의 노력이 필요하다는 점을 인식시켰다.

〈저항 단계〉

치료자의 개입을 통하여 가족 구성원들은 아들 문제에 대한 새로운 관점을 가지게 되었음에도 불구하고 아버지는 다시 '자신에게는 문제가 없다.'라는 전인식 단계의 모습을 보였다. 이 단계에서 치료자는 아버지의 저항을 최소화시키기 위하여 딸(여동생)과 연합하여 아버지의 역기능적인 표현 방식을 딸을 통해 우회적으로 인식시켰다.

10회기(어머니 상담)에서 치료자는 어머니에게 자신이 아버지를 변화시키려고 사용하는 표현 방식이 아버지를 변화시키기보다는 자극하는 방식임을 인식시켰다. 이로 인하여 어머니는 자신의 역기능적인 표현 방식에 대하여 통찰하였다.

11회기(아버지와 딸 상담)에서 치료자는 아버지에게 아버지와 관계가 좋은 딸을 통하여 아버지의 역기능적인 표현 방식을 우회적으로 깨닫게 하였다.

〈변화 단계〉

이 가족 구성원들은 다른 가족 구성원들에게 속마음을 내어놓지 못하고 감정을 속으로 삭이고 서로의 말에 경청하지 않고 자기 입장만 주장하는 대화 방식에 익숙해 있었기 때문에 치료자는 가족 구성원들로 하여금 자신의 마음의 상처를 솔직히 털어놓게 하였고, 한 사람이 말을 할 때는 도중에 끼어들지 말고 상대방의 이야기를 경청할 수 있도록 하였다. 이러한 표현 방식을 통해 가족 구성원들은 충돌하지 않고 대화를 이어 갈 수 있었다. 이러한 새로운 대화 방식을 통하여 가족 구성원들은 상대방의 생각을 이해할 수 있게 되었으며 그에 따라 자신의 의견도 내놓을 수 있었다.

12회기(아버지와 아들 상담)에서 치료자는 부자 관계에 대한 상호작용 방식과 관계를 파악하였고, 부자 관계 개선을 위하여 즉각적인 표현과 칭찬과 지지 등을 사용하였다.

13~14회기(어머니와 아들 상담)에서 아들은 부모의 불화로 인하여 자신이 어려서부터 불안과 죄책감을 가지고 있었다는 사실을 어머니에

게 실토하였다. 또한 치료자는 모자와 함께 어머니와 아들의 밀착된 관계에서 벗어나기 위하여 각자의 사회생활을 시작함으로써 자신들의 에너지를 외부로 분산시킬 수 있는 방법을 강구하였다.

15회기(아들과 여동생 상담)에서 치료자는 남매로 하여금 자신들이 부모로부터 물려받은 의사소통 방식을 통찰하게 하였고, 두 사람의 관계가 불편해지거나 갈등이 생기면 부모가 사용했던 역기능적인 표현 방식을 사용하고 있다는 점을 인식시켰다. 치료자는 아들에게 서서히 사회생활을 시작함으로써 독립된 성인으로 역할을 할 필요성을 언급하였다.

이와 같은 치료 과정을 통하여 아버지의 말투가 그전에 비하여 많이 부드러워졌으며 부드러운 말투로 인해 어머니는 더 이상 자극을 받지 않게 되었다. 어머니 또한 남편을 무시하듯 자기의 공을 과장해서 말하거나 남편의 의견에 반론을 제기하는 횟수가 줄어들었다. 그리고 아버지도 과거 얘기를 되새김질하는 방식을 덜 사용함으로써 어머니와 더욱 편안한 관계를 유지할 수 있게 되었다. 이와 같이 부부 관계가 편안해지자 아들에 대한 어머니의 과도한 역할이 줄어들고 밀착된 모자 관계를 비난하고 공격하던 아버지의 개입도 점차 줄면서 아들의 증상이 많이 감소되었다.

아들이 봉인가
-의사 아들을 둔 가난한 부모

    남편은 의사였는데 부모와 여동생이 하나 있는 아주 가난한 집안이예요. 그런데 부모가 욕심이 과해서 의사인 아들을 이용해서 부잣집 며느리를 보려는 거예요. 남편은 부모로 인하여 여자 친구들과 서너 번 헤어진 경험이 있었어요. 따라서 남편은 이번 만큼은 자신이 원하는 여자와 결혼하고 싶어했어요. 그런데 또 결혼하기 전에 남자 쪽 부모가 제동을 거는 거예요. 부인 쪽은 부모가 이혼했고, 친정어머니와 딸 둘만 살았어요. 아무래도 이혼했으니까 컴플렉스가 있지 않겠습니까? 돈도 없고, 그래서 남자 부모는 며느리 될 여자가 못마땅해서 관계를 깨려고 애썼는데 아들이 밀어붙여 결혼을 했어요. 결혼 후 시어머니 시아버지가 자식한테 매달 수백만 원을 보내라고 통보했어요.

    남편이 딜레마에 빠졌죠. 옛날 부모를 생각하면 부양을 해야 하는데, 포주처럼 아들에게서 빼먹으려고 하니 싫으면서도 안쓰러운 감정이 같이 생기는 거예요. 저는 이런 케이스에서는 며느리가 어차피 시댁에 가면 스트레스를 받으니까 남편에게 부인을 시댁에 보내지 말라고 했어요. 부인이 원할 때까지 남편만 시댁을 방문하라구요. 그런데 애가 출생했어요. 애가 생기니까 시부모는 애를 핑계로 계속 오라는 거예요.

그 뒤 남편은 부모가 나름대로 변했다고 생각하고 부인한테 '너는 변하지 않았다, 너도 변해야 하지 않겠느냐.'고 요구해요. 그래서 부인이 피곤함을 느끼는 거예요. 그럼 다시 옛날 관계로 돌아가는 거거든요. 그런데 마침 지방으로 직장이 된 거예요. 지역적으로 떨어진 게 많이 도움이 됐어요. 그런데 몇 년 후 부인에게 전화가 왔어요. 남편이 바람을 핀 거예요. 신혼여행 때도 그렇게 예쁜 부인이 옆에 있는데도 스튜어디스를 힐끔힐끔 보고 그랬대요. 여자를 좋아한다는 거죠. 결국에 이 남편이 바람이 났대요.

철저히 아내 편을 들라

돈 문제는 부인하고 상의를 해야 해요. 지금 신혼부부 단계인데 남편이 부모로부터 분리가 되지 않았어요. 결혼을 하게 되면 공간적으로 떨어지면서 심정적으로도 멀어져야 하는 거예요. 물론 부모님이 경제적인 여력이 없으니깐 도와드려야 하는데 제가 볼 땐 부인하고 상의를 해서 부모를 지원해 줄 수 있는 금액에 대한 합의를 해야 합니다.

일단 부인은 시댁 식구에게 일체 관련을 못하게 하세요. 남편이 총대를 메시라 이거예요. 시어머니 시아버지가 부인 입장에서 보면 저질이예요. 시부모는 결혼하기 전에 며느리에게 경제적인 문제 심지어 다이아캐럿 사이즈까지 요구를 했어요. 얼마나 힘들었으면 결혼 전에 신부가 신경정신과에 찾아갔겠어요? 그런데 의사가 그러지 말고 시부모님 잘 모시고 살라고 그랬대요. 그래서 내가 그 정신과 의사를 빗대어 있는 대로 욕을 해 줬어요. 그랬더니 부인이 두 시간 동안 울면서 저에게 다 쏟아 냈어요. 그다음에 남편이 왔어요.

부모님 입장에서는 '저 자식이 결혼하더니 나쁜 년 만나 가지고 변했다. 여편네 치마 속에 빠져서 저 새끼는 이제 맛이 갔다.'고 할 거예요. 그럴지라도 남편은 자기 가정이 우선입니다. 제가 남편에게 '가정을 지키려면 남편이 가능하면 무조건 부인 편을 들어야 해요.'라고 말했어요.

장단 맞추기

어머님, 아버님 얘기 들으면서 남편에게 '저질이네요.' 그랬어요. 제가 그 당시 남편의 감정을 받쳐 줄려고 의도적으로 한 거예요. 부모님에게 그런 면도 있지만 또 따뜻한 면도 분명히 있는 거 아시잖아요. 그런데 그 순간에 만약 남편한테 '그러시면 안 됩니다. 부모님은 아주 정이 많으신 분이고 아들이 그렇게 생각하시면 안 돼죠!' 그렇게 접근했다면 주위 사람들 충고와 다를 바가 없죠. 저는 남편이 열받았을 때 일단 무조건 그 편을 들어 버려요. 부인은 침착하게 말하지만 화는 막 분출이 되거든요. 그럴 땐 부인 편을 드는 거예요. 일단은 가치 판단을 안 하는 거죠. 저는 부인이 옳고 남편이 틀렸다거나 또 남편이 옳고 부인이 틀렸다거나 그렇게 생각하지 않아요.

남편이 부인 편을 들어주면 부인은 그나마 우리 남편이 내 편이고 나를 지지해 주는구나 하면서 그나마 시부모님한테 기본적인 건 할 거예요. 그런데 이 남편이 아내에게 '시어머니한테 잘해', '자주 연락드려' 이렇게 옆구리를 찌르면 하고 싶은 마음이 싹 사라져요. 장단을 맞추면서 편을 들어주는 것이 고부간의 문제를 푸는데 매우 효과적입니다.

아버지와 아들의 서열이 바뀌고

이 사례에서 아버지가 아들에게 '너 무릎 꿇고 나한테 사과해. 그러면 내가 용서해 줄게.'

그건 아버님 방식이고 아버님 스타일이라는 거죠. 왜 아버님 스타일에 아들이 맞춰야 되냐 이거예요. 안된 얘기지만 아버님 연세가 되면 아드님의 파워가 더 상승하게 돼 있습니다. 이건 어쩔 수 없는 거예요. 옛날에 아들과 관계에서 아버님이 더 우위에 있었지만 그 위치가 이제는 아니라는 것을 인정해야 해요. 더군다나 아들은 의사이고 아버지는 노동일을 하면서 아들에게 생활비를 타서 쓰는 입장이예요. 물론 부모와 자식 간에 지위를 가지고 서열을 나눠서도 안 되지만, 힘이 빠진 아버지가 현 상황을 무시하고 단지 아버지라는 위치로 아들을 누르려고 하면 아들 입장에서 아버지의 권위를 인정할 수 있냐는 겁니다.

우선 이 사례에서는 어머니하고 아드님하고 관계가 회복이 되고 그게 아버님한테도 영향을 미쳐서 긍정적인 효과가 있을 가능성이 큽니다. 그럴 때 잠시 부부 관계가 악화될 염려가 있지만 장기적으로 봤을 때는 아들과 부모님 관계가 회복이 돼야만 부부 관계가 더 안정적으로 바뀌고 직장 생활도 편하게 할 수 있어요.

하지만 부모가 서열이 바뀌었다는 것을 인정하지 않고 그것을 자연현상이 아닌 불효라고 몰고 가니까 변화가 일어나지 않는 거예요.

희생양이 된 아이
-틱장애

이 사례는 남편(42세)과 부인(40세), 아들(11세), 딸(8)로 구성된 가족이었어요. 아들이 틱장애를 가지고 있었는데, 아들이 4세 되던 해에 동생의 출생과 함께 아들이 어린이집을 다니기 시작하면서 틱 증상이 처음 나타났어요. 증상은 눈을 깜빡이는 것에서부터 코를 '킁킁'거리는 것으로 이어져 나타났지요. 나중에는 목으로 '킁킁' 소리를 내면서 행동으로 이어졌어요. 틱 증상은 4세부터 11세 때까지 지속되고 있었지요.

그 애가 왜 틱이 생겼나 봤더니 엄마 아빠 부부 관계는 괜찮은데 아빠의 원가족에서 걸려 있었어요. 할아버지가 택시 기사였는데 결혼 전의 여자 관계에서 애가 있었어요. 결혼하고 나서 나중에 그 애를 데려왔죠. 할머니는 1남 2녀를 두었는데, 아들이 바로 아이 아빠예요. 이 집에 어떤 비밀이 있었냐면 배다른 자식이 와서 본가 아이들을 협박을 하는 거예요. 데려온 아들이 깡패였거든요. 그래서 할머니가 남편(할아버지) 눈치도 보고 배다른 아들 눈치도 본 거예요. 이 할머니는 그 스트레스를 자기 자식들한테 푼 거예요. 아들을 많이 팼어요. 부모(할아버지와 할머니)가 관계가 나빴고, 아들이 아빠와 대화를 안 해요. 아버지도 찝찝하죠. 자기가 지은 죄가 있으니까. 아들이 자기를 아버지로 대우를 안 해 주니까 서운한 거예요.

자, 이제 그 아들이 결혼을 했어요. 이 집은 보통 케이스와 다른 게 뭐냐면, 시어머니하고 며느리하고 함께 살면서도 관계가 좋아요. 부인이 직장 생활을 하기 때문에 할머니가 아이를 봐주거든요. 그런데 아이에게 왜 틱이 생겼을까요? 아이 양육에서 할머니와 부모가 있다는 거예요. 부모 방식과 할머니 방식이 따로따로 노는 거예요. 할머니는 손자가 틱이 나오면 컴퓨터 한다고, TV 본다고 꺼 버리고 막 잔소리를 해요. 그러면 아이는 더 스트레스를 받아서 틱이 더 많이 나와요. 이렇게 할머니와 부모 간의 양육 방식이 달라서 갈등이 자주 발생하였고, 특히 컴퓨터를 사용하는 문제에 대해 할머니의 심한 잔소리가 있었고 아버지와 할머니의 서로 다른 메시지가 아이를 혼란스럽게 만들었지요(컴퓨터 사용을 금하는 할머니와 이를 허용하는 아빠). 이 밖에 고부 갈등, 부부의 역기능적인 의사소통 방식 등으로 가족 관계에서 약간의 긴장감이 감돌았어요. 한편 엄마와 할머니는 딸(손녀)을 더 편애하는 차별적인 양육 태도를 보이고 있었구요.

그래서 엄마가 일을 그만두고 아이를 돌보기로 했어요. 그러면서 애가 좀 안정이 돼요. 그래서 나중에 틱이 거의 없어졌어요.

삼각관계의 스트레스

학교와 집에서 받고 있는 스트레스가 뭔지, 그 스트레스를 누구한테 내놓고 있는지를 봐야 해요. 지금 아이가 할머니하고 관계가 안 좋고 엄마하고의 관계에서도 한편으로는 스트레스를 받지 않냐 이거예요. 엄마는 또 할머니로부터 스트레스를 받고 있고. 할머니, 아이, 엄마 이렇게 삼각관계가 이루어지는 게 보이거든요. 또 하나는 부부 관계가 좋다니까 그나마 다행인데 아이를 통해서 엄마 아빠의 부부 관계를 봐야 돼요. 아이를 통해서 할머니하고 엄마 관계도 봐야 돼구. 아이를 통해서 할머니하고 아빠 관계도 봐야 돼요. 아이가 컴퓨터와 TV에 빠져 있을 때의 반응이 할머니, 아빠, 엄마가 일치되지 않고 있어요. 그래서 아이가 혼란스러울 거예요. 그 혼란스러움 속에서 틱 증상이 더 강화되지 약화될 리는 없지 않겠습니까? 아이는 할머니나 아빠, 엄마가 보일 태도에 대한 불안이 있을 수 있다라는 거죠. 그 불안이 틱으로 나와요.

자녀에 대한 양육권자를 하나로 통일해 줘야 합니다.

죄의식

조부모님께서 하시는 말씀이 아들이 아이(손자) 야단치느라 악을 쓸 때 부모가 싫어서 자기네 들으라고 소리를 지르고 있는 건 아닌가 하는 생각이 든대요. 그래서 사실은 할머니께서 더 시급하게 분가하기를 원하신다고 하더라구요. 아드님의 표정이 짜증스럽고 불평스럽다는 것도 마음에 걸리는 거예요.

며느리가 아이가 다른 애들처럼 밝지 못하다고 걱정을 하면 그것도 자기들 때문인가 싶다고 하세요. 할아버지도 아들과 손자에게 상당한 죄의식이 있으시더라구요.

자기네끼리 살면 장난을 쳐도 편하고 야단을 쳐도 편하죠. 하지만 부모와 함께 살면 뭘 해도 편치가 않아요. 행동 하나하나에 의미를 찾으려고 눈치를 보거든요. 어머니 생각, 아버지 생각이 서로 얽혀져 있는 거예요. 아이가 그냥 아빠 한 사람만 보는 게 아니라 아빠하고 할아버지하고 관계에서 이상한 느낌, 할머니하고 아빠 사이의 불편함이 느껴져 충돌하고 있어요. 아이가 가족의 희생양이 되어 버린다는 거죠. 어른들이 풀지 못한 앙금 때문에 아이가 피해를 보고 있습니다.

지금 아드님하고 아버지하고 좀 더 대화를 나눌 필요가 있어요. 아버지가 아들에게 미안한 마음도 있고 사죄하고 싶은 마음도 있는데 아드님은 그것을 불편하게 생각하고 있는 거 같아요. 아들이 아버지에게 기회를 줘야 합니다.

기대에 못 미치는 딸
-공황장애

　미국인과 결혼한 부인이 공황장애로 상담을 받았어요. 엄마가 처음에는 딸(부인)의 결혼을 반대했어요. 엄마가 딸의 결혼을 반대하는 이유는 사위 될 사람이 미국인이어서만은 아니예요. 복잡한 가정사에서 그 복잡한 이유를 찾을 수 있어요. 아빠가 공무원으로 있다가 뇌물 사건으로 구속되어 옥살이를 했어요. 그 사건으로 인해 아빠는 당연히 실직을 했지요. 그때 아빠의 변호사비로 상당히 많은 돈을 썼어요. 엄마가 돈을 빌려 줬다가 사기를 당했는데 그즈음 아빠가 외도를 했지요. 그런 일련의 사건으로 엄마가 남편(아빠)에 대해 크게 실망을 했어요. 사실 부모는 신혼 초부터 부부 관계가 별로 안 좋았어요. 부모는 오래전부터 주말 부부였는데, 남편이 토요일에 집에 오면 부인이 사업하느라고 집에 없었고 바빠서 밥도 안 차려 주고 성교도 안 했어요.

　얼마 전 일요일에 남편이 부인하고 골프를 치러 갔다가 부인 친구들로부터 무시를 당했다고 생각해서 차 안에서 부인에게 계속 화를 내고 차를 박아 버릴 듯이 위협을 했어요. 남편은 분노 조절이 안 되거든요. 딸도 자기 아버지를 닮아 분노 조절이 안 돼요. 딸 또한 분노 조절이 안 되는 아빠로 인해 어려서부터 힘들어 했지요. 이처럼 딸이 아빠하고 관계가 걸려 있었지만 한편으론 엄마하고도 관계가 걸려 있었어요.

엄마는 명문대 출신의 완벽주의자예요. 엄마는 아들이 자기가 나온 명문대를 나왔고 자기를 닮아서 똑똑하고 공부를 잘해서 늘 마음에 들어 했어요. 그런데 딸은 나름 열심히 한다고 했는데 아들보다 못한 거예요. 그런데 희한하게 아빠도 딸과 비슷한 수준의 대학을 나왔어요. 엄마는 남편의 학력이 자기보다 훨씬 못함에도 불구하고 결혼을 했어요. 물론 그 당시 엄마의 부모님은 결혼을 반대했지요. 엄마는 자기 뜻대로 결혼을 했지만 남편을 그다지 존중해 주지 않았던 거예요. 남편은 아내가 자신을 무시한다고 생각을 했음에도 불구하고 그 속마음을 솔직히 표현할 수는 없었지요. 그런데 자녀들 또한 남편을 닮은 딸은 아빠 성격과 비슷하고 학교도 비슷하게 갔지요. 그에 비하여 아들은 엄마를 닮아 학교도 엄마 나온 명문대를 가고 똑소리나게 자기 앞가림을 잘 하는 거예요. 엄마는 남편이 찌질하다고 생각하고 있는데 딸이 남편을 닮아 마음에 안 드니까 딸을 잡은 거예요. 그럼 딸은 엄마가 자기를 무시하고 남동생과 차별 대우를 했다고 반항해요.

딸의 결혼 생활이 순탄치 못했어요. 부부 싸움을 하면 여자는 길길이 날뛰고, 남자는 'calm down(진정해)'을 주문하죠. 남편이 이성적이고 아주 차가워요. 그런데 남편의 이 방식이 자기 친정엄마 방식하고 똑같은 거예요. 이성적으로 대처하는 엄마한테도 질렸는데 남편이 또 이성적이예요. 그런데 남편에게 무슨 문제가 있냐 봤더니, 남편의 엄마가 감정적인 반면에 아빠는 매우 이성적이었어요. 이 남편은 자기 아빠를 닮아서 이성적으로 대처를 해요. 남편의 엄마가 암으로 죽고 난 후 아버지가 새엄마를 얻는데 위기가 왔어요. 남편은 누나가 있는데, 누나가 엄마랑 똑같이 감정적이에요. 그래서 남편 누나는 아빠하고 충돌했어요. 남편도 이러한 원가족의 문제를 안고 있었어요. 그러면 이 국제 결혼한 부인이 왜 공황장애를 가지게 되었는가를 살펴보면 어려서부터 부모님의 불안정한 부부 관계와 아빠와의 갈등 관계, 또한 완벽주의자인 엄마로부터의 무시와 충돌, 남동생에 대한 차별 대우와 열등감, 결혼 1~2년 전에 있었던 아빠의 수감 생활과 엄마가 엄청난 돈을 사기당한 사건, 그리고 최종적으로 부모가 반대한 결혼을 한 것 등이 종합적으로 이 부인에게 스트레스를 주었던 겁니다. 그래서 결혼식날 공황장애가 왔던 거예요.

그런데 신기하게도 친정아버지도 공황장애를 가지고 있었어요. 너무나 신기하지 않아요? 이렇게 분화가 안 된 가정에서 자라난 자녀들은 자연히 자아분화가 안 될 수밖에 없는 거지요. 자아분화가 안 되어 있는 이면에는 항상 불안과 긴장이 있어요. 그런데 이렇게 만성 불안이 존재함에도 불구하고 위기가 안 들어오면 나름 대처해 나갈 수 있어요. 자신이 감당할 수 없는 위기가 들어왔을 때 이 부인은 친정아버지가 과거에 있었던 공황장애를 경험하였다는 겁니다. 그 당시 부인의 증상은 불안, 공황 발작, 분노 조절이 안 되는 것이었지요.

그런데 이러한 감정적인 부인에 대한 남편의 대처 방식이 부인을 진정시키기보다는 부인을 더욱 돌게 하는 방식이었다는 거지요. 왜? 남편의 방식이 부인을 그렇게 힘들게 했던 친정어머니의 지나칠 정도로 이성적이고 차가운 방식과 유사했다는 거지요. 그런데 남편은 아내가 왜 그렇게 분노 조절이 안 되는지에 대하여 모르지요. 남편이 저에게 결혼하고 처가에 들어와서 생활하는데 장인 장모가 싸우는 방식이 자신의 부모님이 싸우는 방식과 비슷하다고 말했어요. 화가 났을 때 장인과 아내, 그리고 자신의 어머니와 누나의 방식이 분노 조절이 안 되어 상대방에게 막 퍼붓는 방식이라는 것과 시아버지와 남편, 그리고 장모와 처남의 차가울 정도로 이성적으로 대처하는 방식이 유사하다는 거예요. 그러면 남편의 입장에서는 어려서부터 부모가 싸울 때 엄마가 아빠에게 분노 조절이 안 되는 장면이 너무 힘들었는데 또 엄마가 암으로 돌아가시고 나서 아빠가 재혼을 하는 과정에서 새엄마와의 관계에서 누나가 아빠와 충돌할 때 엄마와 비슷하게 아빠와 충돌했다는 거지요. 그리고 엄마가 돌아가시고 나서 누나가 지나치게 남동생(남편)을 간섭했다는 겁니다.

이렇게 분노 조절이 안 되는 엄마와 누나에게 아빠는 제3자로서 객관적이고 이성적으로 대처를 해 왔었던 것이고, 남편 또한 그러한 아빠의 대처 방식을 그대로 쓰고 있었어요. 그러면 남편이나 부인 모두 한국과 미국이라는 문화는 달랐지만 근본적으로 자신의 가족 관계가 걸려 있었는데, 이러한 문제가 해결되지 않은 상태에서 유사한 가족 문화를 가진 배우자와 또 걸렸죠. 물론 모든 부부들이 자신의 원가족 문제가 이렇게 똑같이 걸리지는 않지요. 그럼에도 불구하고 이 부부는 거의 공식처럼 걸려 있었다는 겁니다. 마치 퍼즐 짜맞추듯이 맞춰지죠. 너무나 신기하게두요.

어떻게 보면 이 사례는 감정적인 대응 방식과 이성적인 대응 방식이 충돌한 거예요. 그래서 제가 남편한테 '부인이 빡쳤을 때 진정시키려고 하지 말고 부인과 함께 부인이 욕하는 사람들을 같이 욕해 줘라. 당신의 아버지가 엄마가 길길이 날뛸 때 지나치게 이성적인 방식을 써서 엄마를 병들게 하지 않았느냐? 그런데 당신이 아버지의 방법을 쓰고 있다.'고 설명을 해 주었더니 그 남편은 금방 받아들이더라구요. 그러면서 부인은 남편과 훨씬 편한 관계가 되었지요.

그리고 친정 부모도 상담을 하셨지요. 그러는 가운데 친정어머니는 딸(부인)의 문제가 자신의 부부 관계와 걸려 있다는 점과 엄마의 지나치게 이성적인 방식이 딸을 힘들게 했다는 것을 인식하게 되었어요. 친정어머니는 딸을 위하여 물질적으로 엄청나게 지원을 해 주었지요. 유학도 보내 주고 딸이 원하는 것은 최대한 해 주려고 엄청나게 노력을 했어요. 한편 남편(친정아버지)으로 인해 부인(친정어머니)도 힘든 면이 있었다는 점과 남편 입장에서 보면 아내에게 무시당했다고 생각할 수도 있다는 점을 이해할 수 있었지요. 또한 그러한 이면에는 남편(친정아버지)이 시어머니로부터 어려서부터 사랑을 받지 못했다는 점과 부인(친정어머니)의 표현 방식 또한 시어머니와 유사했다는 점을 두 분(친정 부모)이 이해할 수 있었다는 겁니다. 한편 친정 부모는 딸이 자기 능력으로는 감당할 수 없는 스트레스를 받았을 때 공황장애가 나타났다는 점과 이러한 증상이 친정아버지의 공황장애 증상과 똑같이 나타났다는 점을 알게 되었지요.

그 당시 부인이 공황장애로 정신과에서 약을 복용했는데 상담이 종결될 당시에는 약을 안 먹어도 될 정도로 좋아졌어요. 한국 사람이나 외국 사람이나 모두 같은 인간이라서 살아가는 방식은 비슷한 것 같아요. 물론 문화에서 오는 차이는 있을지언정 인간관계의 면에서는 유사한 점이 많을 수밖에 없습니다.

지지받지 못했다는 느낌

남편이 갈등을 다룰 때 쓰는 참으라는 방법이 시아버지의 방법과 거의 똑같았어요. 제가 부인이었다면 남편의 방법이 싫었을 거예요. 왜 냐하면 부인의 행동이나 생각이 옳지 않다 할지라도, 부인이 너무너무 화가 나 있을 때는 남편의 이성적인 방식이 효과적이지 않지요. 부인이 화가 났을 때 남편한테 지지받고 있다고 느끼지 못했었을 테니까요. 그래서 부인은 남편한테 공격적으로 대했을 거예요. 부인이 화났을 때 부모가 그녀를 지지해 주지 않았었던 경험이 있잖아요. 그런데 그녀의 부모는 그녀를 지지했었다고 생각할 수도 있어요. 그녀가 부모의 지지를 받지 못했다는 경험이 있었기 때문에 남편의 태도가 그녀를 더욱 화나게 할 수도 있다는 거예요.

부인이 남편한테 지지를 받고 있다는 믿음이 있으면 남편의 방식을 참을 수 있지만 지지를 받지 못하고 있다는 생각이 들면 참지 못할 거예요. 참으면 자기만 손해를 본다고 생각할 수 있으니까요. 참으라고 할 때는 참음으로서 어떤 댓가가 있을 것이란 확신이 있어야 합니다.

감정 기복이 심해서

친정어머니 방식이 남편(친정아버지)과 딸을 일으키기보다는 주저앉히는 방식이라는 거죠. 지금 따님의 공황장애 이면에는 원인이 여러 가지가 있지만 친정 부모의 부부 관계가 안 좋아서 딸이 삼각관계에 걸려들었는데 이런 구조에서 아들은 엄마하고 관계가 좋고, 딸은 아빠하고 관계가 좋다 보니까 가정 내에 두 개의 삼각관계가 생겼다는 거죠. 따님은 또 동생하고 관계도 안 좋아요. 이렇게 네 사람의 가족이 나눠져 있으니 화합이 될 리가 없지요.

따님은 남편하고도 스트레스 관계예요. 따님은 사면초가에 빠져 있다는 생각이 들 거예요. 그래서인지 딸이 열받았을 때 보여 주는 방식이 감정 기복이 엄청 심해요. 감정 기복이 심하면 주위 사람들뿐만 아니라 본인도 힘들 거예요.

몰라

불교에서는 사람이 마음먹기에 달렸다고 하는데 저는 그게 아니고, 항상 상호작용에 의해 문제가 발생하고 해결됩니다. 그럼 제가 지금 치료하고 있는 것은 따님하고 어머니하고, 따님하고 아버지하고 관계에 있어서 상호작용하는 방식을 바꾸는 거예요. 어머니께서 말씀하셨다시피 따님은 얘기해 봤자 소용이 없다는 거예요. '새로 오신 학원 선생님 어땠니?' 하면 '몰라!' 이런 식으로 표현한다는 거예요.

딸이 왜 이렇게 대답했을까요? 딸이 엄마한테 요구했을 때 엄마가 편안하게 받아 주지 않았기 때문이에요. 어떻게 보면 딸이 되받아친다는 거죠. 하지만 어머니는 딸이 싸가지 없다는 거예요. 어머니는 남편한테도 당했는데 남편을 닮은 딸한테도 당하니까 피해의식이 더 크고 더 과민하게 딸에게 반응을 했던 겁니다.

그런데 어머니는 왜 남편과 딸로부터 환영을 받지 못했을까요? 아버님 말씀에 의하면 어머니가 너무 완벽해서 자기 기준에 맞지 않으면 받아 주지 않고 밀어 버렸다는 거예요. 딸도 엄마의 기대치를 쫓아서 열심히 갔지만 미치지 못했어요. 딸이 겉은 엄마를 닮아서 씩씩해 보였을지 모르지만 내적으로는 아버님하고 비슷하거든요. 그래서 딸이 어머니로부터 인정을 받지 못한 거예요. 이런 문제가 잠재되어 있다가 위기가 찾아오면 그 위기가 방아쇠가 되어 펑 터지는 거예요. 아버지의 방아쇠는 감옥이고 딸의 방아쇠는 남편과의 갈등일 텐데 이 일로 아버지는 알코올과 공황장애로 딸은 공황장애로 나타났죠.

꿈속에서 용서받고
-컴퓨터 중독과 은둔형 외톨이

죄책감이 생기지 않도록

　어머니가 상담을 두 번 왔다 가셨는데 아버지가 40대 중반에 교통사고로 돌아가신 후 애가 공부를 안 하고 컴퓨터에 중독이 되었어요. 아들한테 어떤 문제가 걸려 있나 봤더니 아빠가 돌아가시기 하루 전에 아들이 보충수업 안 한 걸 알고 아빠가 애를 야단치면서 화가 나니까 나가라고 했어요. 아들은 아빠가 나가라고 하니까 일단 집을 나왔다가 밤늦게 엄마한테 전화를 했는데 아빠가 없다고 해서 집으로 들어왔어요. 아빠한테 사과를 하려고 새벽 2시까지 기다리다 잠이 들었어요. 아빠가 늦게 들어온 거예요. 그런데 다음 날 아빠가 아침에 일찍 나가셔서 아빠를 못 봤어요. 잠결에 아빠 목소리만 들었대요. 그날 저녁 8시쯤 학원에서 공부를 하고 있는데 아빠가 교통사고로 병원에 있다는 연락을 받았어요. 아빠는 깨어나지 못하고 3일 만에 세상을 떠났어요. 아들이 아빠하고 관계가 괜찮았었는데, 아빠가 화낼 때 모습은 너무 무서웠대요. 그래서 아빠가 화낼 때 거기서 빨리 벗어나고 싶었다고 해요. 그런데 막상 아빠가 안 계시니까 겁이 난대요.

내가 보니까 아들이 하고 싶은 말이 있는 것 같아서 '눈을 감아 봐라, 아빠가 앞에 계시다면 말을 할 수 있니?'라고 주문을 했더니 '못해요.'라고 했어요. 아들은 죄책감에 시달리고 있는 겁니다.

사과할 기회가 없어서

아빠의 죽음에 대해 뭐가 됐든 오해가 있으면 오해를 풀어야 해요. 생각하기에 따라 다 다르겠지만 아들이 생각할 때는 아빠를 화나게 하지만 않았더라도 교통사고가 안 났을 수도 있었을 거라고 생각해요. 본인도 그런 생각을 하고 있는데 동생이 아빠가 오빠 때문에 돌아가셨다는 원망 섞인 얘기를 들으면 더 죄책감이 들겠죠?

자기가 보충수업만 갔더라면 아빠가 열받을 필요도 없었고, 아빠가 자기와 부닥치지도 않았을 테고 속상해하지도 않고, 일 나갔을 때 딴 생각을 하지 않으셨을 텐데… 이렇게 후회가 꼬리에 꼬리를 물고 나오는 거예요. 그러니까 너무 괴롭죠. 그 고통의 무게가 너무 버거워서 완전히 손을 놔 버린 거예요. 죄책감에. 아빠한테 사과를 할 기회만 있었어도 이렇게까지 괴롭지는 않았을 거예요. 그런데 아들이 꿈속에서 아빠가 자기를 안아 줬다고 하잖아요. 나는 그것을 아빠의 용서라고 말해 주었어요. 그리고 아빠의 사고는 너 때문에 당한 것이 아니라는 것을 말해 주신 것 아니겠냐고 했지요. 그랬더니 아이가 좀 편해지는 것 같았어요.

그런데 이 아들이 엄마와 할머니한테 휘둘려요. 할머니가 뭐 시키면

싫은데도 억지로 하는 거예요. '할머니, 나 이거 하기 싫어요.' 이렇게 말하라는 거예요. 할머니나 엄마를 생각하기 전에 자신을 먼저 생각하라는 거예요. 제일 중요한 것은 자신이니까. 예를 들면 내가 만 원이 필요해서 엄마한테 만 원을 달라고 했을 때 안 줘. 그러면 엄마한테 조목조목 설명을 하며 만 원이 없으면 5천 원이라도 먼저 달라고 협상을 하라는 거예요. 그런데 아들은 친구가 뭐라고 해도 그냥 가만히 있어요. 말을 안 하는 거지요. 그러면 때려도 아무 말도 안 하고 맞고 있으면 '저 새끼는 별로 아프지 않나 보구나, 때리면 그냥 맞는구나!' 하면서 또 때릴 수 있어요. 자기 뜻을 분명히 밝혀야 해요. 심지어 돌아가신 아빠한테도 그 당시 못했던 말을 꼭 해야 합니다. '아빠, 제가 잘못했어요.' 이 말 한마디면 마음이 훨씬 편해질 수 있지요.

아들은 이번 상담을 통해서 아빠의 죽음에 대한 죄의식이 상당히 완화되었고 얼굴에서 편안함을 느낄 수 있었어요. 그런데 엄마가 아들의 이야기를 듣고 아들이 전하려는 메시지를 파악하여 아들에게 축하한다고 해 주셨더라면 아들이 얼마나 홀가분해졌겠어요? 물론 제가 모자 상담을 통해 이 사건에 대한 작업을 하였지요.

그 아이 엄마한테 전화가 왔어요. 저한테 감사하다고. 애가 정신을 차려서 대학에 가서 잘 다니고 있다고 전해 주었어요. 그럴 때 정말 보람이 큽니다.

쉴 새 없이 쪼아 대는 부인
-부인의 우울증과 아들의 학습의욕 저하

아들이 중3 때까지는 공부를 잘하다가 고2 때부터 성적이 팍 떨어지는 거예요. 아버지에게 경제적 위기가 들어왔고 거기에 대한 스트레스가 있었어요. 원래 이 부부는 결혼 초기에는 사이가 좋아서 대화도 잘되었고, 성관계도 문제가 없었어요. 그러나 7년 전에 아버지(남편)가 처가와 동거를 하면서 스트레스가 엄청났지요. 이러한 스트레스 상황에서 부인이 남편에게 대처했던 방식이 오히려 남편을 더 짜증나게 하는 방식으로 점점 더 부부 갈등을 심화시켰어요. 남편 또한 부인에 대한 불만을 대화로써 해소하지 못하고 속으로만 삭혔지요. 그러고는 남편이 부인에 대한 감정을 누른 상태에서 부인을 무시하는 방식을 취했던 겁니다. 이와 같이 부부가 문제를 해결하려고 시도했던 방식이 오히려 부부 관계, 부모-자녀 관계와 남매 관계를 악화시키는 결과를 초래하였죠.

그런데 남편은 부인이 말이 너무 많아서 피곤해 했어요. 부인은 아들한테 잔소리를 엄청 해요. 남편이 '왜 너는 우리 아버지가 나를 쪼아 대듯이 왜 아들을 쪼아 대냐?'고 그런대요. 남편에 대한 불만을 아들한테 쏟아붓는다는 거예요. 제가 깜짝 놀랐던 게 뭐냐 하면 남편이 표현 방식과 아들이 표현 방식이 똑같아요. 제가 그 아빠한테 질문을 하면 30초에서 1분 동안 말을 안 하고 가만히 있어요. 그런데 아들도 똑같아요. 제가 아들에게 질문하면 가만히 있어요. 신기하더라고요. 두 살 아래 여동생이 있는데 오누이가 싸울 때하고 엄마 아빠가 싸울 때하고 똑같아요. 아들은 아빠 성향, 딸은 엄마 성향을 닮았죠. 딸도 따따따 따발총이예요. 아빠하고 아들은 말할 때 높낮이가 없어요. 그러니까 제가 잘 들어야 해요. 그래야 어느 게 중요한지 알 수 있어요.

그런데 이 케이스는 남편이 원가족에서 아버지하고 걸려 있어요. 아버지가 군인이었어요. 형과 누나가 명문대를 나와 전문직에 있고, 이 아들은 의사가 됐으니 자식들이 다 성공한 건데 이 아버지는 자식들한테 한번도 칭찬을 해 준 적이 없대요. 제가 아버지한테 '아버님, 아드님들 두 분이 다 명문대에 합격을 했는데 그때 칭찬을 해 주셨습니까?' 하고 물어봤더니 한번도 해 본 적이 없대요. 그래서 제가 '왜 그러셨어요?' 하고 이유를 물어보니까 자기는 아버지가 일찍 돌아가셨고 어려서부터 그 누구한테도 칭찬을 들어 본 적이 없대요. 그리고 칭찬을 해 주면 애들이 기고만장할 것 같아서 애들 건방 떨지 말라고 칭찬을 안 했다는 거예요. 그거보단 제가 볼 땐 전자가 더 크죠. 그 아버지는 칭찬을 받아 보지 못했기 때문에 칭찬을 못하는 겁니다.

아버지가 그러시는데 부인(어머니)이 사교성이 전혀 없었대요. 부하들과 회식하고 나서 집에 데려오면 부인(어머니)은 술상만 차려 주고 자기 방으로 들어가 버린대요. 둘째 아들(남편)도 똑같다는 거예요. 아버지가 한겨울에 아들들에게 세수하라고 했대요. 큰아들은 잽싸게 세수를 했는데 둘째 아들은 추워서 안 한 거예요. 아버지가 둘째 아들 얼굴에 바가지에 있는 찬물을 끼얹어 버린 거예요. 군인이잖아요. 아들이 울고불고 난리가 난 거예요. 아버지가 둘째 아들을 나무라니까 엄마가 그 아들을 때렸어요. 그런데 그 순간 아들의 코에서 코피가 났어요. 아버지가 애를 방에 데리고 들어간 후 엄마가 들어왔는데 손에 식칼을 들고 온 거예요. 남편이 기겁을 한 거죠.

그런데 어머니가 식칼을 들고 와서는 아버지한테 애를 죽이라는 거예요. 그 어머니는 남편이 미워서 그랬던 거예요. 그때 남편이 부인에 대한 감정을 알아차렸어야 했는데 남편이 못 알아차렸을 거 같아요. 그런데 당한 건 아들이란 말이예요. 아들은 그 사건으로 어마어마한 충격을 받았거든요. 아버지는 큰아들은 자기가 말하면 즉각 행동으로 따르는데 이 아들은 지 엄마를 닮아서 동작이 굼떴다 이거예요. 그래서 아버지 눈 밖에 난 거예요. 부모 싸움의 가장 큰 피해자는 아이들이예요. 아버님이 상담을 하면서 저에게 옛말에 여우 같은 여자하고는 살아도 곰 같은 여자하곤 못 산다고 하시면서 자기 부인은 곰이라는 거예요. 그건 자기 부인을 아들 앞에서 비하하는 거잖아요. 그리고 너도 네 애미 닮아서 곰 같다 라는 메시지거든요.

애 아빠는 명문대 의대를 나와서 우리나라에서는 거의 탑인데 부인은 쪼아 대죠. 부인 불만은 성관계를 10년 동안을 안 했다는 거예요. 그런데 남편이 술만 먹고 들어오면 더듬는데 그게 싫은 거예요. 부인 입장에서는 남편이 부인을 사랑해서 더듬는 게 아니라 술 먹고 취해서 다른 여자를 생각해서 더듬는다는 거예요. 그 저변에 보면, 이 부인의 아버지가 전문직에 있었는데 잔소리가 장난 아니예요. 손주들이 외가에 가서 밥을 먹을 때 밥상에 생선이 있으면 외할아버지가 생선에 대해 일장 강의를 한대요. 그런데 이러한 친정아버지의 방식과 부인의 방식이 똑같아요. 그 표현 방식이 상대편을 질리게 만들거든요.

성격 차이보다는 대화 방식의 차이

상황이 다른 두 가정에서 만나 그렇게 큰 스트레스가 없었어요. 그러니까 크게 부닥칠 일이 없잖아요. 나름대로 기본적으로 뭔가 해결이 되면 기존의 대응 방식으로도 해결이 됐다는 거예요. 그런데 언제부터 부부 관계가 안 좋았나 보니까 7년 전에 위기가 들어왔는데, 위기를 대처하는 방식이 그전에는 큰 스트레스가 없었기 때문에 평상시 대처 방식으로 통했어요. 그런데 커다란 위기에는 그 대처 방식 가지고 안 된다는 거죠. 그런 가운데 의견 충돌이 왔는데 보통 사람들은 그걸 성격 차이에서 오는 충돌이라고 하지만 저는 표현 방식에 있어서 문제를 해결하려고 했던 방식 자체로 인하여 충돌이 온다고 보는 거지요.

두 분이 지금 부닥치는데 남편이 스트레스를 풀지를 못하니까 술에 의지해서 감정의 표현을 하거든요. 그런데 애들은 아빠가 술 먹지 않았을 때는 아빠의 감정을 표현하지 않다가 술만 먹고 나면 자식에 대한 사랑 표현을 하니까 이러한 아빠의 표현을 술주정으로 보는 거죠. 특히 저녁 늦게 아빠가 술 먹고 와서 수염이 약간 까실한 상태에서 아이들이 이쁘다고 애들 볼에 비벼 대면 애들은 아프고 귀찮아서 돌아 버리거든요. 그런데 아빠는 자신의 아버지한테서 자식들이 느낄 수 있는 사랑을 표현하는 방법을 배우지를 못했다는 거지요.

부부 갈등에 대한 요인들

위 사례에서 부부 갈등에 대한 내용을 살펴보면 다음과 같다.

첫째, 남편은 원가족에서 가족들 간에 정서적 애착 관계가 없었고 스킨십이 없어서 부인의 감정 표현에 어색하였다. 부인은 남편이 직장에서 또는 경제적인 위기로 스트레스를 받았을 때 남편을 편들어 주기보다는 오히려 남편에게 핀잔을 주는 표현을 하였다. 이러한 부인의 비공감적인 반응이 남편으로 하여금 부인과 대화하고 싶은 감정을 사라지게 하였다. 이로 인하여 남편은 부인에게 의도적으로 무관심을 보였는데 그 예로 부인의 전화를 받지 않거나 문자 회신을 하지 않았다. 이러한 남편의 방식이 부인을 더욱 자극하게 되었고 부인은 남편을 차갑게 대하게 되었다. 부부간 서로에 대한 공감적 반응이 없고 서로의 방식을 인정하지 않는 태도가 부부 갈등을 더욱 악화시키고 있었다. 이와 같은 부부 갈등으로 인하여 남편은 음주를 하고 귀가하여 부인에게 언어 폭력과 물건을 던지는 행동이 나타났다.

둘째, 부부는 대화 단절로 인하여 성관계를 거의 하지 않았다. 부부는 수년 동안 성관계가 없었고, 남편은 부인에 대한 성적 흥미가 전혀 없었으며, 자위행위를 통해 성적 욕구를 충족하였다. 한편 성행위 시 남편은 심인성 발기부전의 증상이 나타났으며 부인에게 나가서 바람을 피우라고 하며 부인에 대한 무관심을 보였다.

셋째, 남편은 원가족에서 부모와 미해결된 감정이 있었다. 남편은 어릴 때 워낙 말이 없었는데 친척이 남편에게 '쟤는 원래 말 잘 안 해?', '어! 쟤 말하네!'라며 무시하며 빈정대는 말로 인해 주눅이 들었다. 더군다나 아버지의 급한 성격과 일방적 태도 및 강압적인 표현 방식으로 인해 남편은 더 위축되었다. 이로 인해 남편은 타인과 대화할 때 상대방을 의식하여 말을 하기 전에 먼저 생각하고 그다음에 말을 하였는데 이 방식이 남들에게는 매우 갑갑하게 느껴졌다. 특히 성격이 급한 아버지는 이러한 아들(남편)이 답답하였으며 아들이 즉각적인 반응을 보이지 않았을 때 아들을 많이 야단쳤다. 예를 들어 앞에서 언급한 추운 겨울날 아들을 강하게 키우려고 찬물로 세수하라고 했을 때 아들이 안 하겠다고 고집을 부리자 물을 부은 사건이 있었다. 그러나 아들은 그 황당한 사건에 대한 상처와 충격, 억울한 감정을 여태까지 가족에게 말해 본 적이 없었다. 따라서 어려서부터 남편은 자신의 감정을 표현하는 방법을 가정에서 습득하지 못하고 살아왔다. 남편의 이러한 굼뜬 행동과 표현 방식은 자신의 어머니와 유사하였으며, 아버지는 아내의 비사교적이고 빠르지 못한 행동에 불만이 있었고 이러한 아내의 행동을 닮은 둘째 아들도 못마땅했다. 결과적으로 남편은 어려서부터 엄마를 닮아서 행동이 빠르지 못하고 비사교적인 성격으로 인하여 그 반대의 성격의 소유자인 아버지와 충돌이 있었다. 이와 같은 남편(아들)과 아버지와의 미해결된 정서로 인해 남편은 위축되었고 부자간에 소원한 관계를 유지하였으며, 이로 인해 결혼을 통해 원가족에서 벗어나고 싶었다. 그런데 결혼해서 만난 부인이 자신의 아버지처럼 급하고 잔소리가 많은 사람이었다. 부인은 마치 시아버지처럼 남편이 반응을 늦게 하면 남편을 답답하게 생각하여 남편을 기다리지 못하고 다그치는 방식을 보였다. 또한 부인은 남편을 닮은 아들에게도 남편에게 사용하는 유사한 방식을 사용하였고 아들은 이러한 엄마의 표현 방식에 스트레스를 받고 있었다.

넷째, 부부 갈등에 영향을 미친 문제를 해결하려고 시도했던 역기능적인 표현 방식의 흐름을 살펴보면 다음과 같다.

시아버지, 부인, 딸, 친정아버지는 서로 유사한 기질과 행동 패턴을 가지고 있었으며, 그 반대 유형의 가족들과의 관계에서 문제를 해결하기보다는 상대방과 마찰을 일으키는 방식을 사용하고 있었다. 예를 들어 위 네 사람은 말이 없고 반응이 느리고 반응을 보이지 않는 사람들에게 강압적이며, 일방적인 표현과 잔소리를 하였고 매우 빨리 말을 하였으며 조급하고 집요한 대처 방식으로 반대 유형의 가족들에게 위축감과 거부감을 들게 하였다. 또한 이러한 표현 방식으로 인하여 부인은 유사한 성향을 가진 친정아버지와 딸과도 마찰이 있었다. 한편 시어머니, 남편, 아들이 유사한 기질과 행동 패턴을 가지고 있었는데 이 세 사람 모두 소극적인 의사소통 방식, 애착 부재, 융통성 부족, 그리고 정서적 단절을 추구하는 패턴을 보였다. 즉 이 세 사람은 말이 없고, 반응이 없거나 느리고 우회적으로 불만을 표현하였다. 이와 같은 표현 방식은 반대 유형의 가족을 힘들게 하였고 갈등을 야기시킬 수 있었다. 예를 들어 남편은 부인이 아들을 야단칠 때 남편이 들으라는 메시지로 받아들였고, 부인이 아들을 야단치는 모습이 자신이 어렸을 때 아버지가 야단치는 모습과 유사하다는 것을 느꼈다.

이 사례는 15회기의 상담(남편, 부인, 아들, 딸, 시아버지)을 통해 치료자는 부인의 친정과 시댁에서 내려오는 미해결된 정서와 다세대 간 전수되어 오는 표현 방식, 그리고 핵가족 구성원들 간에 문제를 해결하려고 시도해 왔던 표현 방식을 탐색하여 가족 구성원들(부모, 자녀, 시아버지)에게 그 역기능적인 표현 방식과 다세대 전수 과정을 설명하였다. 따라서 치료자는 가족 구성원들에게 대응 방식의 변화에 대한 필요성을 설명하였고, 지금까지 시도해 보지 않았던 솔직한 표현 방식을 코칭하였다. 특히 치료자는 상담 과정에서 가족 구성원들 간의 긍정적인 관계와 성공적인 대화 경험, 솔직한 표현 경험 등을 지속적으로 탐색하며 활용하였다.

가족치료를 통한 가족 구성원들의 변화를 살펴보면, 부인은 자신의 문제점을 인식하게 되면서 대화 도중 끼어들지 않고, 자녀들을 비난하고 야단치는 표현과 짜증이 감소하였고, 상대방에 대한 배려, 칭찬의 시도 등의 새로운 행동의 변화와 함께 강한 표현의 감소와 말투의 변화가 나타났다. 남편은 상담 전에는 집안일을 도와주면서 궁시렁거리거나 잔소리가 심했는데 상담 후에 말없이 도와주고 잔소리가 줄었으며, 음주 횟수와 늦은 귀가 횟수가 줄어들었다. 이와 같은 부모의 변화는 아들의 집중력 저하와 주의 산만, 학습태도 불량 등의 증상을 감소하게 하였고 궁극적으로는 아들의 감정 조절과 집중력이 향상되는 변화가 나타났다.

닦달

남편이 눈길 한번 안 주고 말 대꾸 안 해 주고 그러면 남편이 부인을 무시한다고 보실 수 있고, 남편은 '여자가 왜 저렇게 닦달이야.', '왜 자꾸 말을 톡톡 끊어.'라고 생각할 수 있어요. 본인들은 상대방의 행동에 문제가 있다고 생각합니다. 저는 그렇게 안 보고 두 사람의 의사소통하는 방식이 역기능적이라는 거예요. 문제를 해결하려고 시도했던 방식 자체가 안 먹히는 방식이기 때문에 관계가 악화된 거죠. 그러니까 초점을 그 문제를 해결하려고 했던 상호작용 방법에 두는 거예요. 그동안 문제를 해결하려고 했던 방식을 잡고 이 방식이 아닌 새로운 방식으로 변화시켜야 해요. 그러면 남편이 갖고 있는 부인에 대한 오해도 조금씩 풀리실 수 있고 감정의 변화가 올 수 있을 거예요. 그리고 부인께서도 남편이 말을 좀 더디게 하면 답답해서 닦달을 하는데 한 템포 늦춰서 기다릴 수밖에 없지 않을까 싶어요. 그러면 남편께서 표현하는데 조금 편하게 하실 수 있으리라 봅니다. 그런 가운데 부인은 우리 남편이 저런 생각을 가지고 있었다는 걸 알 수 있게 되고 또 말하지 않았던 부분에 대해서 오해가 있었다는 사실을 깨닫게 되지요.

잔소리는 상처가 된다

아들이 만화 보면 엄마는 열받아요. 공부를 안 하면 속상해요. 그래서 공부해라. 만화 좀 작작 봐라 이런 주의를 줘요. 이 지적이 틀리지 않아요. 중요한 건 애가 이 잔소리로 변화하지 않는다는 거예요. 그걸로 인해서 다른 관계까지 나빠져요. 딸은 어리버리해요. 딸이 실수를 해서 음료수를 쏟았을 때 '넌 기본이 안 돼 있어'라던지, '주의 좀 해라 주의 좀!', '왜 이렇게 덜렁되니!'라고 주의를 줬어요. 엄마 입장에서 봤을 때 그게 사실이예요. 하지만 그 표현으로 인해서 애가 주의를 갖게 되고, 덜렁되지 않았으면 좋겠는데 실수가 반복되고 있어요.

애가 덜렁되고 싶어서 덜렁되는 게 아니거든요. 그렇다면 표현의 변화를 해야 해요. 일단 공부하라는 말 좀 그만하라는 거고, 만화 볼 때 간섭하지 말라는 거죠. 엄마는 딸은 성격이 좋아서 주의를 줘도 상처를 덜 받는다고 생각하는데 그렇지 않습니다. 아무리 성격이 좋아도 할퀴면 상처가 나요.

거 봐라

자녀들이 보면 학교에서 있었던 일을 엄마나 아빠한테 내놓는단 말예요. '네가 잘못해서 맞았지!', '네가 그러니까 담임한테 야단맞는 거야!' 이렇게 모든 것을 자녀 탓으로 돌린단 말예요. 그러면 자녀들이 '아, 이 말은 해 봤자 엄마 아빠한테 야단맞고 또 내 잘못이 되겠구나!'라고 생각하는 거예요. 그럴 바에는 얘기를 안 하는 게 낫겠다고 생각하고 입을 다물어 버려요. 두 분 간의 대화에서 어떤 스트레스를 받았을 때 그걸 내놓으면 그것을 흡수해 주기보다는 '거 봐, 내 그럴 줄 알았어!', '내가 그때 그랬잖아!', '당신 내 말 안 듣더니…' 이런 식으로 나와요. 두 분이 대화하는 방식 자체가 효과적이거나 기능적이지 못하다는 거예요.

터부시하는 성

머리 쓰는 사람들이 성을 대하는 태도에 두 가지 타입이 있어요. 상당히 발달해서 풀어 버리는 사람과 터부시하는 사람인데, 남편은 약간 터부시해요. 남편은 학생 때 그 왕성한 시기에 그 욕구를 자제를 했대요. 너무나도 욕구를 자제하다 보니까 결혼했을 때 조금 미흡했어요. 그러다 보니까 별로 욕구가 안 생기는 거예요. 잘 못하니까 안 하게 되고 안 하니까 생각이 없어진 거예요.

성 욕구를 억누르다 보면 스킨십도 경직화됩니다. 신체적인 접촉을 안 하면 부인은 남편이 자기를 냉대한다고 생각해요. 그래서 부인은 남편이 아침에 출근할 때 쳐다보지도 않아요. 보기 싫은 거죠. 남편도 표정이 굳어집니다. 그 방식으로는 부인을 변화시키기보다는 더 코너에 몰아넣어요. 부인 입장에서는 남편이 야비하다는 거죠.

안 먹히는 방식은 버려라

그런데 지금 경제적인 스트레스가 크거든요. 이 문제는 상담으로 풀수가 없어요. 그럼에도 불구하고 두 분이 지금 변하고 있다는 생각이 들어요. 남편은 시간이 많이 걸릴 것 같아요. 부인이 남편을 덜 자극하고 애들하고의 관계에서도 덜 충돌을 하면 변화가 일어날 거예요. 남편의 방식이 잘못되었다고 지적하지 말고 그냥 받아 주세요. 같은 넥타이를 한 달 내내 매도 그냥 놔두라는 거예요. 그런데 부인은 자기가 못 견뎌서 남편보고 '넥타이 이거 해.' 하면서 갖다 주는데, 그 방식이 부부 관계가 좋으면 아무 문제가 안 돼요. 그런데 부부 관계가 안좋으면 그것도 거슬리는 거죠. 왜 또 간섭하냐고 볼 수 있단 말이죠. 그런데 그 저변에는 남편이 요구하는 걸 부인이 안 들어 주는 게 있었을 거라고 보는 거죠. 남편은 제발 좀 자기를 놔 뒀으면 좋겠다고 했거든요. 남편도 그 넥타이가 좋아서 매일 매는 것이 아니라 부인에 대한 항의 표시예요. 지금 남편은 직장 문제로 마음이 편치 않아요. 남편이 힘들어 할 때는 조용히 지켜보는 것도 한 가지 방법입니다.

엄마 대리전하는 딸
-아빠의 외도와 남편을 폭행하는 부인

부인(43세)이 분노 조절이 안 되어 남편을 두둘겨 패요. 화가 나면 남편 컴퓨터를 집어던져요. 하드디스크가 망가졌어요. 그래서 부부 싸움을 했는데 부인은 이혼하겠다고 노발대발하고, 남편은 그래도 상담을 통해 살아 볼 방법을 찾아보겠다고 남편이 상담을 의뢰했어요. 부인은 1녀 2남 중 장녀로 불면증과 우울증을 가지고 있었고 남편이 상담을 하더라도 자신은 변화하지 않을 거라고 생각하고 있었어요. 이 사례는 총 14회기의 상담을 진행하였는데 부부, 친정어머니, 두 명의 친정 동생이 상담에 참석하였고, 친정아버지는 전화상담을 하였어요.

남편은 3남 5녀 중 막내아들이었고, 어머니하고 분리가 되어 있지 않았어요. 남편의 메모장에는 '아! 내가 엄마의 말을 잘 들어야 되겠다. 우리 가족이 일주일 동안 살아남기 위해서는 엄마 성질을 건드리지 말아야 한다. 그러기 위해서는 엄마가 화 안 나게 잘 맞춰 드려야 된다.' 라고 써 있었어요. 그리고 남편이 저에게 '어머님이 87세인데 오늘 내일

하시거든요. 그래서 어머니 뵐 날이 별로 안 남았는데 만약에 이런 식으로 하다가 어머니가 돌아가신다면 제 마음속에 심어진 못을 아내가 어떻게 풀어 줄 거냐?'고 말하더라구요. 또한 시댁 가는 문제로 부인이 스트레스를 많이 받았어요. 남편은 부인과 시어머니 사이에 갈등이 야기되었을 때 부인의 입장을 두둔하기보다는 시어머니의 입장을 두둔하는 의사소통 방식을 사용하여 왔고, 부인은 남편의 이러한 의사소통 방식으로 인하여 격앙된 상태로 남편에게 욕을 하면서 폭력을 사용하였어요. 그런데 부인은 자기 아버지하고 걸려 있었어요. 아버지가 외도를 했어요. 엄마가 아버지 외도로 스트레스를 많이 받았는데 그 얘기를 딸한테 시시콜콜 다 한 거예요.

부인이 결혼하고 나서도 남동생하고 싸우다가 귀싸대기를 때리고 물어뜯고 그래요. 부인이 좀 거칠어요. 왜 그런가 봤더니 부인의 아버지가 분노 조절이 안 돼요. 딸하고 아빠하고 부닥쳤는데 그 저변에는 엄마가 아빠하고 부닥치지 못하고 딸이 아빠하고 적대 관계로 대리 싸움을 하는 거예요. 그런데 엄마 아버지 두 사람과 상담을 해 보니까 엄마하고 아버지가 의외로 부부 관계와 성관계가 좋은 거예요. 엄마는 남편이 외도를 했음에도 불구하고 자기를 사랑한다는 걸 알아요. 그래서 내가 그걸 딸에게 얘기해 주니까 딸이 돌아 버리는 거예요. 자기는 엄마가 아버지를 싫어하고 외도한 아빠가 나쁜 사람인 줄만 알고 엄마를 대신해서 자기가 아빠와 싸운 건데 엄마가 아빠를 사랑했다는 사실에 배신감을 느끼는 거예요. 자긴 희생자라는 거죠.

모녀 상담하면서 딸이 울고불고 난리를 피우다가, '나의 삶은 나의 삶이라는 것을 알았다.'고 해요. 딸이 엄마와 분리 작업을 스스로 하

게 된 거예요. 실제로 부부 관계가 안 좋아서 자녀들을 끌어들이는 삼
각관계가 있어요. 어린 자식이든 성인이 된 자식이든 부모의 삼각관계
에서 떨어져 나와야 합니다. 이게 '탈삼각화'라는 거예요. 부모는 자녀
가 없는 상태에서 부부만의 재조율에 들어가거든요.

감정의 누적

부인이 친정아버지에 대한 부정적인 감정이 누적이 됐는데 실제로 결
혼할 때 아버지가 아버지의 역할을 했어야 하는데 퇴직했다는 이유로
역할을 못했어요. 그러면 아버지가 자존심이 상하더라도 '내가 이러이
러한 상황이라 내가 너한테 경제적으로 도움을 못 준다.'라든지 하면
서 아버지의 솔직한 심정을 얘기했다면 오히려 덜했을 텐데 아버지가
아무 말도 안 하는 거예요. 딸 입장에서는 아버지와 대화가 안 되는
가운데 부정적인 감정이 더 꼬여 갔죠. 표현을 안 하면 서운한 감정은
겹겹이 계속 쌓이거든요.

남편과의 관계에서도 보면 부인은 친정아버지한테서 들었던 메시지,
'니가 문제야!', '너만 잘하면 돼!', '너만 변하면 돼!'라는 메시지를 남편
한테 들으면 아버지하고의 관계에서 해결되지 않은 감정이 남편한테
더 강하게 전달되죠. 아버지하고 대화가 됐더라면 남편하고 관계에서
덜 충돌했을 수도 있고, 아버지한테 위로를 받아 가지고 남편과 좀
편안하게 관계를 맺을 수도 있었는데 양쪽이 다 불편해요. 그러니 이
부인은 우울증으로 자살까지 하려고 한 거죠. 아버지랑 걸린 문제가
남편하고 부닥치고 아버지에 대한 불만이 남편과의 문제를 더 크게
확대시켰다고 봅니다. 특히 남편의 부인을 탓하는 표현 방식이 친정

아버지의 표현 방식과 유사했다는 거지요. 그런 가운데 친정어머니는 딸에게 친정아버지의 외도로 인한 힘든 감정을 표현했고, 분노 조절이 안 되는 친정아버지로 인해 부인은 아버지와 충돌했어요. 그런데 부인이 빡쳤을 때 쓰는 표현 방식은 그렇게 싫어했던 친정아버지의 표현 방식을 그대로 쓰고 있었어요. 그 방식이 남편을 매우 힘들게 하면서 계속 충돌을 하였지요. 그런 가운데 남편은 외국에서 10여 년을 살다가 귀국하여 홀로 되신 어머니를 위해 매주 방문을 하였구요. 부인은 잦은 시댁 방문으로 인해 남편과 자주 싸우게 된 거지요. 이럴 때 나오는 두 분의 표현 방식은 남편은 이성적으로 차갑게 대처하였고, 부인은 남편의 그러한 대처 방식이 자신을 무시한다고 생각하여 분노 조절이 안 되어 남편에게 집기를 던지거나 폭력을 행사한 거지요. 마치 친정아버지처럼.

싸잡아서 되새김질하기

부인의 아버지가 굉장히 강하시고 전혀 변화가 없으세요. 부인의 어머니는 그에 비해 아주 순종적이세요. 설사 남편의 의견에 반대를 하더라도 부닥치지 않으세요. 이것이 어머니가 살아오신 전략이죠. 그 전략을 아들들도 쓰면서 아버지하고 관계를 유지했던 것 같아요. 아버지하고 반대되는 의견이 있더라도 제시해 봤자 아버지는 안 굽히니까. 일단은 순응을 한다는 거죠. 아버지 의사소통 방식이 항상 과거를 싸그리 끄집어내 싸잡아 공격을 하는 건데 딸(부인)도 아버지의 그런 의사소통 방식을 쓰고 있었지요. 과거를 되새김질하는 건 습관이거든요. 남편은 지금 사건만 한정져서 얘기하고 싶은데 부인은 과거 생각지도 않은 것까지 끄집어내서 따지니까 남편은 돌아 버리는 거죠.

그놈의 효 때문에

부인 입장에서는 시누이가 너무 많아요. 그만큼 감시병들이 많다는 거예요. 어머니가 마흔세 살 때 막내로 아들을 낳았으니 이 관계는 정말 밀착된 관계라고 봅니다. 어머니하고 관계가 끈끈하겠지만 결혼을 하면 그 끈끈한 관계가 조금 엷어져야 한다는 거죠. 결혼하기 전에 어머니와의 관계가 여덟에서 아홉 정도의 강도를 갖고 계셨다고 이제는 삼, 사 정도로 줄이고 육, 칠은 부인한테 쏟아야 해요. 그런데 아무리 외국에서 오랫동안 생활하셨던 분들도 한국의 효라는 윤리에서 벗어나지 못합니다. 그게 잘못됐다는 차원이 아니고 결혼을 했으면 부부가 주가 돼야 한다는 거죠. 그런데 한국 문화에서는 그게 잘 납득이 안 돼요. 특하나 남편처럼 어머니 연세가 많으시면 자식들이 '우리 엄마가 사시면 몇 년이나 산다고' 하면서 사시는 동안 엄마한테 잘해 드려야 한다고 다짐하죠. 물론 필요합니다. 다만 자기 가정을 지키면서 효도를 하라는 거지요.

사면초가

부인은 친정에서도 부닥치죠. 아버지는 물론이고 동생들하고도 관계가 안 좋고 엄마한테 불쌍한 마음이 들면서도 왜 그러고 사나 싶어 짜증이 납니다. 남편하고도 시댁 문제로 민감하게 부닥치고 있어요. 사면초가입니다. 남편은 어머니한테 가면 편히 쉴 수 있지만 부인은 친정에 가도 편히 못 쉬어요. 그러니까 부인한테는 지지 체계가 없어요.

지금 부인이 이혼할 생각에서 많이 우회를 하고 있어요. 남편하고 관계를 긍정적으로 보고 있는 것 같아요. 부인이 지금 괴로워하는 건 구타 문제예요. 자기가 그랬다고 자책을 하고 있어요. '나 혼자 사라지면 되는데'라는 메일을 보내왔어요. 죽음을 생각하고 있다는 거예요. 그것은 부인 자신의 문제가 아니라는 것을 설명해 줘야 사면초가에서 벗어날 수 있어요. 부인은 지금 벼랑 끝에 몰려 있다고 생각하거든요.

남편이 집에 안 들어오면

남편이 집에 안 들어왔어요. 못 들어간다는 전화도 없었고, 부인이 학교에 전화했더니 전화를 받아요. 학교에서 연구를 했다고 하더래요. 연구를 하는 건 좋지만 미리 연락을 하지 않고 외박을 한 건 부인에게 불만을 표시하는 거죠. 부인이 '나도 당신네 집에 안 간다.'고 한 거예요. 부인도 화가 나서 남편을 난처하게 만들려는 것이죠. 사실 남편 입장에서는 황당무계할 거예요. 자기는 항상 당하고 있다는 생각에 억울할 겁니다. 남편은 자신이 정당하다고 믿고 있으니까요. 그런데 그때 부인이 몸도 안 좋았어요. 남편이 그걸 배려해 주지 않는 것이 서운했어요. 시댁에 가고 안 가고 하는 문제로 남편이 외박을 해서 부부 관계를 위기에 빠뜨리는 것은 현명하지 않죠. 제일 중요한 건 부부 관계를 유지시키는 것 아닙니까?

표현이 과함

남동생 둘이 밥을 먹고 나서 누나가 '야, 너희 밥 그릇 싱크대에 갖다 물 부어 놔!' 그러면 아빠가 느닷없이 나서서 '니가 해! 왜 동생들 시키냐!' 이런대요. 남자는 그런 일 하는 거 아니라고 한대요. 따님의 얘기는 자기는 대학 다니면서 아르바이트하고 집안 일 돕고 자기 나름대로 가정을 위해 과도한 역할을 했는데 아버지는 말썽만 피우는 아들 편을 들어준다는 거예요.

그런데 아빠는 딸의 표현이 너무 과했다고 느끼셨던 것 같아요. 사실 화가 나면 무슨 말인들 못하겠어요. 그러면 아빠로서 딸을 수용해 주기보다는 그냥 맞대응을 했던 것 같아요. 어떻게 보면 부인의 화났을 때 모습은 어린 시절 보았던 아빠의 화났을 때 모습이 나타나지 않았나 싶어요. 그리고 지금 동생하고 관계에서 느껴지는 것은 누나의 표현이 너무 과했다는 거예요.

'너 여자 만나지 않았냐?' 하면서 생사람을 잡는 거죠. 부인은 아빠의 외도 때문에 동생들의 여자 문제에 민감했어요. 기본적으로 인간에 대한 불신감이 컸지요.

내가 다급해진 상황에서 남을 배려하는 여유가 있을 수 없다는 것을 이해해야 해요. 부인은 상처가 너무너무 많아요. 음악을 하는 집 아이들은 대체적으로 부유한 집안인데 부인은 전혀 그렇지 못했죠. 악바리처럼 노력해 가지고 명문대학을 간 거예요. 경제적으로도 가정적으로도 너무 힘든 일이 많다 보니까 좋을 때는 괜찮은데 뚜껑이 열리면 쌓였던 감정들이 풀어지지 않는 거예요. 상담을 하면서 제가 한 역할은 그 감정을 풀 수 있도록 표현을 유도한 거예요. 부인이 처음에는 나를 믿지 못했어요. 내가 부인에게 왜 이렇게 표현이 될 수밖에 없었는가에 대한 설명을 해 주자 나를 신뢰하더군요.

진짜 해야 할 말

그런데 사실은 아버지가 딸을 굉장히 사랑했대요. 어머니 얘기로는 아버지가 어디 가면 그렇게 딸 자랑을 했다고 합니다. 그런데 딸은 그런 사실을 모르죠. 어머니가 조금만 현명하셨다면 딸에게 아버지의 진심을 알려 주었을 거예요. 그런데 어머니는 아버지가 바람 피우고 엄마한테 심하게 한 말만 했지 두 분이 서로 사랑하고 있었다는 말은 딸에게 안 해 주었듯이 정말 필요한 말은 전해 주지 않았어요.

어머니가 말을 안 하면 아버지라도 하면 되는데 아버지도 마음에 안 들면 관계를 다 끊어 버려요. 그런데 하필 절연하는 관계에 딸이 딱 걸린 거예요. 아버지는 집안 형제분들하고도 관계가 안 좋으세요. 그런데 따님은 성향이 아빠 쪽에 가까워서 아빠와 부닥치는 게 있어요. 그런데 지금 마음이 편안해지셨다는 건 뭐냐면, 제가 '어머니 아버지 부부 관계가 이렇게 좋습니다. 사랑합니다.'라고 했는데 부인이 억울하신 거예요. 그럼 나는 뭐냐 이거예요. 아버지는 연세는 드셨지만 아직도 옛날 방식을 그대로 유지하세요.

여기 오셨었던 첫 번째 목적은 이혼을 할 것이냐 말 것이냐를 결정내리기 위해서였죠. 그럼 저는 두 분이 좋은 관계를 다시 회복하는 게 첫 번째 목표였어요. 두 분의 부부 관계는 상당히 회복되었다고 저는 느껴집니다. 두 부부 관계에서 저의 역할은 끝났다고 보는 거예요.

이 사례에서 부부는 지금까지 시도해 보지 않았던 새로운 표현 방식 또는 과거에 사용했던 기능적이고 효과적인 의사소통 방식으로 대체시키면서 상담을 하는 동안은 부인이 원하는 한 시댁을 방문하지 않았고, 남편만 시댁을 방문하였어요. 남편 또한 처가 방문을 원하지 않았기 때문에 상담하는 동안 처가를 방문하지 않았죠. 특히 설 명절 때 남편은 혼자 시댁을 방문하였고 부인은 친정과 시댁 모두 방문하지 않아서 두 사람 간의 충돌은 없었어요.

부인은 어머니가 아버지를 사랑하였다는 말과 아버지 또한 어머니를 사랑하였다는 말을 들음으로써 자신은 어머니로부터 속았다는 느낌을 받았지만 한편으로는 친정 부모로부터 정서적으로 분리를 할 수 있는 계기를 맞이하였죠. 특히 어머니와 동생들을 통하여 아버지가 딸(부인)을 매우 자랑스러워했다는 것과 딸을 제외한 다른 가족들에게 늘 딸 자랑을 했다는 것, 그리고 딸이 야무지고 공부를 잘 하는 것을 보면 자기(아버지)를 닮았다고 좋아했다는 말을 듣게 되어 아버지에 대한 부정적인 감정이 많이 해소되었어요. 그러나 아쉽게도 아버지는 딸(부인)에게 직접 칭찬을 하지 못하였죠.

상담을 하다 보면 부모들은 자식 또는 상대 배우자에게 칭찬을 직접 못하는 경우가 너무 많아요. 그 이유는 칭찬을 하게 되면 상대방이 교만해질 것 같다고 생각하는 거예요. 다른 가족들과 다른 사람들에게는 배우자 또는 자식을 자랑하면서 말예요. 이런 경우는 거의 대부분이 원가족에서 자라올 때 부모로부터 직접적인 칭찬을 못 들어 본 경우가 많아요. 칭찬을 표현하는 방식을 부모로부터 학습하지 못해서 그런 표현을 하는 게 쑥스러워서 할 수 없는 거예요. 참 아쉽게도!

숨을 못 쉬는 여자

-전환장애

남편이 마흔세 살, 부인은 마흔 살이었는데 부인이 전환장애예요. 부인은 대학병원 정신과에서 두 달 동안 입원했었어요. 부인이 어떤 증상이 있는가 하면 상담할 때 추석이 얼마 안 남았는데 남편이 부인에게 시댁에 가야 한다는 메시지를 주는 거예요. 그러자 부인이 말을 못하다가 갑자기 숨이 탁 멎어요. '억~억~ 죽을 것 같애.' 나도 당황해서 '약 안 갖고 계세요?' 부인이 '약이요~' 하면서 말을 못해요.

남편이 약을 안 갖고 온 것 같대요. 남편이 겁나니까 '교수님, 오늘 상담 여기서 끝내시죠.' 그런데 난 그것 갖고 죽을 일이라고 생각하지는 않았거든요. 숨이 막히는 걸 보면서 아, 저 증상이구나! 이 부인이 왜 저 증상을 갖고 있나 봤더니, 애 문제로 부부가 싸웠어요. 그리고 애를 1년 동안 미국에 데려갔었어요. 6개월 동안은 이 엄마가 자기 아들이랑 모르는 다른 집 애하고 함께 살았어요. 자기 남편이 아는 어떤 사장네 애를 함께 데려갔거든요. 미국에서 언어도 안 통하는 데다 함께 간 애도 만만치 않았어요. 이 엄마가 함께 데려간 애 때문에 스트레스를 엄청 받는데 남편한테 얘기하면 나도 사업하느라 힘들어 죽겠는데 니가 알아서 해라 이런 식이었던 거예요. 그러니 남편하고 대화가 안 되는 거예요. 그런데 부부가 신혼 초부터 대화가 안 되었던 거예요. 그런데 남편은 보통 고리타분한 게 아니더라구요. 시댁 제사가 1년에 거의 매달 있는 거예요. 부인은 돌아 버려요. 그런데 부인이 왜 남편하고 맞장을 못 뜨냐 물어보니까 남편은 타협할 수가 없는 사람이라는 거예요. '남편의 방식은 밀어붙여요. 남편은 어떻게 해서든지 은근히 밀어붙여요.' 이 부인이 남편과 싸우다가 변화가 없으니깐 체념을 해 버린 거예요. 입을 다문 거지요. 부인은 상대방과 타협이 안 되면 입을 다물어 버리는 게 지금까지 살아가는 전략이었거든요.

부인이 왜 입을 다물었나 봤더니, 친정 집안이 딸이 넷 있었는데 부인은 그중에 장녀예요. 그런데 친정아버지가 택시 기사였어요. 그러니까 부인은 장녀로서 엄마 아빠한테 부담스러운 건, 민폐 끼치는 건 절대 얘기를 안 했던 거예요. 장녀이니까 자기가 모든 걸 가슴에 담아 버린 거예요. 부인은 자신의 욕구를 표현해야 되는데 꾹 눌러 놓은 거예요. 그게 부인이 어려서부터 살아오는 방식이예요. 그런데 남편하고 부닥쳐서 타협을 할 수 있는 사람이라면 자기 표현을 했을 거예요. 그런데 남편이 강하니까 이걸 삭힌 거예요. 그런데 어느 순간 애 문제로 위기가 온 거죠. 부인이 아들은 놔둔 채로 미국에서 6개월 만에 한국에 도착했는데 남편이 부인을 데리고 집에 가면서 그때가 저녁 때니까 당연히 외식을 했어야 되는 거 아닙니까, 그런데 남편이 뭐라냐면 집에 가서 밥해 달라는 거예요. 이 부인은 돌아 버리죠. 한마디로 부인은 남편이 자신에 대한 배려가 눈곱만큼도 없다는 거예요.

그런데 부인의 증상에 변화가 별로 없다가 상담 8회기부터는 부인의 증상이 없어지기 시작하더라구요. 하루에 네 번씩 약을 먹었었는데 점점 줄어들더니 나중엔 하루에 한 번 잘 때만 약을 먹었어요. 어떻게 고쳤냐구요? 다른 것 없어요. 서로 대화를 나누게 했죠. 제가 부인에게 시댁에 가고 싶지 않으면 가지 말라고 했어요. 남편한테 밥해 주기 싫은 날은 외식하라고 했어요. 그리고 남편에게 사업하는 것만 힘든 게 아니라 부인이 집에서 하는 일도 힘들다 하라고 했어요. 그리고 부인도 밥을 하기 싫을 때가 있다고 했어요.

부인이 숨을 못 쉴만큼 고통을 겪고 있는데 남편보고 양보하라고 했죠. 남편의 일방적인 방식이 바뀌니까 부인의 증상이 사라지는 거예요. 그냥 놔두면 부인이 미쳐 버렸겠죠. 그러면 가정이 어떻게 됐겠어요?

편하지 않은 게 문제

두 분만의 관계를 보면 아들이 영어 연수 가기 전까지는 크게 부닥침이 없었어요. 하지만 저는 두 분이 신혼 초부터 맞았다고는 생각 안 들어요. 큰 스트레스가 없으면 그나마 대충대충 어울려서 지내왔을 거라고 보는데 위기가 들어오면 남편이 표현하는 방식하고 부인의 표현하는 방식이 충돌하는 거지요. 부인에게 지금 우울증이 온 배경에는 미국 가서 아들과 다른 사람의 애까지 돌보느라고 힘드셨겠죠. 언어상 오는 스트레스 등 여러 가지가 있었을 텐데, 그것을 내놓고 풀 수 있는 대상이 없지 않았나 싶어요. 전화로 남편한테 얘기를 했지만 남편 또한 어떻게 그걸 풀어줘야 하는지 잘 모르셨던 거예요. 부인이 최소한 '우리 남편은 나를 지지해 주고, 남편하고 얘기하면 참 편하다.' 라고 느꼈더라면 부부 관계가 훨씬 좋았을 거라는 거예요.

남편 때문에 부인이 우울증이 걸렸다는 건 너무 지나친 말이고 부인이 표현해서 풀 수 있는 가장 가까운 상대가 남편인데 의사소통이 안 됐다는 게 내가 보기에는 주요한 요인 중에 하나로 봅니다. 문제가 있을 때 문제를 해결하려고 했던 방식, 예를 들면 애를 과외를 시켜야 된다든지, 학원을 보내도 된다든지 하는데 있어서 의견 절충 방식이 두 사람이 협상을 하기보다는 한 분의 의견을 밀어붙이지 않았냐 이거예요.

서로 다른 해석

명절에 시댁에 갔는데 부인이 돌아오는 날 빨리 출발하자고 그러더래요. 그래야 친정에 갈 수 있다고, 그 말에 남편은 이런 생각이 들었어요. '처가는 뻑하면 가고, 가고 싶으면 얼마든지 갈 수 있는데, 시골에 우리 엄마는 혼자 있는데, 여긴 명절 때나 올 거면서 친정에 못 가 안달이야. 떠나는 날 일찍 떠나면 얼마나 허전하고 공허하겠어. 그거 몇 시간 좀 더 있다 가면 되지!'

부인의 생각은 달라요. 시댁에서는 이미 3일 동안 머물렀어요. 친정에는 언제든지 갈 수 있는 건 맞지만 그날은 특별한 명절이라서 형제들이 모이기 때문에 자기네도 참석하는 것이 당연한 일인 거죠. 남편이 아내에 대한 배려보다는 항상 은근히 자기 원하는 대로 한다는 생각이 듭니다. 한마디로 서운한 거죠.

남편에게 걸려 있는 게 뭔가 봅시다. 남편은 친부모 밑에서 자라신

게 아니라 어려서 큰집에 입양이 되어 큰엄마가 키웠어요. 큰엄마를 엄마로 모시고 있었지만 친엄마와 달리 조심을 하게 되었지요. 남편은 남에게는 예의를 지키고 잘하는 사람이었지만 부인과는 타협이 안 되는 사람이었지요.

저는 상담하면서 대부분 남에게 예절 바르고 친절한 사람들이 집안에서 가족들에게는 그렇게 못하는 경우가 너무나 많은 것을 발견하게 됩니다. 그런데 이렇게 자기 가족에게는 잘 못하면서 남에게 잘하는 데는 어려서부터 부모나 다른 가족들로부터 인정을 받지 못한 경우가 많은 것 같아요. 어떤 경우는 남편이 자기 부인과 자녀들한테는 생일 선물을 챙기지 않으면서 교회에 나오는 아이들한테는 생일 선물을 꼭 챙기는 걸 보았는데 이 경우도 보면 어려서부터 부모와 떨어져서 많은 형제들과 살았는데 막내로서 늘 찬밥 신세였어요. 그래서 남들한테 인정받는 것이 중요한 거예요. 성경에 네 이웃을 네 몸같이 사랑하라고 했지만 네 이웃을 네 가족보다 더 사랑하라고는 하지 않았잖아요. 이웃도 중요하지만 가족을 먼저 챙겨야 된다고 봅니다. 이웃보다는 내 가족이 먼저이지 않습니까? 유명하신 목사님들이 자신의 가족보다는 교인들을 먼저 챙겼지만 결국 돌아가실 때가 되니깐 후회하더라구요. 가족을 등한시한 삶이 죽음을 앞두고 안타까운 거지요.

우리나라에서 내로라할 만한 한 목사님이 큰아들에게 자신이 목회자로서 너무나 바쁜 삶을 살다가 아들들 졸업식에도 한번 참석 못한 것에 대하여 울먹이면서 '내가 바보처럼 살았지?' 하고 후회하는 것을 보았어요. 나중에 죽으면서 후회하지 말고 살아 있을 때 배우자와 자식들을 먼저 챙기는 게 너무나 중요해요. 그러지 않으면 남에

게 잘하는 아버지나 어머니가 배우자나 자녀들에게는 위선자로밖에
는 안 보여요.

나 화났다

남편은 화가 나면 말을 안 해요. 그 의도는 '내가 말 안 하는 것 자
체가 내가 화가 났다는 걸 니들이 알아라!' 이거예요. 그런데 부인이나
애들 입장에서는 '아빠가 지금 심통났어. 심사가 뒤틀렸는데.' 하면서
눈치를 봐요. 아빠의 눈빛과 표정이 다른 가족들에게 불안과 불편을
조성해요. 중요한 건 다른 가족들이 아빠가 왜 화가 났는지를 모른
다는 거예요. 명확하게 내가 뭐 때문에 화가 났다는 걸 말해 주지 않
으면, 부인이랑 애들은 별별 상상을 다 해요. '뭐가 잘못돼서 저럴까?
그것 때문에 화났을까? 이것 때문에 화났을까?' 이유를 알아야 용서
를 빌 거 아녜요. 그러니까 아이들은 모르는 척 외면하는 거예요. 혼자
서 '아빠가 날 싫어하나 보다. 아, 우리 남편이 나를 이렇게 싫어하나?'
라고 판단을 내리죠. 말을 안 하면 본질을 벗어나 전혀 다른 방향으
로 흘러가게 됩니다.

한번은 부인과 함께 장사를 하는 남편이 어느 날 저녁에 부인에게
성관계를 하자고 했는데 부인은 너무나 피곤해서 '내일 해 줄께!' 하면
서 잠이 들어 버렸어요. 그런데 남편은 배고파서 당장 허기진 배를 채
워야 할 것처럼 성적으로 고픈 거예요. 아니 생각해 보세요. 지금 배고
픈 사람에게 내일 밥 줄게 해 보세요. 또 지금 목이 말라 죽겠는데 내
일 시원한 물 줄게 해 보세요. 당사자는 어떤가? 그 남편은 다음날
아침에 괜히 심통을 부리는 거예요. 자식들이 마음에 안 들면 괜히 짜

증을 부리면서 잔소리를 하는 거지요. 부인에게는 반찬 투정을 하거나 무슨 실수를 하면 그걸 꼬투리 삼아 잔소리를 하는 겁니다. 그러면 가족들이 아빠가 오늘 아침부터 왜 저러나? 당황하지요. 어떤 부인들은 남편의 투정을 어저께 성관계를 안 해 줘서 그러나 보다 라고 눈치를 채고 그날 밤에 남편과 성관계를 하려면 어떤 남편들은 삐쳐서 안 하거나 아니면 다른 여자와 성관계를 가지기도 하지요.

또 다른 사례는 부인이 하루에 8번 청소를 해요. 남편은 부인이 성적으로 자신을 대우해 주지 않는 것이 불만이예요. 부인이 늘 오늘 너무 힘드니까 다음에 하자고 한대요. 남편은 부인이 얼마나 야속하겠어요. 하루에 8번 청소할 힘이 있으면 하루에 한 번만 청소하고 자기한테 힘 좀 쓰지! 이런 원망을 하게 되는 거예요.

결혼 생활 40~50년 한 분들도 남자의 성적 생리에 대하여 너무 무지한 경우가 많아요. 물론 성적으로 남편을 거부하는 부인의 이면에는 여러 가지 이유가 있겠지만요. 남편의 외도로 인하여 성적으로 거부하는 경우가 있는가 하면 어려서 성추행 또는 성폭행으로 인하여 성에 대한 흥미뿐만 아니라 혐오감을 느끼는 경우도 많지요.

결혼 첫날밤 부인과 성교를 했을 때 처녀막이 터져 생기는 피가 비치지 않았다고 남편이 부인의 순결을 오해하는 경우도 있더라구요. 부인에게 말은 안 하고 부인을 의심하면서 부인과 성관계를 도외시하는 거예요. 그러나 남편은 자신의 심정을 부인에게 말을 하지 않아요. 이렇게 문제가 생기면 솔직히 상대방에게 말을 안 하거나 못하는 경우는 대체로 어려서부터 무슨 문제가 발생했을 때 가족에게 말을 하지 않고 스스로 혼자 해결하거나 아니면 삭히는 가정 문화가 저변에 있지요.

또 조현병을 앓고 있는 28세 딸 때문에 저에게 상담을 받은 아버지가 자녀들이 어렸을 때 부인이 이쁜이 수술을 받았대요. 부인은 남편이 하도 외도를 하니깐 남편이 애 둘 낳고 나서 자신의 성적 기능 저하로 남편이 다른 여자들을 찾아가는 것 같아서 혹 이쁜이 수술을 하면 남편이 자신에게 성적으로 만족하여 다른 여자들에 대한 관심이 사라질까 생각했다는 거지요. 그런데 이쁜이 수술을 하고 나서 첫 성관계를 맺는데 남편은 아파서 죽는 줄 알았대요. 제가 그 아버지에게 어떻게 된 거냐고 물어보니깐 삽입하는 순간 성기가 면도칼에 에이는 느낌이었대요. 아마도 부인이 이쁜이 수술을 하고 나서 산부인과 의사가 실밥 처리를 깔끔하게 못해서 성기가 그 부분에 닿을 때 너무나 아팠나 봐요. 그런데도 남편은 부인에게 그런 이야기를 하지 않고 그냥 지냈고 부인에 대한 원망만 늘어 갔다고 하더라구요. 부인 입장에서는 얼마나 황당하겠어요. 그런데 남편이 말하기를 자기는 말해 봤자 변하지 않을 거면 말을 안 하고 무덤까지 가지고 간대요. 20여 년이 지나고 나서 저와 상담할 때 그 이야기를 하더라고요.

그런데 이런 사람들이 많아요. 어떤 사람들은 꽁해서 말을 안 하고 삐친 상태로 몇 시간 또는 며칠, 더 지나친 경우는 몇 개월 아니면 수년간 말 없는 전쟁을 치르지요. 그 가운데 부부들은 부부 관계뿐만 아니라 건강까지 망가지고 자녀들은 문제 행동이 나타나요. 그런데 이와 같이 삐쳐서 말 안 하는 방식은 부부의 원가족 즉 친정과 시댁에서 내려오는 방식을 자신들도 모르게 그대로 쓰고 있는 거예요. 그 방식을 자녀들 또한 자연스럽게 사용하게 됩니다. 그리고 그 자녀들이 남친과 여친 또는 배우자와 또 걸리게 되는 거지요.

충돌

부인은 우리 남편은 절대 안 변할 사람이라고 하더군요. 그럼 남편 입장에서는 '노력을 하려다가도 부인이 날 믿지 못하는데 뭐하러 내가 노력을 하냐?'는 생각이 드는 거예요. 만약 남편이 부인에게 '너는 절대 안 변해'라고 한다면 기분이 좋겠어요? 실제로는 변하려고 애를 무진 장 쓰고 있는데 그런 소릴 들으면 변하려는 의지가 사라지죠.

또 하나는 남편이 부인의 감정을 잘 모르는 것 같아요. 부인은 턱밑 까지 숨이 탁탁 막혀서 죽으려고 그러는데, 남편은 그걸 못 느낀다는 거예요. 뭘 그런 걸 갖고 저러나 싶어 이상할 거예요.

남편은 '나는 그렇게 생각 안 하지만 네 입장에서는 그럴 수 있겠다.' 고 인정을 해 주었으면 좋겠는데. 그걸 인정 안 하는 표현을 쓰고 있 어요. 그러한 표현 방식은 부인이 그다음으로 나가게 하는 걸 막아 버릴 수 있어요. 그래서 항상 제자리걸음을 걷게 하는 거예요.

남편은 부인이 증상을 보이면 쩔쩔매거든요. 그 증상으로 남편 파 워가 밀려 버렸다는 거예요. 부인은 남편에게 아무리 얘기해 봤자 통 하지 않아서 속을 끓이고 있었는데 자기도 모르게 몸에 증상이 나타 난 거예요. 그런데 이 증상이 나타나게 되면, 남편이 꼬리를 내려서 남 편이 부인의 비위를 맞추려고 하면서 쩔쩔매거든요. 부인은 지금 전환 장애라는 증상으로 저항하고 있고 남편을 콘트롤할 수 있는 힘도 생긴 거예요.

부인의 전환장애라는 건 한마디로 말로 안 되니까 증상이 나타나 는 거거든요. 더 쉽게 말씀드리면 협상이 이루어지지 않아서 일어나는 거예요. 애들이 100을 요구했지만 60을 들어줬다면, 아빠는 60을 빼앗긴 것이 아니고 40을 얻은 거예요. 100을 다 안 해 주면 난리를 치니까 100을 해 주었거든요. 그런데 100을 줄 때는 이미 상처가 너덜너덜 생긴 후였어요. 그러니까 애들은 100을 받고도 그것이 100인 것 같지 않아 고마워하지 않았죠. 그래서 협상이 필요한 거예요.

남편이 미국에서 애들 돌보다가 귀국한 부인에게 '당신 애 많이 썼어! 고생했어!' 이렇게만 했어도 남편에 대한 부인의 불편했던 감정이 많이 수그러들 수 있었어요. 그런데 남편은 그 표현 자체가 안 되는 분이에요. 남편은 '너 내 성격 알지 않느냐?'고 하지만, 남편 성격을 몰라서가 아니죠. 물론 부인은 남편을 이해해요. 하지만 그 말을 들으면 감정이 싸악 누그러져요. 그래서 표현이 필요한 겁니다.

협상의 방식

부인이 몸을 추스르려고 친정에 갔어요. 남편이 부인한테 전화를 해요. 둘째 애가 오후 3~4시쯤 학교에서 돌아오는데 학원에 가기 전에 저녁을 먹고 가도록 해 달라는 메시지를 전하는 거예요.

"당신이 둘째 저녁 좀 차려 줘."

"일주일에 두 번은 내가 할게."

"그럼, 관둬! 파출부 쓰던지 할게."

이 대화를 보면 두 분 다 협상의 방식을 모른다는 생각이 들어요.

이렇게 말했으면 어땠을까요?

"둘째가 당신 없으니까 밥을 안 먹네. 맨날 햄버거야. 당신 몸 괜찮으면 둘째 저녁 좀 먹게 해 주었으면 좋겠어."

"아, 그렇구나. 그런데 내가 매일 저녁 준비해 주기엔 몸이 너무 힘들

것 같아요. 일단 일주일에 두 번은 갈게요."

"그렇게 해 주면 좋지."

"몸 추스러지면 세 번 가고 네 번 가고 그렇게 늘려 갈 수 있을 거예요."

이렇게 표현하는 방법을 익혀 갔으면 합니다.

니가 뭔데 나한테
-초혼 남편과 재혼 부인

    남편은 초혼이고 부인은 재혼한 케이스였는데 부인이 굉장히 민감해요. 첫 번째 결혼에서 실패를 했고 암수술을 해서 신체적인 콤플렉스가 있는 상태예요. 남편은 자기 방식대로 모든 걸 진행시키려고 해요. 이것이 부인을 질식시키게 만든 거죠. 남편의 아버지가 분노 조절이 안 되어 결국 자살했어요. 그런데 남편이 초등학생일 때 그 자살한 장면을 목격을 했거든요. 어린 나이에 얼마나 충격적이었겠어요. 아들은 아버지한테 엄청 두둘겨 맞으면서 살았어요. 그래서 아버지가 죽었으면 좋겠다고 생각했죠. 그런데 아버지가 죽으니까 더욱 두려웠던 거예요.

    엄마한테는 남자들이 많았어요. 아빠 장례식 끝나자마자 엄마가 나흘간 집에 안 들어왔어요. 남자 문제였어요. 엄마가 술장사를 했는데 술에 취해 남자들이 엄마를 껴안고 있는 장면을 여러 번 목격했거든요. 이 아들이 '내가 아니면 이 집이 개박살나겠구나.' 하고 생각한 거예요. 누나는 술집에 나가고 여동생은 정신질환자였어요. 그러니까 이 남편이 결혼하기 전에 집에서 혼자 과도한 역할을 한 거예요. 그런 가운데 남편은 원가족에서 지나친 간섭을 하고 잔소리를 하게 되었는데 그 방식을 그대로 부인한테 쓰는 거예요.

남편은 부인과의 관계에서 항상 스트레스를 받았고 결혼 바로 전, 신혼여행, 결혼 생활에서 지속되는 잦은 부부 싸움으로 결혼 생활에 흥미를 잃어 가고 있었어요. 부부는 갈등이 지속되면서 언어 폭력과 신체적 폭력으로 상대방에게 자괴감을 들게 했지요. 부부는 심리적 스트레스에 대해 솔직한 대화를 못하고 남편은 힘든 일을 하는 자신을 배려하지 않는 부인에게 원망감을 가지고 의도적으로 대화를 하지 않았어요. 그리고 남편은 일부러 밖에서 혼자 식사를 하거나 귀가 시간을 늦추는 등 부인과의 접촉을 회피하고 있었지요. 반면 부인은 남편과의 성관계를 회피하였고, 부인의 성관계 회피로 인하여 남편의 불만은 더욱 가중되었어요. 이와 같이 심화된 부부 갈등은 부인의 가출, 별거와 잠자리 분리 등을 유발시켰고 점차적으로 부부 관계를 악화시키는 결과를 낳았지요.

또한 부인은 푸근한 감이 없어서 남편을 감싸 주질 못하거든요. 남편이 갖고 있는 불안에 부인이 피곤함을 느끼는 거죠. 부인에게 우울증 증세가 나타났고 남편도 자살을 생각하고 있었어요. 부부가 이혼을 고려하며 저를 찾아왔습니다.

네가 뭔데 날 가르쳐

부인은 남편을 괴롭히려고 한 건 아니었을 거예요. 그런데 표현 방식이 남편을 자극하는 것 같아요. 그런데 부인은 나름대로 억울할 수 있어요. '아니 왜 저 사람은 나한테 민감하게 반응하는 거지?' 이렇게 생각할 수 있다는 거예요.

남편의 반응 이면에는 몇 가지 요인이 있었어요. 어렸을 때 아버지가 자기는 아무 잘못도 없고 자기 나름대로 잘 하려고 하는데 인상 팍 쓰면서 '이 새끼야!' 하면서 야단을 치셨어요. 그런 식으로 아버지한테도 질렸는데 부인마저 자기가 아무 잘못도 없는데 자기한테 인상을 쓸 때는 '아버지한테도 당했는데 내가 왜 너한테도 당하고 살아야 해! 니까짓 게 뭔데 이래라 저래라 해!'라는 생각이 드는 거예요.

그리고 부인이 자기를 전남편과 똑같이 대하는 것이 기분 나쁜 거예요. 전남편은 나쁜 놈으로 알고 있거든요. 전남편은 주식으로 있는 돈 다 날린 놈이고 자기는 새벽 3~4시에 일어나서 영하 5~6도인데서 노가다 하는 사람들보다 두세 배 더 열심히 일하며 가정을 지키고 있는 사람인데, 니가 어떻게 니 전남편한테 대하듯 나를 대우할 수 있느냐 이거죠. 또 하나 너는 재혼한 여자고 나는 총각이야. 내가 밑진 거니까 네가 꼬리 내려. 이런 마음도 있어요.

부인은 남편이 집에 들어올 때 인상을 쓰고 들어오는 것이 불만이예요. 밖에서 스트레스 받는 건 알지만 집에 와서까지 그럴 필요가 뭐 있냐는 거예요. 그런데 남편은 남편 나름대로 자기가 집에 들어오면 부인이 반겨 주기는커녕 인상을 쓰고 있다는 거예요. 그래서 집에 들어와 부인을 보고 혼잣말로 '저년 왜 저래?' 이런다는 거예요.

양쪽이 서로 '저 사람은 날 싫어하나?'라는 생각이 드니까 서로에게 다가가지 못하고 있는 거예요.

나를 엿 먹여

부인이 시댁 식구가 되었든 친정 식구가 되었든 가서 남편에 대하여 까발려요. 그 까발리는 게 시어머니나 시누이한테 가서 남편이 변해야 된다는 거예요. 남편은 '아내가 나한테 직접 얘기하지 않고 일러바쳐서 나를 엿먹여.' 그리고 처가 식구들도 자기를 스트레스 받게 하고 코너에 몰아 넣는 거예요. 심지어 손위 처남은 남편을 불러서 야단을 치기도 했어요. 모든 잘못이 남편한테 가 버리는 거예요.

부인이 지혜로우면 자기가 아무리 힘들더라도 남편하고 둘이 해결해야 되는데 남편하고 대화가 안 되고 싸우게 되니까 다른 사람한테 까발리는 거예요. 그래야 부인이 숨통이 트이는 것 같거든요. 그러면 남편은 주위 사람들이 자기에 대해 별별 얘기를 다 알고 있는 것이 불쾌하죠. 내 몸이 홀딱 벗겨져 있는 느낌을 받을 수 있다는 거예요. 다른 사람들은 옷을 다 입고 있는데 나만 옷을 홀딱 벗고 있다고 생각해 보세요. 얼마나 창피하겠어요. 부부 사이의 얘기는 두 사람만 알고 있어야 하는 것이 상대방에 대한 예의입니다.

남편이 집안에서 쓰는 의사소통 방식이 화가 나면 부인을 확 긁어 버리는 표현을 쓰고 있었어요. 신혼 초부터 남편은 부인이 마음에 안 들면 '니가 그러니까 이혼을 당했지 니까짓게!' 이런 표현을 했다는 거예요. 부인은 다른 건 몰라도 이혼 부분은 건들지 않기를 바랐는데 남편이 자기의 최대의 약점을 자꾸 끄집어내는 거예요. 남편은 자신도 모르게 그런 표현이 그냥 나와 버리거든요.

부인은 부인대로 자기 약점을 자꾸 들추어내는 남편이 더 입이 싸다고 생각했을지도 모릅니다. 사람 사이에는 해서는 안 될 말이 있거든요. 넘어서는 안 될 선이 있다는 거예요.

왜 나만 개새끼인가

부인 구타 사건으로 부부 사이가 최악의 위기를 맞이했는데 그때 친정 오빠들이 개입했어요. 큰오빠가 남편에게 무릎을 꿇으라고 한 거예요. 남편은 부인이랑 웬만하면 그냥 살려고 마음먹었기 때문에 무릎을 꿇었어요. 그런데 나중에 생각해 보니까 '왜 나만 잘못했어?' 하는 생각이 들어 억울한 거예요. 친정 오빠들이 지혜롭게 '여보게 일어나게 무슨 무릎을 꿇어. 앞으로 그런 일 없길 바라네.'라고 표현을 하면서 기분 좋게 분위기를 이끌었더라면 그렇게 곱씹는 게 덜할 거예요. 그런데 손위 처남들이 매제에게 야! 너 이렇게 하대를 하면서 죄인 다루듯이 했단 말예요. '왜 나만 개새끼인가? 왜 나만 갖고 지랄이야!' 싶어서 사건을 덮는 것이 아니라 더 확대시켰어요.

그 당시 부인이 남편 편을 들어줬어야 하는데 부인은 남편 편을 들어줄 수 있는 여유가 없었어요. 친정집은 남편으로서는 적진인데 남편이 코너에 몰려 죽사발이 되고 있는데도 부인이라는 사람이 팔짱 끼고 있으니 얼마나 분했겠어요.

남편이 받아줄 수 있는 깔때기는 요만해요. 그 작은 깔때기를 끼고 쏟아부으니 넘칠 수밖에 없죠. 졸졸졸 조심스럽게 부으면 다 들어갈 수 있는데 지금 뭉텅이로 감정을 쏟아붓고 있다는 거예요. 그 당시 표현을 못했다면 나중에라도 오빠가 지나쳤다면서 오빠 대신 사과를 하는 것이 두 사람을 위해서 필요합니다. 그렇지 않으면 남편은 그때의 굴욕적인 상황을 계속해서 되씹을 거예요.

샘샘

시댁 식구들이 부인에 대한 모든 걸 알아 버렸어요. 처가 식구들이 남편에 대한 것을 다 알아 버렸어요. 양쪽이 다 쪽팔린 거예요. 이런 경우에 남편은 처가에 가기 싫죠. 또 부인은 시댁에 가기 싫어요. 그러면 두 분이 합의해서 가지 말자 이거예요. 그러면 처가와 시댁으로부터 오는 스트레스는 일단 차단이 돼요. 왜? 안 만나면 부닥칠 일이 없으니까. 이제 부부 중심으로 살라는 겁니다. 단 조건이 남편이 본가 가서 부인에 대한 시댁의 반응을 다 막아 줘야 해요. 그것을 막지 못하면 부인만 나쁜 사람이 되지 않겠어요?

서로 배려해 주는 것이 사랑이예요. 나는 이만큼 해 줬으니까 너도 이 정도는 해라 라고 한다면 그것은 배려가 아니라 계산이지요.

절충

부부 문제가 생기면 사방팔방에서 해결사로 나서 중재를 하겠다고 나섭니다. 자기네 나름대로의 방식으로 관여하려고 합니다. 상담하실 동안은 시댁 식구와 친정 식구와는 가능하면 차단하는 것이 좋다고 말씀드렸어요. 그분들이 도움이 되는 것도 있지만 오히려 더 자극을 주거든요. 친정 오빠 입장에서 부인 편을 들 테고 시댁 식구 입장에서는 당연히 남편 편을 들지 않겠습니까? 시어머니는 며느리에게 '네가 굽혀라.'라고 훈수를 두고 친정 오빠는 남편에게 '네가 져 줘라.'라고 제안하지만 그 방법이 두 분을 좋게 할 수 있는 방법만은 아니라는 거죠. 그런 개입에 두 분은 오히려 더 스트레스를 받습니다. 그러니까 외부인들과 경계선을 치시라는 거예요. 지금까지는 경계선이 없으셨거든요. 남편은 결혼 후에도 엄마, 누나, 동생을 위해 가장 역할을 했어요. 어떤 면에서 그 역할이 남편 역할보다 더 힘들었을 거예요. 그렇다고 하루아침에 그런 관계를 끊어 버릴 수는 없을 거예요. 갑자기 나 몰라라 할 수는 없잖습니까? 남편은 과도한 역할을 하고 있어요. 그에 대한 보상 심리로 모든 사람들이 자기 방식을 따라 줘야지 안 따라주면 못 견뎌요. '내가 너를 위해서 이만큼 했는데 하라면 하지 뭐 하는 거야!' 이런 식이죠. 이 방식은 상대방을 질리게 해요. 그래서 역할을 줄이라는 거예요. 의무감을 줄이면 권리도 당연히 줄어들지요. 그러면서 절충점을 찾아가는 거예요.

부부 사이에서도 절충이 필요해요. 지금 당장 절충할 수 있는 방식은 말에서 힘을 빼고 표정에서도 힘을 빼세요. 그럼 한결 부드러워집니다. 그러면 부인 입장에는 우리 남편이 그전에 표현했던 방식하고 다르니까 좀 편안하게 다가갈 수 있다는 거 아닙니까?

가족 문제 접근 주요 이론

가족 문제를 볼 수 있는 이론은 매우 다양하다.
그러나 박태영 교수는 가족 문제를
5가지 이론적인 준거틀을 중심으로 접근하고 있다.

가족생활주기

인간이 태어나서 죽기까지 일정한 발달 단계와 단계마다 과업을 가지는 것처럼 가족 또한 발달 단계와 과업을 가지게 된다. 이처럼 가족생활주기 또한 시간이 경과함에 따라 가족 내에 발달적인 경향을 나타내기 위하여 사용하는 용어이다(Carter & McGoldrick, 1999). 개인의 발달이 가족의 영향을 받을 뿐만 아니라 가족에게 영향을 주기 때문에 가족 구성원의 발달은 가족 전체의 가족생활주기의 관점에서 이해할 필요가 있다. 가족생활주기 모델은 개인적인 생활 과정의 모든 영역을 포함하지만 전체로서 가족을 강조한다. 이 모델에서는 본래 개인으로서 사람과 체계로서 가족 사이에 긴장감이 존재한다(Gladding, 2002).

가족은 한 쌍의 남녀가 결혼함으로써 형성되어, 자녀의 출생과 성장과 함께 확장되며 자녀가 독립하거나 출가함으로써 축소되며 마지막으로는 부부의 사망으로 소멸하게 되는 규칙적인 경로를 거치게 된다. 대부분의 가족들은 어떤 예견할 수 있는 특별한 사건이나 단계를 거치게 된다. 부부가 가족생활주기의 단계들을 원만히 넘어가기 위해서는 결혼 생활에서 주어진 과업들을 수행해야만 한다. 한편 모든 가족은 계속해서 변화하는 상황 속에서 살고 있으며 어떤 주요한 전환점은 보편적이라고 할 수 있다. 가족 내에서 가족 구성원들의 지위와 기능은 가족생활주기의 단계마다 변화하게 된다. 따라서 가족의 발달주기에 맞게 가족 구성원들의 지위와 관계가 변화하게 될 때 가족은 보다 잘 기능하게 된다(박태영, 2002).

Carter와 McGoldrick(1988)는 가족생활주기의 여섯 단계를 설명하고 있다.

첫째, 독립된 젊은 성인 단계로서 결혼하지 않은 성인 자녀가 자신의 원가족을 떠나 결혼하기 전까지의 기간을 말한다. 이 단계에서 성인 자녀가 자신의 원가족과 정서적으로 분화를 잘하면 할수록 가족생활주기를 통한 세대 전환적 긴장을 줄일 수 있다. 상담을 하다 보면 한국의 많은 부모들은 자녀들을 독립적인 성인으로 대하려는 준비가 되어 있지 않는 경우를 너무나 많이 목격하게 된다. 예를 들어 성인이 된 자녀들의 귀가 시간을 통제한다거나 자녀의 배우자가 될 사람이 부모의 마음에 들지 않는다는 이유로 헤어지게 한다든가, 심지어는 부모들이 성인 자녀의 옷을 골라 주고 성인 자녀들의 헤어스타일까지 간섭하는 경우를 보게 된다. 이와 같은 부모들은 성인 자녀들을 무능력하게 만들고 있다는 것을 의식하지 못하는 경우가 많다(박태영, 2002). 물론 이와 같이 성인 자녀와 부모가 분리하지 못하는 배경에는 우리나라의 가정과 학교에서 효사상에 대한 강조와 부모의 부정적인 부부 관계가 많은 영향을 미치고 있는 것도 사실이다.

　이 독립된 젊은 성인 단계에서는 성인 자녀 또는 부모들이 모두 성인으로서 인정을 해 주어야 한다. 그리고 지혜로운 부모라면 성인이 된 자녀를 스스로 독립하여 살아갈 수 있도록 자녀들의 능력을 더욱 확장시킬 수 있어야 한다. 또한 젊은 성인 자녀들은 지나치게 자신을 희생하면서까지 부모의 기대나 소망에 부응하며 살아도 안 된다. 부모나 성인 자녀나 모두 상대방을 위하여 지나치게 희생하다 보면 결국에는 배신감과 원망만 생길 경우가 많고 두 사람의 관계가 단절되는 경우가 많다. 지혜롭고 현명한 부모라면 자녀들이 결혼하기 전에 미리미리 자녀들에 대한 간섭을 줄이고 자녀들의 권위를 더욱 인정해야만 한다. 물론 부모의 부부 관계가 원만하다면 이 작업이 훨씬 덜 힘들 수 있겠지만 부부 관계가 안 좋거나 이혼 또는 사별한 부모라면 자녀들과의 관계를 정리한다는 것이 더욱 힘들 수 있을 것이다.

　둘째, 신혼부부 단계로서 서로 다른 문화를 가진 두 사람이 결혼으로 부부가 되는 단계를 말한다. 결혼이 의미하는 것은 다른 두 개의 전체 체계의 변화이며, 제3의 하위 체계를 형성하는 것을 의미한다(Carter & McGoldrick, 1988). 신혼부부 단계에 있는 많은 배우자들은 자신들이 자라온 가정에서 익숙한 방식대로 생활을 하게 되는데, 배우자들은 자신과 다른 가정의 문화에서 나오는 배우자들의 익숙한 방식을 이해하지 못하는 경우가 많다. 예를 들어 보면 신혼부부 단계에 있는 배우자들은 자신들에게 적합한 온도, 음식, 취침과 기상하는 시간, 양말 벗어 놓는 방식, 치약 짜는 방식과 치약 뚜껑을 닫는 방식, 성교 후에 처리하는 방식이 다르다. 한편 친밀한 관계를 추구하는 방식, 화를 내는 방식, 화를 내고 나서 해결하는 방식, 의사소통 방식 등 모두가 차이가 있다. 그런데 많은 배우자들은 자신의 방식과 기준이 맞고 상대방의 방식은 잘못되었다고 하는 경우를 의외로 많이 보게 된다. 상대 배우자의 방식이 잘못되었거나 틀린 것이 아니라 가정 문화의 차이로 인하여 단지 다를 뿐인데 자신의 방식에 따라오라고 할 때는 부부간의 갈등이 발생하기 시작한다(박태영, 2002). 따라서 이 시기에는 부부가 공통적인 삶을 위하여 자신들이 가지고 있는 서로 다른 두 개의 패러다임을 조정해야 한다(Minuchin, Rosman, & Baker, 1978). 신혼부부 단계에 있는 배우자들은 끊임없이 서로의 문제를 내놓고 협상해야만 하는데 원가족에서 협상하는 의사소통 방식을 배우지 못한 경우에는 다시 갈등을 겪게 된다.

Chapman(1995)에 따르면 부부간의 사랑의 언어에는 인정하는 말, 함께하는 시간, 선물, 봉사, 그리고 육체적인 언어 등 다섯 가지 언어가 있다. 그런데 사람들은 자신이 익숙한 사랑의 언어를 사용하게 된다. 남편과 부인이 사용하는 사랑의 언어가 다를 때 남편이 익숙한 사랑의 언어를 사용할 때 부인은 남편의 사랑을 느낄 수 없다는 것이다. 따라서 신혼부부 단계에 있는 배우자들은 상대 배우자의 사랑의 언어를 사용하는 것이 매우 중요하다(장동숙 역, 1997).

많은 한국 남성들이 결혼을 했음에도 불구하고 원가족과의 관계나 친구 관계를 결혼 전이나 마찬가지로 변화시키지 않고 그대로 유지하면서 부인을 그 사이에 살짝 끼워 넣는 경우를 본다. 특히 한국 문화에서 신혼부부 단계에 있는 성인 자녀들은 자신들의 삶을 위해 이성을 만나 새로운 가족을 탄생시킨다는 시각보다는 가계를 계승

한다는 시각이 여전히 만연해 있다(Shon & Ja, 1982; 이선혜, 1998). 대부분의 한국의 어머니들은 아들의 결혼 생활에 간섭하는 것을 의무, 사랑, 관심으로 생각하기도 한다(송성자, 2011). 한국의 어머니들은 일반적으로 결혼한 아들을 여전히 소유하고 있으며 며느리에 대하여 비판적이다. 결혼한 아들과 어머니 간의 정서적인 미분리로 인하여 시어머니와 며느리 사이에 때로는 심각한 문제가 발생한다. 며느리는 종종 시어머니의 도움을 자신의 부부를 통제하려는 것으로 여긴다(Kim & Ryu, 2005). 특히 신혼부부 단계에 있는 많은 한국 남성들은 원가족과의 관계 변화를 원하지 않는 경우가 너무 많다. 이러한 배경에는 한국의 '효'에 대한 강조와 부모에 대한 보상 심리가 더욱 크게 작용하고 있다고 여겨진다. 상담을 하면 할수록 한국의 대부분의 가족 문제 안에는 남편 또는 부인이 원가족에서 정서적으로 분리가 안 된 경우가 비일비재하며 특히 남편이 시어머니와 분리가 안 된 문제가 결국에 부부 문제와 자녀 문제를 유발시키는 원인 중 하나로 작용하고 있다는 것을 목격하게 된다.

셋째, 어린 자녀를 둔 단계로서 결혼한 성인들에게 이 단계는 한 세대 위로 변화되는 것과 어린 세대를 돌보는 세대가 되어야 한다는 것을 요구한다. 결혼한 남성과 여성이 지나치게 자녀나 직업을 중요시하여 결혼 생활의 친밀한 경험이 부족하게 되면 부부 관계가 소홀해지기 쉽다. 특히 저자는 결혼 초에 남편이 직장으로 인하여 지나치게 바빠서 부인과 자녀와 함께할 수 없는 경우는 자녀들이 사춘기에 접어들면서 아버지의 빈자리의 결과가 나타나는 경우를 많이 보게 된다. 저자가 많은 가정을 상담하면서 느끼는 것은 바쁘더라도 가족과 함께

하는 시간을 늘려야 한다는 것이다. 어떤 분들은 자신이 원하는 명예와 부를 가졌지만 자신이 꿈꾸던 가정이 아니라고 깨진 가정을 회복시킬 수 있는 방법을 알려 달라고 저자를 찾는다. 남편과 아버지 되는 사람들은 자신들이 젊고 능력 있을 때 가족과 함께하는 지혜와 가족을 위해서 봉사하는 연습을 해야 하리라 생각된다. 그런데 많은 남편과 아버지 되는 사람들이 어렸을 때 원가족에서 어떻게 자녀를 대하여야 하는가에 대한 적절한 아버지 모델링이 없이 살아와서 자녀들을 대하는 방식을 모르는 경우가 많다. 이 단계에서는 부모가 자녀와의 세대 경계를 분명히 할 때 자녀와의 관계도 향상되고 자녀들 또한 학교나 친구 등의 가정 밖에서 타인들과 원만한 관계를 맺게 된다.

넷째, 사춘기 자녀를 둔 단계로서 이 단계에서는 가족 내의 자녀에 대한 규정과 자녀와 관련된 부모의 역할에 대한 규정을 변화시켜야 할 때이다. 청소년 자녀는 신체적으로 성숙하고 부모 세대는 중년기에 접어들며 조부모 세대는 고령화로 인해 여러 가지 문제에 직면하게 된다. 이 단계에서는 부모와 자녀의 관계에서 자립과 의존의 갈등이 더욱 심화된다. 이 단계에서 부모는 자녀의 성장에 알맞은 형태로 변화해야만 한다. 만약 부모가 자녀를 이전 단계의 관점으로 보고 자녀들을 통제하려고 하면 부모와 자식은 충돌하게 된다. 부모가 사춘기 자녀에게 일방적으로 부모의 가치관을 따르라고 강요하는 경우를 보게 된다. 예를 들어, 사춘기에 있는 아들이 김치 중 속은 먹지 않고 배추만 먹을 때 아버지는 배추와 속을 같이 먹어야 몸에 좋다고 하며 야단을 치는 경우가 있었다. 또한 자녀들에게 신발 정리와 방 정리를 하라고 강요하는 경우에 부모들은 자신의 방식이 옳다고 생각하거나 자녀들에게 어려서부터 좋은 습관을 들여주는 것이 필요하다는 생각에 자녀들에게 자신의 기준을 강요한다. 그런데 정리정돈 방식과 정리하는 시간도 사람마다 다르다. 사춘기 자녀에게 부모들의 기준을 일방적으로 강요하기 보다는 부모와 자녀 간의 차이를 부모가 인정하는 것이 중요하다. 부모는 사춘기 자녀와 협상하는 방법을 터득해야만 한다.

다섯째, 자녀가 집을 떠나는 단계로서 이 시기에 자녀는 부모의 품으로부터 떠나 독립된 사람으로서 자율성을 확립하는 단계이다. 이 단계에서 부모는 자녀를 출가시키고 은퇴 단계에 있으며 가족은 여러 가지 발달적 어려움과 전환뿐만 아니라 여러 가지 문제에 봉착하게 된다. 이 단계에서 중요한 특징은 가족 구성원들이 가정에 많이 들어오고 나간다는 것이다. 이 시기는 성장한 자녀가 집을 떠나는 것으로 시작하여 자녀의 배우자와 자녀들이 유입되고 더 나이 든 부모들은 종종 아프거나 사망하는 때이기도 하다. 어떤 가족들은 이 시기에 가족의 붕괴와 공허감, 상실감, 우울증 그리고 해체감을 경험한다.

여섯째, 노년기 단계로서 이 단계에서 성공적인 전환을 위하여 가족이 다루어야 할 문제는 은퇴, 배우자 상실, 조부모 역할, 질환과 신체적인 쇠퇴 및 의존성 등을 들 수 있다(Goldin & Mohr, 2000). 특히 일과 과업 성취에만 몰두해 왔던 사람들은 이 시기에서 자신들의 정체감과 역할을 잃어버렸다는 것을 느끼면서 힘든 시간을 경험할 수 있다. 이 단계에서 노인들이 자신들의 과거에 누렸던 권력에 대한 생각을 단념하지 않을 때 더욱 힘든 생활에 직면할 수 있다. 특히 노년 세대는 자신의 세력이 약화된 것과 제한된 것에 대하여 현실적으로 수용해야 하며 필요에 따라서는 다른 가족 구성원에게 의존할 수 있도록 자신을 허용해야 한다. 이 단계에서의 주요 과업 중의 하나는 은퇴한 배우자가 가정 내에 합류하는 것이다. 이 단계에서 부부는 역할 관계를 재구성하고 상호 만족을 줄 수 있는 관심과 활동을 개척함으로써 부부 관계를 강화시킬 수 있다. 노년기에서는 친구나 친척들의 죽음에 대한 상실감을 경험할 뿐만 아니라 특히 배우자의 상실은 가장 힘든 적응을 요구한다. 이 단계에서 노년 세대 가족 구성원들은 부모가 최대한으로 기능할 수 있도록 지원하는 것이 중요하다(박태영, 2002).

정신역동적 대상관계 가족치료 모델

심리분석이론에 따르면 현저한 정신내적 과정은 무의식에서 발생된다. 이러한 것들에는 억압, 투사적인 동일시, 어떤 해결되지 못한 슬픔들, 그리고 전이가 포함된다. 이러한 과정들에 포함되어 있는 한 중요한 개념은 '정신적 결정주의'이다. 정신적 결정주의는 정신적 사건은 임의로 발생되는 것이 아니고 모든 행동은 원인을 가지고 있거나 개인적인 역사에 묻혀 있는 자원을 가지고 있다는 아이디어를 말하는 것이다(Broderick, Weston, & Gillig, 2009).

전이(transference)는 한 사람의 감정, 생각, 그리고 소망이 개인이 과거로부터 한 사람을 나타낼 수 있게 하는 또 다른 사람에게 투사될 때 발생한다. 사람이 다른 사람을 마치 그 사람이 과거에 중요했던 사람인 것처럼 다른 사람(그 '대상')을 느끼고 대하게 된다. 개인적인 심리분석 심리치료에 있어서 전이는 치료적 관계 안에서 발생하며, 정신과 의사에 대한 환자의 투사를 말하고 있다. 반면에 가족 전이를 언급할 때는 가족 내 투사에 초점을 두며 정신과 의사 혹은 가족치료사에 대한 초점을 두지는 않는다(Heru, 1980).

역동적 가족치료의 과정은 가족 구성원들 사이의 무의식적인 갈등을 해석과 같은 기술을 사용하여 의식적인 수준으로 끌어올리는 것을 포함한다. 변화는 각각의 가족 구성원들의 무의식적인 전이 왜곡에 대한 탐색 과정에 의하여 촉진된다. 이러한 과정을 통하여 부모들은 현재 가족 체계 내에서 갈등이 그들의 원가족으로부터 발생하는 옛날의 갈등을 지배하기 위한 그들의 무의식적인 시도와 어떻게 연결되는가를 인식하게 된다(Aponte & VanDeusen, 1987).

대상관계이론은 태어나면서 개인들이 다른 사람들 특히 엄마와의 사이에서 관계를 맺고 애정을 형성하게 된다고 본다. 여기에서 주요 초점은 관계에 대한 외부의 관점이 아니라 아동이 그 관계를 이해하거나 의식적 또는 무의식적으로 내면화하는 방법에 있다. 특히 관심을 두는 부분은 아동의 초기 내면화된 관계가 성인이 되었을 때에도 영향을 미치고 성격을 형성하는 과정이다(Sharf, 2012; 천성문 외 공역, 2014).

정신역동적 가족치료에서는 내담자의 현재 가족 또는 삶에 있어서 관계의 문제를 해결하기 위해서는 초기의 부모-자녀 관계로부터 내면화된 문제가 되는 무의식적인 대상관계에 대한 탐색과 해결이 필요하다고 본다. Framo(1981)는 가족의 역기능을 확대가족 체계에 뿌리가 있는 것으로 보았다. 궁극적으로 그는 각각의 배우자가 자신의 원가족으로부터 결혼 생활에 가지고 오는 미해결된 문제들을 다루는 것을 돕는 개입 기술을 발전시켰다.

예를 들어 보면 저자가 5세된 아들을 학대하는 엄마를 상담하였는데, 아들과 엄마와의 관계 저변에 부부 문제가 걸려 있었다. 아들이 남편의 모습과 행동을 닮아서 남편이 마음에 안 들 때 아들이 말을 안 듣고 실수를 하거나 엄마에게 보챘을 때 엄마는 아들을 때리게 되었다. 그러나 친정 부모와 관계를 보니 그 엄마는 친정엄마에게 어려서부터 학대를 당했다. 친정엄마는 시댁 방문으로 인하여 남편(친정아버지)과 많은 갈등이 있었고 시댁 식구로부터 받는 스트레스를 남편(친정아버지)은 이해하지 못하고 오히려 부인(친정엄마)을 야단쳤다. 그런데 아들을 학대하는 엄마는 어려서부터 친정 부모로부터 공부를 월등히 잘하는 오빠와 비교를 당했고 친정엄마가 스트레스를 받으면 딸(학대하는 엄마)에게 풀었다. 심지어 대학생 때도 부모와 다른 교회를 가겠다고 했을 때 친정엄마는 성인인 딸의 귀싸대기를 때렸다. 한편 아들을 학대하는 엄마는 어려서부터 대학생 때까지 친정아버지로부터 성추행을 꾸준히 당해 왔고 이러한 사실을 엄마에게 발설하지 못하였다. 또한 현재 남편과 친정아버지가 집에서 늘 TV를 시청하고 집안일을 전혀 도와주지 않는 점이 유사하여, 부인은 남편의 TV 보는 것과 가사를 도와주지 않을 때 더욱 아들을 구박하였다.

남편은 효자로서 시어머니와 분리를 하지 못한 것도 부인을 더욱 자극하고 열받게 하였다. 남편 또한 시아버지와 갈등이 심했고 심지어 대학생 때는 자신의 아버지를 밀치는 사건이 있었다. 남편은 아버지와 여동생이 분노 조절이 안 되어 싫었는데 부인한테 이러한 모습을 또 보게 되어 너무 싫었다. 이와 같이 현재의 부부 문제는 자녀 문제와 걸려 있지만 이 저변에는 원가족과의 걸린 문제가 연결된다는 것을 보여준다. 위 사례에서 치료자는 부부 상담과 자녀 상담은 물론 시어머니,

친정 부모님을 상담하였으며, 시어머니와는 아들(남편)과 분리 문제를 상의하였고, 부인과 친정아버지 그리고 친정어머니와 따로 상담을 하여 부녀와 모녀가 걸려 있었던 문제를 해결하였다. 한편 치료자는 친정 부모를 따로 상담하여 부모의 부부 관계를 강화시켰다.

Dick(1967)은 고통스러운 결혼 생활은 상대를 어느 정도 내적 대상으로 인식하면서 상호간에 책임 전가와 투사를 하는 특징이 있다고 하면서 결혼 생활은 각각의 배우자의 유아기의 경험에 의하여 반드시 영향을 받게 된다고 주장하였다. 저자가 가족치료를 하면 할수록 부부가 원가족과 해결되지 못한 문제가 반드시 현재 부부 관계와 자녀 관계에 영향을 미치고 있음을 너무나 많이 목격하게 된다. 따라서 저자는 요즘 가족치료를 하면서 부부와 자녀 심지어 시부모 또는 친정 부모에게 이러한 상황을 인식하게 하면서 가족 구성원들에게 통찰력과 자아 이해를 증가시키고 스트레스를 지배할 수 있는 능력을 향상할 수 있도록 도움을 주는데 노력을 하고 있다.

애착이론

　가족치료를 하다 보면 부부 관계는 아무런 문제가 없는데 자녀들이 심각한 문제를 가지고 오는 경우가 있다. 그러나 그런 경우에 현재는 별 위기 없이 부부가 잘 지내고 있다 하더라도 과거에 자녀가 임신했을 당시에 또는 영아기 때 시댁 문제로 부부가 힘들었을 경우가 있거나 아니면 원하지 않았던 임신 또는 심지어 성폭행으로 인해 임신을 한 경우가 있다. 또 다른 경우는 첫째 아이가 출생한 지 얼마 안 되어 둘째 아이를 임신하여 본의 아니게 첫째 아이를 친정 부모나 시부모가 양육을 하는 경우도 있다. 또는 형제간에 차별하여 기른 경우 차별받았던 아이가 어렸을 때는 별 문제 없이 지내다가 사춘기 심지어는 30~40대 위기가 들어와서 문제 행동이 나타나는 경우도 있다. 이런 경우에 가족치료이론의 하나로는 이런 행동을 설명하는데 한계를 느끼게 된다. 물론 가족 구성원의 행동을 이해하기 위해서는 좀 더 폭넓고 체계적인 영향과 관련된 이론들을 이해해야 하지만 최근에 애착이론이

가족 구성원들의 밀접한 관계의 더 깊은 근원을 찾는데 가장 중요한 도구로서 부상하고 있다(Nichols, 2014).

유아가 태어나면 자신을 돌보는 사람 특히 어머니와 강한 정서적 유대를 맺게 되는데 이것이 애착 관계이다. 아기의 애착 행동인 미소짓기, 옹알이하기, 잡기, 매달리기, 울기 등은 선천적인 사회적 신호이다 (Bowlby, 1969, 1973; 정옥분, 2007). Bowlby(1988)는 태어나서 3년까지가 사회 정서 발달의 민감한 시기라고 보고 만약 이 기간 동안 친밀한 정서적 유대를 형성할 기회를 갖지 못한다면 이후에 친밀한 인간관계를 형성하는 것이 거의 불가능하다고 보았다(김수임·강예리·강민철 공역, 2014). 한편 애착 연구의 초기 단계에서는 애착이란 영아와 양육자 간에 형성된 애정적 유대 관계만을 의미하였으나 영아기에 형성된 애착 관계는 전 생애를 거쳐서 지속되고 가족뿐만 아니라 타인과의 관계에서도 애착이 형성될 수 있다고 보았다(Ainsworth, 1989; Hazen & Shaver, 1987; 정옥분, 2007).

Bowlby에 따르면 아이는 어떤 한 대상에 대하여 영속적인 신체적 애착이 필요하다고 하였다. 만약에 아이가 원초적인 욕구를 거부당할 때 아이는 정서적 세계로부터 멀어져 무감정으로 돌아가는 의존성 우울증에 빠지게 된다. 따라서 부모가 자녀를 건전하게 양육하고자 한다면 부모는 유아기에 있는 자녀에게 안전하고 애정 있는 접촉을 해야만 한다. 애착 경험이 결핍된 사람은 약간의 지지가 없더라도 지나치게 상처받기 쉬우며 만성적 의존자가 되기 쉽고 이것은 밀착된 가족을 야기시킨다(서혜석 외, 2013).

한편 아동기에 부정적인 경험을 한 어머니는 불안정 애착으로 인해 성장하면서 아이로부터 보살핌을 받고자 하는 경향이 있다. 이로 인하여 아이는 불안해하고, 죄책감을 가지며 공포증을 갖게 할 수 있다 (Bowlby, 1973). 아이를 학대하는 어머니의 연구에 따르면 어머니가 아이에게 돌봄과 관심을 기대하고 요구하는 경향을 '역할 전도'라고 하는데 이렇게 전도된 부모-자녀 관계가 학교 거부(학교 공포증), 광장 공포증, 우울증의 상당 부분 숨어 있는 진짜 이유라고 하였다 (Bowlby, 1988; 김수임 · 강예리 · 강민철 공역, 2014).

어머니의 아이에 대한 감정과 행동이 어머니가 자신의 부모와 겪었던 그리고 아마도 현재도 겪고 있을 경험에 깊게 영향을 받는다. Zahn-Waxler, Radke-Yarrow와 King(1979)은 심리적 고통을 받고 있는 타인을 돕고 위로하는 행동이 보통 2세 무렵의 영아기부터 발달하는데 이러한 행동은 어머니가 아이를 대하는 방식에서 영향을 받게 된다고 하였다. 즉 어머니가 아이의 신호에 민감하게 반응하고 신체적 접촉을 통한 위로를 제공하게 되면 아이는 타인의 심리적 고통에 신속하고 적절하게 반응한다. 이때 아이가 하는 행동은 어머니가 한 행동의 재연으로 나타난다(Bowlby, 1988; 김수임 · 강예리 · 강민철 공역, 2014). 따라서 부모의 아동기 경험이 아이를 대하는 데 지대한 역할을 한다 (Parke & Collmer, 1979; Bowlby, 1988).

이와 같이 애착이론은 아동뿐만 아니라 성인의 문제 행동의 근원을 이해하는데 많은 도움을 줄 수 있는 이론이라고 생각된다. 특히 애착이론은 부부가 자신과 상대 배우자의 화나고 방어적인 상호작용 이면에 있는 애착 공포와 취약성을 이해하는데 도움을 준다(Gottman, 1994; Johnson, 1996).

제1부 쪽팔리는 우리 가정 중 '등잔 밑이 어둡다'라는 소제목에서 이미 언급하였다시피, 내 아들이 어느 날 새벽에 공포감에 휩싸였다. 아들은 외적으로는 좋은 대학교에 다니고 있으면서 학교생활도 원만하게 잘하고 있었다. 그러나 어느 날 이성 친구와 헤어질 위기에 처하면서 어려서부터 부모와의 불안한 애착 관계가 터져 나왔다. 첫째, 아들의 출생 배경을 보니 임신했을 때 아내가 임신한 줄 모르고 치과에서 이를 빼면서 소염제를 먹었다는 것이다. 소염제 복용 후 임신 사실을 안 아내는 산부인과 의사가 낙태수술을 하자는 제안에 기겁을 하여 대학병원의 산부인과 의사를 찾아갔는데 다행이 나이가 지긋한 의사는 내 딸이거나 며느리라면 애를 낳게 할 거라고 하면서 아내를 안심시켜 주었다. 이때 뱃속에 있던 아들은 죽음에 대한 공포를 경험했을 것이라고 볼 수 있다. 저자가 1989년도 미국에서 석사과정 수업 중에 Bowlby의 임신한 부인의 뱃속에 있는 아이에 대한 실험을 하는 비디오 장면을 본 적이 있었다. Bowlby가 임신한 어머니에게 아주 편안한 음악과 함께 산모의 심적인 상태가 편안할 때와 불안한 음악과 함께 불안한 심적 상태에 있는 산모의 태아를 비교하였는데 신기하게도 태아의 움직임이 너무나 차이가 난 것을 본 적이 있다. 그때 저자가 느꼈던 것이 산모가 임신했을 때 심적인 상태가 태아에게 그대로 전달되어 산모와 함께 공생 관계를 유지한다는 것을 목격하였다. 이와 같은 논리라면 당연히 아들이 죽음에 대한 불안과 공포를 태아에서 경험했을 것이다.

둘째, 아내는 교사라서 모유 수유를 2개월 정도 하고 학교를 나갈 수밖에 없었다. 따라서 아들은 외할머니가 양육을 할 수밖에 없는 처지였다. 이 과정에서 아들은 엄마와의 애착 관계가 불안할 수밖에 없었다. 물론 아내는 매일 출퇴근하면서 아들의 얼굴을 보며 잠깐씩 놀아 주었고 밤에는 시댁으로 혼자 돌아와야만 했다. 아들은 엄마의 품이 몹시도 그리웠건만 엄마와 함께할 수 있는 시간이 절대적으로 채워지지 않았다.

셋째, 내가 유학을 가게 되면서 아들은 모처럼 부모와 함께 살 수 있는 기회를 가졌다. 그러나 나는 공부하느라 아들과 함께할 수 있는 시간이 절대적으로 부족하였다. 또한 나는 아들을 반듯하게 기른다고 하여 아들이 친구들과 싸우면 내막은 모른 상태에서 아들을 야단을 치는 등 아들의 입장을 헤아려 주지 못하였다. 또한 유학 가서 아내가 알바를 하느라 아들과 함께할 수 있는 시간이 또한 부족하였다. 한편 아들은 4살 터울의 동생을 보게 되면서 부모의 관심을 동생에게 뺏기는 느낌을 가졌고 강한 아버지에게 눌려 살아왔던 것이다. 이때의 아들을 연상하면 마음이 찢어지는 듯하고 마음이 저며 온다. 아들의 사건을 통하여 나와 아내는 며칠 동안 잠을 잘 수가 없었고 눈이 퉁퉁 붓도록 울었고 아들에게 며칠 동안 사죄를 했다. 내 아들의 사건을 경험하면서 임신과 영아기 때 아동이 부모와의 애착 관계가 얼마나 중요한지를 목격하게 되었다. 한편 아들의 충족되어지지 않았던 정서적 부분을 채우는데 아들이 살아온 25년과 비슷한 시간이 걸리지 않을까 하는 우려감도 있다. 이 자리를 빌려서 자녀를 임신한 산모들에게 간절히 바라건대 가능하면 자녀가 태어나서 최소한 3년까지는 엄마가 직접 모유 수유와 함께 휴직을 하기를 바란다. 차후에 자녀와의 애착 문제가 언젠가는 반드시 걸리기 때문이다.

MRI의 의사소통 모델

MRI의 의사소통 모델은 의사소통과 체계 개념에 기반을 두고 있으며, 가족의 문제는 문제를 해결하려고 시도했던 방식에 의하여 오히려 가족의 문제가 유지되거나 악화된다고 보았다(Goldenberg & Goldenberg, 2013). 따라서 문제를 유지시키는 행동이 적절히 변화되면 문제가 해결된다고 보았다(Watzlawick, Weakland, & Fisch, 1974). 그리고 Watzlawick 등(1967)은 상황을 고려하지 않고 현상을 완전히 이해할 수 없다고 하였다. MRI의 의사소통 모델은 조현병 환자들과 그들의 가족 구성원들의 상호작용을 연구하였으며 특히 의사소통 방식에 초점을 두었다. MRI 집단은 조현병 환자들과 가족들은 역설적 의사소통 방식 중 이중구속(double-bind) 메시지를 사용한다고 하였다. 이중구속 메시지란 한 사람이 다른 사람에게 논리적으로 상호 모순되고 일치하지 않는 두 가지 메시지를 동시에 전달하는 것을 의미한다. 그런데 Bateson 등(1956)의 초기 의사소통 이론가들은 조현병을 겪는 내담자의 가족에게서 이러한 상호 모순된 의사소통이 매우 빈번하게 일어나는 것을 발견하였다(Goldenberg & Goldenberg, 2013). 가장 흔한 예로 부모가 자녀가 잘못을 했을 때 집을 나가라고 해서 자녀가 나 갔더니 나간다고 때리고 또다시 유사한 상황이 벌어졌을 때 부모가 자녀에게 다시 집을 나가라고 했을 때 지난 번 그 말을 믿고 나가서 맞았기 때문에 이번에는 집을 안 나갔더니 이번에는 안 나간다고 말이 말 같지 않냐고 하면서 때리는 경우이다. 이와 같이 역설적인 의사소통 방식 중 특히 이중구속 메시지를 계속해서 받게 되면 그 자녀는 이러지 도 못하고 저러지도 못하는 상황에 빠져서 결국에는 조현병이 발생할 수밖에 없다는 것이다.

또한 내담자의 현재의 구체적인 문제를 치료하는 것으로 작은 문 제의 해결이 가족의 전반적인 문제에 긍정적인 영향을 준다고 하였다. 한편, MRI의 주된 기법은 내담자의 의사소통 방식의 변화이며(박태영, 2001), MRI의 의사소통 모델은 의사소통을 명확하게 하도록 돕는 것 이 치료의 목적이기 때문에 저항을 최소화할 수 있는 치료이론 중 하 나이다(박태영 · 유웅희 · 박진영, 2013). 따라서 치료자는 내담자에게 지금까지 시도해 왔던 해결책을 대체할 수 있는 새로운 해결책을 소 개하는 일차적인 임무를 갖는다(Weakland, 1993).

이 이론을 중심으로 한 사례를 들어 보면 6세인 아들이 부모와 조 부모에게 "나 뛰어내려서 죽어 버릴 거야!", "이 집 다 부숴 버릴 거야!"라 고 위협을 하였다. 나는 부모에게 아들이 어떤 상황에 처해 있을 때 이 와 같은 말을 하는지를 물었다. 나는 아들이 장난감을 거실에 널려 놓고 놀려고 하는 순간에 엄마가 아들에게 당장 치우라고 소리를 지를 때와 엄마가 아들의 웃음소리가 못마땅할 때 아들에게 "그렇게 웃지마!"라고 소리를 지를 때 아들은 화가 나서 가까운 곳에 살고 있는 할아버지와 할머니 집에 가서 앞에서 언급한 위협적인 말을 한다는 것을 발견하였다. 나는 아들과 어머니가 문제를 해결하려고 시도했던 방식 즉 어머니가 아들에게 "하지마!"라고 소리 지를 때 아들은 엄마의 그러한 표현 방식에 대한 대응 방식으로서 '뛰어내려서 죽어 버릴 거야!', '이 집 다 부숴 버릴 거야!'라는 방식이 모자가 시도해 온 문제를 해결하려고 시도해 왔던 역기능적인 표현 방식이라는 것을 알게 되었다. 이 두 사람 간에 사용해 왔던 엄마의 표현 방식은 아들을 더욱 힘들게 하였고 아들의 방식 또한 엄마를 더욱 자극하는 방식이었다. 한편 아빠는 아들의 과격한 행동과 부모의 요구를 듣지 않았을 때 체벌로써 아들을 다루었다. 아들은 또한 네 살인 남동생으로 인해 많은 스트레스를 받고 있었으며 때때로 동생을 때렸다. 이와 같은 아들과 부모 관계 이면에는 아빠가 엄마(부인)의 무능력한 면이나 실수에 대하여 지적하거나 구박을 하였으며, 때때로 엄마(부인)에게 거친 말을 서슴없이 할 때 엄마는 많은 마음의 상처를 받았고 모멸감을 느끼고 있었다. 남편은 직장 생활 외에 여가 생활을 가족과 함께하지 않고 직장 동료와 함께하였고 늘 늦게 귀가하였다. 남편은 가정에서 가족과 함께하는 시간이 절대적으로 부족하여 남편과 아버지로서 역할이 부족하여 부인은 많은 스트레스를 받았다.

Murray Bowen의 가족체계이론

　Bowen은 조현병이 어머니와 미해결된 관계의 결과로서 발생된다고 보고 모자 공생 관계에 초점을 두고 연구를 하였다. 그 후 Bowen은 조현병 환자 일곱 가족이 함께 사는 것을 관찰하고 연구하면서 초점을 모자 관계에서 전체 가족으로 확대하였다. 따라서 Bowen은 가족을 하나의 정서적 체계로 보고, 핵가족뿐만 아니라 현재 집안에 살고 있는 핵가족과 함께 살고 있지 않는 확대가족으로 구성된다고 보았다. Bowen이론의 핵심적인 개념이라 할 수 있는 자아분화는 개인의 내면에서 자신과 타인과의 관계에서 감정적으로 반응하지 않고 사고와 감정을 분리시킬 수 있는 능력을 말한다. 또한 타인과의 관계에서 자신과 타인을 분리시켜 상대방의 영향에 좌우되지 않고 자신의 신념에 따라 자신의 입장을 취하면서 친밀한 관계를 유지할 수 있는 능력을 뜻한다(이영분 외, 2008). Bowen은 원가족에서 분화가 잘 이루어지지 않은 사람은 원가족과의 해결되지 않은 정서적 애착 문제로 인하여 결혼하고 나서도 부부와 자녀와의 관계에서 원가족에서의 미분화된 관계 특성을 반복하게 된다고 하였다. Bowen의 가족체계이론에서의 치료 목표는 가족 구성원들을 미분화된 가족자아집합체로부터 분화시켜 확고한 자아를 확립하는데 있다(Bowen, 1985). Bowen은 가족 구성원 중 한 사람이 분화될 때 그 효과가 가족을 통하여 발생된다고 보았으며, 정신분석적 개념인 '미분화된 가족자아군'이라는 용어를 체계론적인 개념인 '융합과 분화'의 용어로 대체하였다(Kerr & Bowen, 1988). 그리고 가족 체계를 변화시키고 가족 구성원들의 분화 수준을 향상시키기 위해 중요한 것은 부부가 다른 가족 구성원을 끌어들이는 삼각관계로부터 벗어나는 것이다(Goldenberg & Goldenberg, 2013). 따라서 Bowen은 개인이 잘 기능하려면 원가족과의 과거 경험에서 분화되어 과거와 연결되어 있으면서 연합성과 개별성을 동시에 확보할 수 있어야 한다고 하였다(이영분 외, 2008).

특히 Bowen의 가족체계이론은 다양하게 나타나는 증상과 장애가 어떻게 가족 내의 정서 기능의 패턴과 관련성이 있는가를 설명해 준다. 즉 가족 구성원들 사이의 역기능적인 상호작용 유형이 지속적으로 이루어지면 가족 내의 불안이 증가되면서 가족 내의 배우자 또는 자녀들을 통하여 증상들이 나타난다(Kerr & Bowen, 1988). 또한 역기능적인 가족일수록 분화 수준이 낮아 가족 구성원들이 지나치게 결속을 하게 되어 서로에 대하여 집착을 함으로써 각자의 개별성을 갖기가 힘들다. 그리하여 부모로부터 정서적으로 독립을 하지 못하고 부모 사이에서 갈등이 심한 자녀들은 부적응적 행동이나 증상을 나타낸다(Hoffman & Weiss, 1987). 반면에 원가족과 정서적으로 단절된 사람은 대인 관계에서 건강한 관계를 맺는데 어려움을 겪는다(Framo, 1981).

내가 상담한 사례 중에 남편의 빈번한 외도로 부인이 우울증과 자살 시도를 하였는데 자녀로는 두 명의 딸이 있었다. 남편은 아버지의 외도로 인하여 부모가 이혼을 하였고, 남편의 아버지는 두 번의 재혼과 외도 등 복잡한 여자관계를 가지고 있었다. 또한 남편은 어려서부터 집안의 문제아로 낙인화되어 부모와 형제들에게 폭력, 폭언, 무시를 받으며 살았고 원가족과 정서적으로 단절되어 있었다. 또한 남편의 어머니와 형제들도 외도와 이혼을 하였다. 남편의 원가족으로부터 미분화로 인하여 남편은 매번 외도를 한 이성과 정(情)에 이끌려 이성과의 관계를 쉽게 끝내지 못한 상황을 재연하고 있었다. 한편 남편은 부인을 지나치게 간섭하고 외부 활동을 하는 것을 못마땅하게 생각하였고 부인이 정숙하기를 바랬다. 남편은 한편 성인인 두 딸을 성인으로 인정하지 않았으며 자녀들이 원하지 않는데도 스킨십과 애교를 강요하였다.

부인 또한 남편이 회사 가는 것 이외에는 외출하는 것을 싫어하며 함께 있기를 원했고, 가정에 충실하고 개인의 삶을 포기하는 것이 여자로서 올바른 삶이라고 생각하였다. 딸들은 아버지의 외도로 인하여 이성을 불신하고 거부하였다. 특히 둘째 딸은 엄마의 우울증과 자살 시도로 인하여 아버지의 폭력으로부터 엄마를 보호하고 엄마의 자살 시도를 막기 위하여 엄마 곁을 떠날 수 없었고 늘 불안 속에 살고 있었다. 둘째 딸은 대학생인데 학교 수업만 간신히 듣고 집에 늘 틀어박혀 있었고 우울증과 함께 강박증을 겪고 있었다. 둘째 딸은 부모의 불안한 관계로 인하여 어려서부터 미분화되어 있었으며 엄마와 공생 관계를 유지하고 있었다. 이러한 배경에는 불안을 다스리는 방법으로 큰딸은 둘째 딸과는 반대로 집 밖으로 겉돌았으며 집안에서 미흡한 역할을 하였다. 따라서 둘째 딸은 미흡한 역할을 하는 언니(큰딸)를 원망하고 비난하여 엄마처럼 집안에서 과도한 역할과 밀착된 관계를 유지하면서 불안을 다스리고 있었다. 큰딸의 모습은 아버지처럼 미흡한 역할을 하는 면에서 유사하였다.

Lerner(1989)가 말했듯이 미분화된 사람들은 자신의 불안을 다스리는 방법으로 과도한 역할을 하거나 오히려 미흡한 역할을 하며 밀접한 관계를 추구하거나 거리감을 두는 관계를 추구한다는 것이다(박태영 공역, 2004). 이처럼 이 외도 사례에서도 부모 모두 원가족으로부터 미분화되어 그 미분화가 자녀로 내려가고 있었으며, 미분화 저변에 있는 불안을 다스리는 방법이 어머니와 둘째 딸은 과도한 역할과 밀접한 관계를 아버지와 첫째 딸은 미흡한 역할과 거리감을 두는 관계를 추구하고 있었다. 이처럼 아버지의 외도로 인하여 모녀가 공생 관계를 가지고 있었으며 자녀는 불안하여 자신의 일을 못하고 집안에서만 생활을 하고 있었다.

최준식(1988)에 따르면 유교에서는 인간관계를 중시하였고 다른 무엇보다도 인간을 모든 가치에 우선하는 것으로 보았으며 사람 사이의 정(情)을 더욱더 강조하였다. 그런데 정을 강조하는 인간관계는 현재 사회에는 더 이상 적용되지 않는데도 불구하고 아직도 우리 사회의 인간관계는 정에 의하여 좌우되는 경우가 비일비재하다. 그러나 정이 지나치게 되면 한국인에게만 보이는 매우 독특한 정서가 나타나는데 그것이 바로 떼쓰기와 응석부리기이다. 정이 많다는 것은 그만큼 서로에게 암묵적으로 바라는 것이 많다고 볼 수도 있다. 그 바라는 것이 충족되지 않을 때 한국인들은 곧 서운한 감정이나 섭섭함을 느끼게 된다. 최준식(1988)은 아마도 세계에서 한국인들만큼 많이 섭섭해하는 국민도 드물 것이라고 하면서 이 섭섭함이 지나치면 우리에게 곧 잘 삐치는 증상이 나타난다고 하였다. 그런데 우리나라 사람들은 상태의 호전을 위해 떼를 쓰고 응석을 부리는데 익숙하다고 한다. 예를 들어 교통법규를 명백히 어기고도 무조건 봐 달라고 떼를 쓰는 운전자들, 수업 시간에 30분 이상이나 지각을 하고서도 출석으로 쳐 달라고 마구 떼쓰는 학생들 모두 익숙한 모습들이다. 그런데 만약 이 떼가 통하지 않으면 한국인들은 순종하는 게 아니라 무조건 상대방을 비난하거나 원망한다. 그러다가 그것도 통하지 않으면 속칭 '배 째'라고 하면서 널브러지면서 발광을 한다. 한편 한국 사회에서는 그것이 통하고 사람 사는 지혜라고까지 생각한다. 그러니 이성적인 해결책이 안 통한다고 생각할 수 있다. 최준식(1988)은 이렇게 떼를 쓰고 응석을 부리는 것이 유교적인 인간관과 사회조직에서 파생된 것이라고 볼 수 있다고 하였다. 이러한 심리적 특징은 한국 가정교육에서 유래되었으며 특히 모친이 자식을 지나치게 과보호하면서 양육시킨 결과로 자녀들이 모친에게 떼를 쓰면 웬만하면 다 통했던 관례가 그대로 사회에 적용된 것이라고 하였다(최준식, 1988).

나도 어머니가 전혀 분화가 안 된 분이었기 때문에 그리고 어려서부터 부모가 싸우는 모습을 자주 목격해 오던 터라 매우 불안하였다. 심지어 어머니는 부부 싸움을 하고 난 후 또는 남자와 헤어진 후에 아들인 나에게 자살하고 싶다고 하였다. 따라서 나는 이러한 미분화된 어머니와 가족 배경으로 인하여 늘 불안하였고 이러한 불안을 다스리는 방법으로 모친과 밀착된 관계를 추구하였으며 과도한 역할을 하게 되었다. 심지어 결혼을 했는데도 나는 어머니의 젖가슴을 만지거나 어머니의 팔베개를 하였을 정도였다. 그러나 위기만 없으면 나의 불안이 굳이 표면화될 필요는 없었다. 단 위기가 들어올 경우는 나는 불안하여 안절부절 못하여 어떤 것에도 집중할 수가 없었다. 이러한 모습은 내 어머니도 마찬가지였다. 내가 지금 거의 20년 간을 상담해 오고 있음에도 불구하고 이러한 만성불안은 늘 잔존해 오고 있다. 그런데 내 외삼촌들 중 세 분이 조현병 환자였다. Bowen에 따르면 조현병 환자가 발생하기까지 3세대가 연루되어 있고 위로 10세대를 살펴보면 반드시 조현병 환자가 있다는 것이다.

최준식(1988)이 언급하였듯이 한국의 가정 문화는 근본적으로 정이 통하는 문화라는 것이다. 이것은 이성보다는 감정과 감성이 앞서는 문화라고 볼 수 있다. 즉 이 말은 한국 민족이 정이 많지만 어떤 면에서는 미분화되어 있는 민족이라고 해석할 수도 있지 않나 싶다.

가족치료자로서 세월호 사건을 경험하면서 나 또한 1~2개월 정도 배 속에서 구호를 기다리는 학생들의 모습을 보면서 매일 새벽마다 잠이 깨서 매우 힘든 시기를 가졌다. 물론 전 국민 또한 내가 경험한 이상의 상태였으리라 생각된다. 학생들과 학생들 가족을 생각하면 마음이 저며 오면서 눈물을 멈출 수 없을 정도였다. 물론 아직까지도 세월호 사건은 진행 중이다. 많은 국민들이 세월호에 승선한 사람들과 특히 학생들과 가족들에게 보여 준 그 뜨거운 마음과 행동은 엄청난 민족의 저력을 보여 준 것이라고 볼 수 있다. 그러나 굳이 Bowen의 이론을 적용하자면 엄청난 위기 속에서 한국 민족은 이성적으로 대처하기보다는 감성적으로 대처하지 않았나 싶다. 물론 이성적으로 대처한다면 정이 없는 메마른 인간으로 보여질 수도 있다. 그러나 현상을 그렇게 이분화시킬 수만은 없지 않은가? 사람이 미분화되어 있을 때 가족에게 위기가 들어오면 미분화된 가족 구성원들은 불안을 다스리기 위하여 패가 나뉘게 된다. 과도한 역할과 밀착된 관계를 추구하는 패와 미흡한 역할과 거리감을 두는 관계를 추구하는 패로 말이다. 이와 같은 가족 현상은 사회에서도 유사하게 나타난다고 Bowen은 말하고 있다. 사회적 과정에서도 마찬가지로 만성적 사회불안이 증가하게 되면 사회적 분화의 기능 수준이 떨어진다. 따라서 사회적 기능 수준이 낮을수록 높은 범죄율, 높은 이혼율 등 사회적 증상이 더 심각해진다. 또한 이러한 사회적 정서 과정은 가족의 정서 과정에 영향을 미친다(Bowen, 1976; 이영분 외, 2008).

결론적으로 Bowen이 말하고 있는 것은 개인이든 가족이든 사회이든 분화가 되어야 더욱 건강한 개인과 가족, 사회가 된다는 것이다. 즉 사람이 일을 대처하는데 있어서 감정보다는 이성적으로 대처하고 지나치게 과도하거나 미흡한 역할을 하지 말고 또한 지나치게 밀착된 관계나 거리감을 두는 관계를 추구하지 않는 것이 타인으로부터 상처를 덜 받고 건강한 가족 관계와 인간관계를 이룰 수 있다는 것이다. 이렇게 하기 위해서는 남들에게 지나치게 신경을 쓰지 말고 자신의 일에 신경을 쓰면서 남들을 배려하는 것이 보다 지혜롭게 살아갈 수 있는 방법이라는 것이다. 또한 이 방법이 남들을 덜 피곤하게 할 수 있기도 하다.

내 아버지가 고혈압, 당뇨, 심근경색, 말기신부전증, 당뇨 합병증으로 인한 망막상실증으로 투병 생활을 3년 가까이하다가 돌아가셨다. 아버지는 응급실에 19번 중환자실에 8번 입원한 것으로 기억한다. 아버지가 집에서 투병 생활을 하실 때 어머니는 늘 아버지 곁에 계셨다. 아버지는 어머니가 남편을 사랑해서라기보다는 불안해서 옆에 붙어 계신다고 여겼던지 자식들에게 제발 너희 엄마 좀 떨어져 있으라고 했다. 특히 아버지가 입원을 하시게 되면 엄마는 더욱 불안하여 아버지 곁을 떠나지 못하셨다. 여름방학이 돼서 내가 가족 여행을 갔다 오겠다고 하니 어머니가 '너는 정신이 있나? 아버지가 이렇게 아픈데 어디 여행을 가냐.'고 야단을 쳤다. 이것이 한국의 정서 아닐까? 더 이성적이고 냉철하게 생각해 보면 그 상황에서 벗어나지 못하고 머물러 있으면 곧 소진 상태에 들어갈 수 있다. 짬을 내서 가족 여행을 다녀오면 오히려 에너지를 충전시켜서 아버지와 어머니에게 더 에너지를 쓸 수도 있건만….

저자는 앞에서 언급한 이 다섯 가지 이론을 중심으로 가족치료를 하고 있다. 물론 사례의 특성에 따라서 어느 이론에 더 가중치를 둘 수는 있지만 대체적으로 이 다섯 가지 준거틀을 가지고 보면 웬만한 가족들의 문제가 보이고 내담자들이 노력해 줄 의지만 있다면 얼마든지 변화는 가능하다고 본다.

김수임·강예리·강민철 공역(2014). 존 볼비의 안전기지: 애착이론의 임상
    적 적용, 서울: 학지사.
박태영(2002). 가족생활주기와 가족치료, 서울: 학지사.
서혜석·강희숙·이미영·고희숙(2013). 가족치료 및 상담, 경기도: 공동체.
송성자(2001). 한국문화와 가족치료: 해결중심 접근, 서울: 법문사.
이선혜(1998). "한국에서의 Bowen 이론 적용에 대한 고찰: 자아분화 개념
    을 중심으로", 한국가족치료학회지, 8(1), 31-58.
장동숙 역(1995). 5가지 사랑의 언어, 서울: 생명의 말씀사.
정옥분(2007). 전생애 인간발달의 이론, 서울: 학지사.
천성문·김진숙·김창대·신성만·유형근·이동귀·이동훈·이영순·한기
    백(2014). 심리치료와 상담이론: 개념 및 사례, 서울: CENGAGE
    Learning.

Ainsworth, M. D. S.(1989). Attachments beyond infancy. American
    Psychologist 44(4), 709-716.
Bowlby, J.(1969). Attachment and loss(Vol. 1). Attachment. New York: Basic
    Books.
Bowlby, J.(1973). Attachment and loss(Vol. 2). Separation, anxiety and anger.
    New York: Basic Books.
Bowlby, J.(1988). A secure base: Clinical applications of attachment theory.
    London: Routledge.
Carter, B., & McGoldrick, M.(1998). Overview: The changing family life
    cycle- A framework for family therapy. In B. Carter & M.
    McGoldrick (Eds.). The changing family life cycle: A framework
    for family therapy (2nd ed.) (pp. 3-28). Boston: Allyn & Bacon.

Carter, B., & McGoldrick, M.(1999). The expanded family life cycle (3rd ed.). Boston: Allyn & Bacon.

Chapman, G.(1995). The five love languages. Los Angeles, CA: Word of Life Books.

Dicks, H.(1967). Marital transitions. New York: Basic Books.

Framo, J. L.(1980). "The integration of marital therapy with sessions with family of origin." In A. S. Gurman & D. P. Kniskern (Eds.). Handbook of family therapy(pp. 133-158). New York: Brunner/Mazel.

Gladding, S. T.(2002). Famil therapy: History, theory and practice. New Jersey: Merrill Prentice Hall.

Goldin, E., & Mohr, R.(2000). Issues and techniques for counseling long-term, later-life couples. The Family Journal, 8, 229-235.

Hazen, C., & Shaver, P.(1987). Romantic love conceptualized as an attachment process. Journal of Personality and Social Psychology, 52(3), 511-524.

Kim, B. L. C., & Ryu, E.(2005). Korean families. In M. McGoldrick, J. Goirdano, & N. Garcia-Preto (Eds.), Ethnicity and family therapy (pp. 349-362). New York: The Guilford Press.

Minuchin. S., Rosman, B. L., & Baker, L.(1978). Psychosomatic families: Anorexia nervosa in context. Cambridge, MA: Harvard University Press.

Nichols, M. P.(2014). Family therapy: Concept and methods(10th ed.). New York: Pearson.

Parke, R. D., & Collmer, C. W.(1975). Child abuse: An interdisciplinary analysis In E. M. Hetherington (Ed.). Review of Child Development Research, Vol. 5, Chicago: University of Chicago Press.

Sharf, R. S.(2012). Theories of Psychotherapy and Counseling: Concepts and Cases (5th ed). Pacific Grove, CA: Brooks/Cole.

Shon, S. P., & Ja, D. Y.(1982). Asian families. In M. McGoldrick, J. K. Pearce, J. Giordano (Eds.), Ethnicity and family therapy (pp. 208-228). New York: The Guilford Press.

Zahn-Waxler, G., Radke-Yarrow, M., & King, R. A.(1979). Child-rearing and children's prosocial initiations toward victims of distress. Child Development, 50, 319-330.